松本清張
MATSUMOTO SEICHO

高詹燦　譯

火之路
上
HI NO MICHI

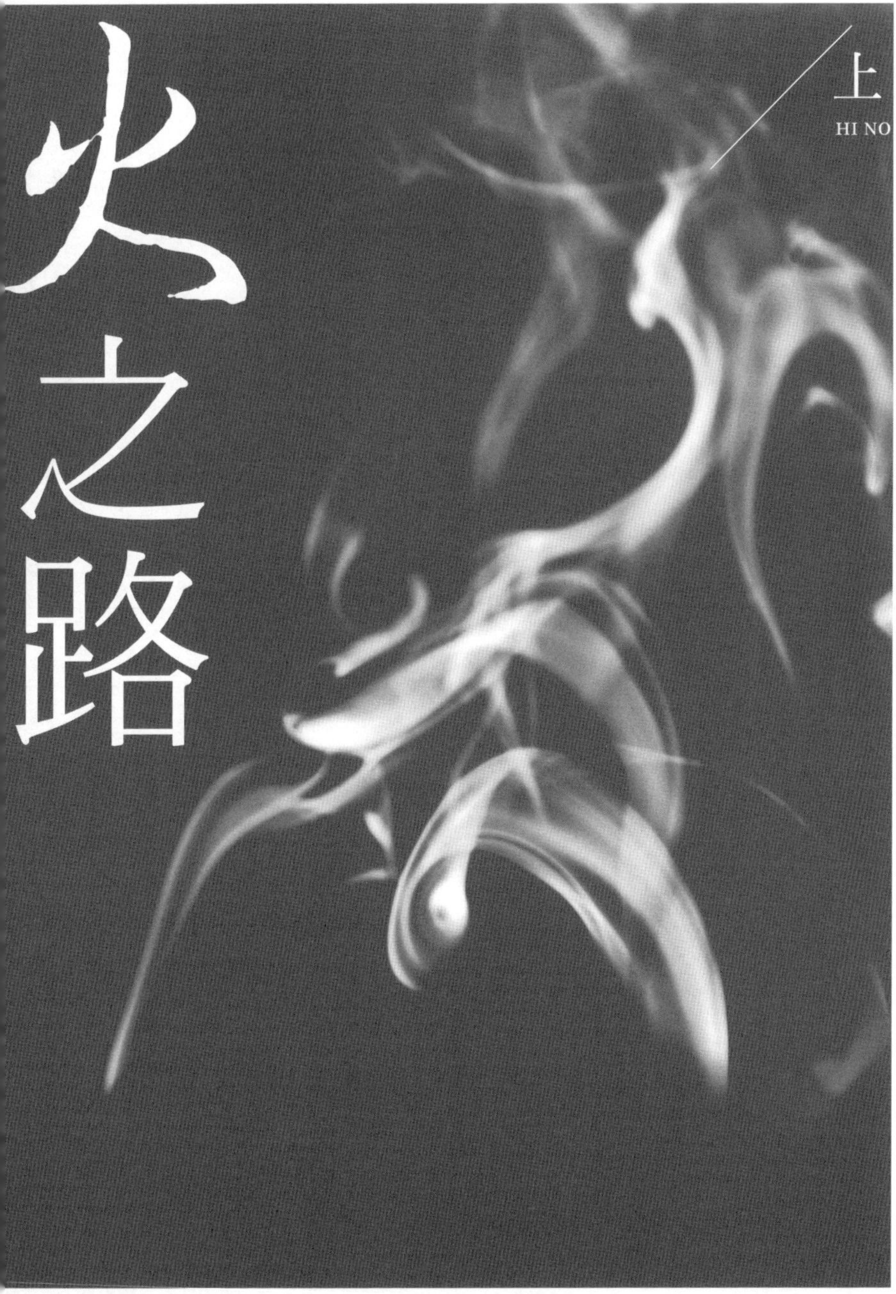

39

日本推理大師經典

火之路（上）

松本清張

CONTENTS

出版緣起

日本推理大師，永不墜落的熠熠星團

編輯部

一九二三年，被譽為「日本推理之父」的江戶川亂步推出〈兩分銅幣〉之後，日本現代推理小說正式宣告成立。若包含亂步之前的黎明期，此一文類經過了將近百年的漫長演化，至今已發展出其獨步全球的特殊風格與特色，使日本成為最有實力的推理小說生產國之一，甚至在同類型漫畫、電影與電腦遊戲的推波助瀾之下，日本著名暢銷作家如桐野夏生、宮部美幸等也已躋進亞洲、歐美市場，在國際文壇上展露光芒，聲譽扶搖直上。

我們不禁要問，在新一代推理作家於日本本國以及臺灣甚或全球取得絕大成功的背後，有哪些強大力量的支持、經過哪些營養素的吸取與轉化，能夠在競爭激烈的國際舞臺上掙得一席之地？在這些作家之前，曾有哪些重要的作家精耕此一文類、獨領當時風騷，無論在形式的創新或銷售實績上都睥睨群雄、立下典範、影響至鉅？而他們的努力對此一文類長期發展的貢獻為何？此外，日本推理小說的體系是如何建立的？為何這番歷史傳承得以一代又一代地開發出一批批忠心耿耿的讀者，並因此吸引無數優秀的創作者傾注心血，人才輩出？

為嘗試回答這個問題，商周出版在經過縝密的籌備和規畫之後，於二〇〇六年年初推出全新書系「日本推理大師經典」系列，以曾經開創流派、對於後輩作家擁有莫大影響力的作家爲中心，由本格推理大師、名偵探金田一耕助及由利麟太郎的創作者橫溝正史，以及社會派創始者、日本文壇巨匠松本清張領軍，帶領讀者重新閱讀並認識在日本推理史上留下重要足跡的作家，如森村誠一、阿刀田高、逢坂剛等不同創作風格的重量級巨星。

日本推理百年歷史，從本格派到社會派，到新本格、新新本格的宣言及開創，眾星雲集，但跨越世代、擁有不朽魅力的巨匠們，永遠宛如夜空中璀璨耀眼的星團熠熠發亮，炫目不墜。

獨步文化編輯部期待能透過「日本推理大師經典」系列的出版，讓所有熱愛或即將親近日本推理小說的讀者，親炙大師風采，不僅對於日本推理小說的歷史淵源有全盤而深入的理解，更能從經典中讀出門道、讀出無窮無盡的趣味。

導讀／

清張推理小說的魅力

權田萬治

松本清張於一九五八年，由光文社出版了長篇推理小說《點與線》以及《眼之壁》，爲戰後的日本推理小說領域帶來了一股新氣象。

一九五一年，松本清張以短篇〈西鄉紙幣〉出道，五三年以短篇〈某《小倉日記》傳〉獲得頒予優秀純文學的芥川賞。在這之後，清張主要發表歷史小說及時代小說，但約從五四年起，也開始執筆帶有推理小說風味的短篇，並在五七年以〈顏〉這篇短篇獲得了日本偵探作家俱樂部獎。

不過，眞正帶給日本推理文壇全新衝擊的，是清張的兩部長篇：《點與線》以及《眼之壁》。由於作品中展現了日本推理小說前所未見的嶄新特徵，故被稱爲「社會派推理小說」。

日本戰前的社會，處於絕對天皇制的支配下，幾乎沒有言論自由可言，也不允許任何對政治權力的批評。身處如此封閉的社會，推理小說也不得不沾染上特殊的性質。松本清張之後的戰後推理作品，稱爲推理小說，但戰前的作品，則稱做偵探小說，有其獨特的性質。

日本的偵探小說，有許多帶有怪奇的幻想趣味，以陰暗、封閉的作品世界爲主流。江戶川亂步、夢野久作、小栗虫太郎、橫溝正史等人的戰前作品，皆濃厚地充滿了這種陰影，成爲一種獨特的魅力。

戰後，在美軍的占領下，日本逐漸民主化，人民也開始獲得批判政府的言論自由。松本清張的社會派推理小說，就是在這種時代背景下誕生的新傾向推理小說。

松本清張的推理小說，爲何會被稱爲「社會派推理小說」呢？

理由在於——作品題材的犯罪本身以及犯罪動機當中，充滿了豐富的社會性。

《點與線》中，以一月下旬的某個寒冷早晨，面臨九州博多灣的香椎海岸上，發現一對男女殉情屍體揭開序幕。男方是當時因貪瀆案而名噪一時的某公家機關副課長佐山。女方則是東京赤坂的料理店「小雪」的女侍阿時——本名山本秀子。由於料理店的常客機具商安田辰郎，和阿時的同事目擊到兩人親密地一同從東京車站搭車，該案差點被當成與貪瀆相關的殉情案處理。

另一方面，《眼之壁》則是從僱有五千名員工的昭和電器製作所，在苦於籌款的發薪日前夕遭到惡毒的騙子——也就是詐騙集團騙取了一張支票開始，以追查眞相的人物慘遭殺害爲契機，描寫出支票詐騙師與右翼暴力團、政治家之間的勾結等政治、經濟黑暗面。

這兩部作品所描寫的官僚瀆職、支票詐騙等金融犯罪，與右翼團體及政治家之間不爲人知的關係，是戰前的日本偵探小說完全不曾觸及、極爲現代的題材，犯罪的動機也瀰漫著新穎的社會性。

此外，長篇《零的焦點》（五九年）當中，描寫活在戰後混亂期間，不得不隱瞞的戰爭慘痛傷痕，以及長篇《砂之器》（六一年）裡所提到的，現在依然存在的疾病歧視問題等，清張所描寫的犯罪動機，現在仍舊嶄新。

江戶川亂步在「偵探小說所描寫的異常犯罪動機」這篇評論中，將動機分為以下四大類：

一、感情的犯罪（愛情、怨恨、復仇、優越感、自卑感、逃避、利他）；

二、利慾的犯罪（物慾、遺產問題、自保、保密）；

三、異常心理的犯罪（殺人狂、變態心理、為了犯罪而犯罪、娛樂性的犯罪）；

四、信念的犯罪（基於思想、政治、宗教等信念的犯罪、出於迷信的犯罪）。

現今的犯罪動機追根究柢，也包含在這四種類當中。不過戰前的犯罪小說，完全不曾描寫瀆職等與權力相關的犯罪，或牽扯到企業及暴力組織的犯罪。因此，大多都是三角戀愛、復仇，抑或遺產繼承的物慾等司空見慣的動機，要不然就是虐待狂或被虐狂之類的變態性慾等個人動機。

戰前的偵探小說反映出絕對天皇制這種封閉的社會，有許多獵奇而幻想的作品。戰前也有貪瀆案，但是在嚴厲的言論統制下，想在偵探小說中描寫它，是絕對不可能的。而作家的興趣，也幾乎都耽溺於個人妖異的夢想世界中。

戰後民主化的日本社會的新現實，渴望新的推理小說。而松本清張的推理小說，正回應了時代的要求。清張曾經在〈推理小說的魅力〉這篇文章裡如此主張：

「我認爲，動機直接與人性描寫相關連，因爲犯罪動機是人類置身於極限狀態時的心理所產生的。另外，過往的動機都是放在個人的關係——像是金錢糾紛、愛慾糾葛上面，但這些也都極度類型，毫無獨創性，令人不滿。我主張在動機上附加社會性，如此一來，推理小說的範圍將更寬廣亦更有深度，有時也能在作品中提出問題，不是嗎？」

就像這樣，松本清張敏銳地意識並描寫現代社會的扭曲所產生的新型犯罪，並由此出發，嘗試深入剖析充滿社會性的犯罪動機。

如前所述，清張在接觸推理小說之前，曾經寫過歷史小說、時代小說，也獲頒優秀純文學的芥川賞。換句話說，他完全習得了描寫人性的作家最爲重要的資質。正因如此，清張推理小說的魅力之一，便是充滿現實感地描繪出作品中登場的多彩人物。

例如〈監視〉等短篇，就是他巧妙地發揮這種才能的例子。嫁給年長自己二十歲以上的小氣丈夫做繼室、過著平凡而毫無夢想的日常生活的定子，與目前是在逃嫌犯的昔日戀人再度相見，瞬間燃盡生命之火。透過監視中的刑警視線描繪出定子之姿的這篇作品，鮮明地刻畫出薄命女子的悲哀。

清張推理小說中登場的人物，至少表面上都是再平凡不過的普通市民。

關於這一點，作者在前文提到的散文中如此敘述：

「著重於心理描寫，而非物理詭計。以日常生活爲舞台，而非特異的環境。人物亦非性格特殊者，而是與我們相同的凡人。描述的也不是如冰塊按上背脊般令人毛骨悚然的恐怖，而是要求任誰都能夠在日常生活中經驗到或預感得到的驚險。簡單來說，我想把偵探小說從鬼屋當中帶到現實的外頭。」（〈推理小說的魅力〉）

如此這般，被稱爲社會派推理小說的清張推理小說的特徵，便是以敏銳的批判目光，捕捉潛藏在現代平凡市民生活中的新型犯罪，以及充滿社會性的犯罪動機，將之書寫成現實感十足的推理小說。還有不能忘記的一點，至少清張初期的作品群當中，一貫地追求推理小說的解謎趣味。

清張的社會派推理小說受到眾多讀者歡迎後，有許多舉著社會派旗幟，但只重現現實社會的案件，既無社會性也無謎團的粗糙作品接連問世，但是松本清張一次都未否定過推理小說獨特的解謎趣味。

證據就是，《點與線》中巧妙地採用了僞裝殉情及僞造不在場證明等，構成推理小說謎團中心的詭計。《眼之壁》中，也使用了處理屍體的詭計。而且，這些詭計是採用了警方鑑識專家意見，確認實際上可行後，才寫入作品當中。例如，《眼之壁》的處理屍體詭計，就應用了實際發生在東京足立區日本皮革公司的青年技師殺人案中所使用的方法。

事實上，清張推理小說中運用了許多獨創的詭計。

例如處理屍體的詭計，除了《眼之壁》、《砂之器》、《影之地帶》（六一年）等長篇之外，〈鷗外之婢〉、〈書法教授〉、〈眼之氣流〉等短篇當中亦被使用。

此外，不在場證明的詭計也為數不少。像《點與線》、《時間的習俗》（六二年）等長篇以及《危險的斜面》等中篇，皆採用了調查當局一步步拆穿嫌犯不動如山的偽造不在場證明，亦即所謂的破解不在場證明的形式。

松本清張的小說，經常被形容是倒敘法的世界。

所謂倒敘法，與最後指出意料之外的犯人，使讀者大吃一驚的古典推理小說相反，而是一開始就某種程度地暴露出嫌犯的肖像，描寫他完美犯罪的計畫與實行的過程，之後再由搜查當局揭露嫌犯完美犯罪計畫的手法。只要想想廣受歡迎的電視影集「神探可倫坡」（Columbo），應該就很容易明白了。

這類倒敘形式，於一九一二年由奧斯汀．傅里曼（Richard Austin Freeman）在短篇集《歌唱的白骨》（*The Singing Bone*）當中首次嘗試，其後有法蘭西斯．艾爾斯（Francis Iles）的《殺意》（*Malice Aforethought*）、傅利曼．威爾斯．克洛弗茲（Freeman Wills Crofts）的《12點30分從克羅頓出發》（*The 12:30 from Croydon*）等眾多作品。

清張的情況並非這種典型的倒敘小說，不過以長篇《黑色的福音》（六一年）為首的推理小說長短篇當中，或多或少都採用了倒敘的手法，破解不在場證明便是其中一例。這是因為清張透過解明犯罪動機、如實地描寫人性這種優秀的作家資質，非常適合這種倒敘法之故。

如此，松本清張初期的長篇雖然是以解謎爲目的的本格推理小說，但其後的清張推理小說，卻朝著豐富多彩的方向開花結果。

英國的推理作家及評論家朱利安・西蒙斯（Julian Symons）在《血腥的謀殺》（*Bloody Murder*）（七二年）當中指出，現代推理小說正逐漸從古典的偵探小說轉型爲犯罪小說。事實上，英美稱呼現代推理小說時，皆使用 mystery 或 crime fiction 等詞彙，幾乎看不到戰前使用的偵探小說（detective novel）這個字眼。推理作家也被稱爲 mystery writer 或 crime writer。

西蒙斯根據這樣的狀況變化，主張現代的推理小說，正由個性獨特的名偵探所活躍的偵探小說，劇烈地轉型爲冒險小說、犯罪小說、警察小說、間諜小說、冷硬派小說等廣泛的犯罪小說（crime novel）。

從清張推理小說的走向來看，也可以感覺到這種傾向顯現在一個作家身上。

比起操作詭計的解謎，清張的作品更逐漸傾向重視冒險的方向。

以醫院爲舞台，描寫完美犯罪的《壞傢伙們》（六一年），以及鮮活地描繪出政治黑幕的詭譎肖像的《獸之道》（六四年）等，就是絕佳的例子。它們皆巧妙地刻畫出潛藏在現代社會的犯罪陰影，尤其《獸之道》在眾多企業犯罪與瀆職案頻發的當時，活生生地勾勒出在背後發揮異樣力量的詭譎政治黑幕，特別值得矚目。

松本清張犯罪小說、冒險小說的特徵，在於自始至終貫徹反權力、批評社會的姿態。

松本清張於一九〇九年十二月二十一日，出生在福岡縣北九州市小倉北區。

由於家境貧困，自一般高等小學校（註二）畢業之後，就必須立刻工作，到電機公司打雜或在印刷廠當學徒。清張一面工作，一面閱讀夏目漱石、森鷗外、芥川龍之介、菊池寬等人的文學作品，有一段時期也著手習作小說。但是他在印刷廠工作的二九年，因爲向文學同好借閱了左翼文學雜誌《戰旗》，遭到小倉警察署檢舉，被關進了拘留所十幾天。

清張任職《朝日新聞》西部本社的廣告部之後成爲作家，但是青年時代的殘酷體驗，讓他學會了以批判的角度去審視權力的非人性以及金錢支配政治的現代體制。

清張對於推動現代社會的巨款動向尤其敏感，描寫竊取無法曝光的非法選舉資金逃亡的長篇《不告訴》（七四年）；發現空頭帳戶祕密的女銀行員，利用這個情報做爲武器，當上銀座高級俱樂部媽媽桑的長篇《黑革記事本》（八〇年）；剖析運送非法政治獻金回扣，擔任財政界密使的俱樂部媽媽桑生態的長篇《迷走地圖》（八三年）等，都是極佳的例子。這些作品嚴格來講，雖然不能稱爲推理小說，卻可說是帶有懸疑色彩，同時又描寫出現代社會黑暗面的現代小說。

松本清張對於現代政治動向的關心，在嘗試解明發生在美軍占領期間的不可思議事件的《日本的黑霧》（六一年）以及《昭和史發掘》等紀實作品中，完美地開花結果。

清張的興趣更延伸到古代史研究上，出版了《遊古疑考》（七三年）、《古代探求》

（七四年）、《日本史?謎團與關鍵?附創作筆記》（七六年）等眾多的專門研究書。同時，他更以這些古代史研究為基礎，發表了許多歷史推理小說。

另外，清張認為波斯人曾經在約七世紀時，遠渡重洋來到日本，大膽地假設奈良縣的飛鳥時代（註二）的酒船石等石造遺跡的製作理由，執筆長篇《火之路》（七五年）。除了這些推理小說或推理小說風格的作品之外，清張亦寫作許多出色的歷史小說、時代小說、現代小說等，做為一個作家，守備範圍極為廣泛。

不過在這些作品裡，清張的推理小說還是位居中心。從小說到紀實文學、歷史研究，清張的寫作方法中，都蘊藏了依據事實，嘗試解開各種謎團這種推理小說的共同特質。

松本清張於一九九二年八月四日，以八十一歲之齡辭世。連載中的長篇《諸神的狂亂》與《江戶綺談　甲州靈嶽黨》，遺憾地未竟以終。清張死後十年以上的現在，《砂之器》、《黑革記事本》等許多作品依然透過電影及電視上映，獲得廣大的支持。

曾經有一段時期，有人議論著：社會派的時代已經結束。但是，最近的幾樁重大社會事件，令人深覺松本清張銳利揭示出來的問題，再次被攤在眼前。

受到巨款支配的日本政治結構，絲毫未變。例如二〇〇五年末到〇六年之間，日本發生了一級建築師姉齒偽造大廈結構計算的案件，發現許多震度五級以上的地震便會崩塌的危險

註一──日本舊制學校，延續尋常小學教育（相當於現在小學的一至四年級）之學校。

註二──日本六世紀後半至七世紀前半，以推古王朝為中心的時代。

大廈，演變成重大的社會問題。

這件案子當中，爲了節省建築飯店及大廈的成本而指示減少鋼材用料的顧問公司；聽從其方針，對建築師施壓力的土木工程店；及以低廉安全爲宣傳，販售大廈的房地產公司；爲了不讓訂單流失，在結構計算上作假並申請確認的建築師姉歯，還有無法揪出造假申請中的錯誤的事務所與自治體的專家等，裡頭存在著許多複雜的因素。簡而言之，這是一樁以追求利潤爲最優先的企業，所帶動的大規模結構犯罪。

松本清張也有兩部長篇《花冰》（六六年）與《雙重葉脈》（六七年），分別描寫與國有地拍賣相關的政治貪汙，以及牽涉到大企業僞裝破產的殺人案。不得不說，這些作品中批判社會的視點，至今依然有效。

八〇年代開始，反映時代的清張懸疑小說舞台也開始國際化。

除了描寫被稱爲泰國絲綢王的大富豪神祕失蹤的《熱絹》（八五年）；用美國總統訪日時與日本總理密談的證據照片爲恐嚇素材，藉此獲得大筆現金的銀座俱樂部媽媽桑，刻畫出她最後步上的諷刺命運以及國際政治黑暗面的《聖獸配列》（八六年）；共濟會員與黑手黨糾葛難分的《迷霧會議》（八七年）等長篇皆是如此。雖然不能說全是成功之作，卻或多或少都是以海外爲舞臺的大規模冒險小說。

如此這般，松本清張的世界眞正是變化多端、包羅萬象。同時，清張推理小說本身也隨著時代變遷逐漸改變了風貌。

從解謎的本格推理到犯罪小說、國際冒險小說，實在是著作豐富。當然，其中也有一些失敗之作，不過就算說戰後日本的推理小說的源流是清張推理小說，也絕不爲過。

這次臺灣商周出版（自二〇〇六年起，改由獨步文化繼續出版）所推出的清張推理小說——《點與線》、《眼之壁》、《零的焦點》三書，每一本都是松本清張初期長篇的代表作，但短篇中也有不少有趣的作品。

高度評價松本清張的我，誠摯地希望能夠以此爲契機，將松本清張千變萬化的世界廣爲介紹給臺灣讀者。

本文作者簡介：

權田萬治，一九三六年生於東京港區三田。東京外國語大學法文系畢業。一九九六年擔任專修大學文學部教授，二〇〇四年起擔任推理文學資料館館長。一九六〇年發表首篇推理小說評論《感傷的效用　雷蒙·錢德勒論》。一九七六年以《日本偵探作家論》獲得日本推理作家協會獎，二〇〇一年以和新保博久共同監修的《日本推理小說事典》獲得第一屆本格推理大獎。此外曾擔任如幻影城新人獎、推理作家協會獎、江戶川亂步獎等多項獎項評審委員，現爲日本推理文學大獎的評審委員。

I CHAPTER

第一章

酒石

從位於明日香村中心點的街道南行，經過中間一處沒屋舍的路段後，便來到岡的小商店街。若是照戶籍地址的正統方式來說，這裡是奈良縣高市郡明日香村岡，不過，說是岡寺的所在地，比較讓人印象深刻。這一路上的柏油路仍保有往昔縣道的原貌，路面沿東側丘陵的山線蜿蜒。西側是整面旱田。廣闊的丘陵和田地仍保有冬日景色，但在午後晴空的豔陽照耀下，眼前的景象鋪上一層暖意。鋤好地的農田，露出帶有黏性的黑土，矮短的小麥伸展枝桿。

不過眼前遼闊的景致，少有翠綠之色，主要色調是黃色與茶褐，丘陵地的雜樹林只見一片光禿樹梢，緊纏在樹幹上的蔓草也同樣枯萎，滑落至積滿落葉的底層草叢上。水田的樹叢也冷冷清清，但站在道路上可望見孤立的樹林已綻放一朵朵白梅。

只有梅花盛開。農家的樹籬間，以及寺院的圍牆內，都可見到梅花的蹤影。在農家暗色屋頂的背景襯托下，宛如掛在枝椏上的白雪，但若是以大和市隨處可見的白牆當背景，就看不出花的模樣。事實上，有一株難得開在松林裡的梅樹，因為寺院細長的白牆而變得不太起眼。

這座寺院是川原寺。川原宮、岡本宮、淨御原宮、板蓋宮，在這條路上的某處佇足，遠眺這些舊址遺跡，身體很自然地被「飛鳥時代」環繞。水田後方仍可看見帶有冬日枯黃的甘樗丘。與川原寺反方向的北側，有一間屋頂高聳的飛鳥寺。飛鳥川從甘樗丘山腳流向香久山方向，由於地勢偏低，從平地看不見水流。

馬路上的觀光巴士熙來攘往。駕駛座旁的導遊先生將麥克風湊向嘴邊，戴白手套的手高高舉起。每位乘客的臉紛紛從不同的車窗望向水田。當中也有人低頭俯看一輛為了閃避巴士而在路旁等候的骯髒小車。

「小要，你猜他會怎麼說明？」

小車裡的一名男子目送巴士遠去後說。這名身材清瘦的男子，大衣前襟露出花紋帥氣的領帶，年約三十四、五歲，一身講究的打扮；他稱為「小要」的男子，年紀比他輕，一頭長髮，穿黑色皮夾克，嘴邊蓄著鬍子。那人低頭調整相機鏡頭，低聲應：

「誰知道。可能是一面唱『飛鳥明日香，背井走他鄉，不知君去向，黯然心悲愴』，一面解說吧。」

「厲害。你記得可真清楚。」

見同伴唱起《萬葉集》裡的和歌，直誇厲害的這名男子，是雜誌編輯，剛才他遞名片給此時坐在車子駕駛座上的明日香村公所觀光課主任。名片上印有「《文化領域》雜誌副主編福原庄三」這行字。

至於把玩相機的這名皮夾克男子，他遞出的名片只寫有「坂根要助」這四個字，沒其他頭銜，東京住址旁印有某攝影師聯盟的名稱。他的座位旁及腳下擺滿配件盒和三腳架。

「小要，你坐過觀光巴士嗎？」副主編福原瞇著眼望向香菸升起的白煙。

「不，沒坐過。不過我很想坐坐看。」攝影師從相機上拆下鏡頭，換上另一個。

「因爲巴士導遊會許多和歌，所以我是憑自己想像說的。如果要再來一首，因爲這座山丘後方可以望見倉椅山，所以應該會唱那首……呃……倉椅山……」

正當他接不下去時，坐在駕駛座的觀光課主任笑著說，「險峻倉椅山，陡峭如立梯，山岩難攀附，緊繫吾之手……對吧？」

「沒錯。」攝影師甩動長髮。

「杉井先生，這也是《萬葉集》嗎？」

福原朝觀光課主任從背後問道。不如說是朝他毛髮稀疏的後腦問道。

「不，是《古事記》裡的和歌。肥前國風土記中也有類似的和歌，應該是情歌對時唱的歌謠，後來經穿鑿附會，被人們當成悲戀、逃亡時的歌，深深打動年輕人追求浪漫的心。」

副主編聽完後，在擁擠的車內，從車窗仰望倉椅山。春日尚遠的冬景，蕭瑟地覆蓋整面陡峭的山坡。

「原來如此，有了《古事記》和《萬葉集》，造訪這座村里的人們面對充滿古味的氣息，應該會感動得喘不過氣來吧？」

福原轉頭面向杉井主任的腦勺。

「喜歡的人的確會這樣。想到眼前的一草一木都保有飛鳥時代的原貌，便感動得淚流滿面。女遊客還會拿著文庫本的《萬葉集》四處參觀。上了年紀的遊客當中，不少人都說自己年輕時曾帶著和辻哲郎的《古寺巡禮》，到這一帶和奈良的寺院展開巡禮。雖然不少對飛鳥

圖：酒船石

時代充滿憧憬的人，但也有許多人對遺跡和寺院連看也不看一眼，就只是搭車走馬看花，對文化毫不關心。只是四處排放廢氣和亂丟紙屑，教人沒轍。」

這位村公所的公務員笑著感嘆道。停放在山丘下的車子，在陽光的照耀下，微光反照。

在縣道旁的狹小空地上，車旁有一面寫有「史跡．酒船石」的立牌。附近是田地，蔬菜的葉子還很短小。當中有條小徑引導人們走向這座山丘。山丘的斜坡和低矮的山谷都布滿落葉，尚未冒芽的雜樹林，像廢物般群聚。從底下的縣道仰望，丘陵約莫二十公尺高。雖然與其他山丘相連，但位於前端，看起來仿如獨立的山丘。擔任嚮導的村公所杉井主任，踩著小徑的枯葉走在前頭，副主編福原、攝影師坂根緊跟在後。福原庄三身材高大，坂根要助則比一般人矮。兩人站在一起，高矮落差分明。福原身材清瘦，坂根肩膀寬闊，結實精壯的體格，猶如一具方正的箱子。坂根以皮繩綁好裝有相機配備的金屬盒，扛在壯碩的肩上，手裡握著三腳架。金屬盒在坂根臀部上方沉甸甸地晃著。福原拎著兩台相機，算是幫坂根的忙。

副主編沿著小徑而上，與走在前頭的村公所觀光課主任攀談。

「杉井先生，剛才你提到，對遺跡漠不關心的人，開著車四處排放廢棄，亂丟紙屑。這種人愈來愈多嗎？」

「當然。自從高松塚熱潮（註二）後便暴增許多。這雖是一種流行，但等流行退去，眞正的飛鳥時代也會深植在年輕人心中。」

「不過光是遙想古代便無比浪漫。雜誌也一樣，只要以古代或《萬葉集》作特集便會熱賣。但光只有報導可不行。得放許多營造出浪漫氣氛的彩色照片才行。所以我們才會指定一流的攝影師掌鏡。」

最後這句話，對背後那名扛著沉重配件盒登山的攝影師具煽動的激勵效果。一切都是爲了生意，因爲副主編是雜誌彩圖頁的負責人。可是比起副主編的話，坂根要助似乎更注意腳下狀況，他緊盯著地面行走。小徑的坡度突然變陡，處處幾欲崩塌。

「到了，就是這個。」

杉井到頂端後停步，平抬起手指給隨後走來的其他兩人看。一塊巨石座落平地上。厚度看起來約一米高，上方呈細長的扁平狀。依目測，長約五米，寬二米，上方的平坦面分別有個橢圓形和半圓形的淺穴並排。看起來尤爲顯眼。

「就像大型的手水石（註二）一樣。」

副主編福原凝望因風化而泛黑的巨石，向村公所的杉井主任低語。會聯想到擺在神社和寺院內的洗手用石缽，是它上方的平面有個橢圓形凹洞，高度也很類似。儘管周邊仍保有石頭的自然原貌，但平面部分經過石匠精心處理。

「不過上頭好幾個洞。首先是中央處一個橢圓形大洞，還有一旁只有一半大的小洞，形狀像半圓，也像栗子。」杉井面露柔和的微笑指出，「……這個半圓形的小洞，左右兩個孔。由於石頭的兩端剝落，圓孔有點缺損。此外，橢圓形大洞的斜上方有略小的圓孔，缺損相當嚴重。還有連接這些孔洞的細線溝槽，這些溝槽都往兩端延伸，對吧？很像手水石，但又截然不同，對不對？」

福原隨著說明移動視線，頻頻頷首。坂根蹲身打開擺在枯黃草地上的硬鋁盒，將攝影器材攤在地上，獨自忙著組裝三腳架。螞蟻正要爬向銀光閃閃的配件盒。

「眞大。」福原後退一步，欣賞整個石頭。

註一——高松塚古墳是位於奈良縣高市郡明日香村的古墳。建造於藤原京期（西元六九四年～七一〇年）。一九七二年發現墳內有五彩繽紛的壁畫，而備受矚目，引發熱潮。

註二——又叫「手水缽」，是到神社參拜時，裝水用來漱口、洗手的石頭。

「杉井先生，來這裡的路上，你提到古代造酒石，它眞正的用途爲何？就算是個人想像也沒關係，請說來聽。」

「那我們先來看一下那個立牌。」

經杉井這麼一說，福原念起立在石頭旁的立牌文字。

「史跡酒船石——此石器位於從岡寺連往飛鳥寺的東邊丘陵上，長約五．三公尺……俗稱酒船石，有人說它是造酒石、漕油石，或是作爲製造辰砂之用，但詳情不明。於一九二七年被指定爲史跡——明日香村。」

福原不懂「漕油石」是什麼意思。見福原的視線從文字上移開後，杉井微笑：

「雖然我們寫下這樣的文字，但坦白說，我也不清楚詳情，寫這些是基於求學問的良心。」

「油指的是什麼？」

「有一說是利用這個洞榨出油菜油，流進溝槽，分配給山下的村落。」

「那辰砂呢？」

「就是朱砂。爲水銀和硫黃的化合物，有種猜測說以這個石洞將礦石搗碎後取出朱砂。朱砂是防腐劑，在古墳時代放在下葬者的棺木中。」

攝影師準備完畢。攝影師坂根開始拍攝巨石。他拉高三腳架，將大台相機對準巨石平坦的上部。副主編福原和杉井主任退向一旁，避免打擾攝影師，但福原發現對方裝上微距鏡頭的相機，在一旁問道：

「小要，你在拍什麼？」

「螞蟻。」坂根望著取景器對焦。

「螞蟻？」

「我想拍兩隻螞蟻爬向橢圓形大洞裡的畫面。這很有意思，我想從這裡開始。」坂根的頭髮被風吹起，擋在取景器前，看起來很礙事。

福原對他的回答似乎有點不滿，但村公所的杉井覺得這種取鏡很特別。

「不愧是專業攝影師，著眼點與眾不同。爬行在古代石洞底部的螞蟻的確有意思。這麼一來，沒生命的石頭就活起來。如果是彩色照片，這塊石頭會呈現出綠色，與黑色螞蟻形成強烈對比。」

杉井直誇坂根的巧思。

「因爲石洞很淺，可以清楚看見在底部爬行的螞蟻。」坂根維持原本的姿勢應道。

「洞底很淺是吧。杉井先生，用這種淺底壺穴釀造出的酒，可以裝在裡面嗎？」

福原一副很無奈的模樣，提出凹洞深度的問題。

「關於這點，如你所說，以這樣的淺度，朱砂姑且不談，酒其實裝不了多少，反而應該會順著從壺穴分往三個方向的溝槽把酒送給山丘下的村落。」

「你說溝槽分成三個方向，是怎麼回事？」

「我也不清楚。不過中央溝槽應該是往甘檮丘方向。左側則是往淨御原宮遺址。《日本書紀》上記載，那是收伏壬申之亂的天武天皇即位的皇居。右側是面向檜隈的平田方向。那些從朝鮮渡海而來歸化的人們，以檜隈當根據地。高松塚也在境內。照這樣來看，這溝槽似乎有某種含意。」

「原來如此。」福原身體轉向西側山麓。陽光剛好射入薄薄的雲層中，柔和的光線斑駁照向早春的金剛山群。福原環視四周，隔著底下水田，左右分別是川原寺與橘寺的細長白牆、雜樹林蓊鬱的甘檮丘、前方大和平原的南端、因微弱陽光顯得模糊的金剛山群——放眼遠處的福原，目光忽然凝聚在某一點上，他發現有名女子正朝這座山丘走來。

在他們停車的地方，與來到此地的小徑正中央一帶，一名身穿淡褐色棉質短大衣、青色長褲的女子往這裡走來。女子低頭行走，從福原站在山丘上的位置看不清楚她的臉，她長髮披肩，單邊肩膀背著個黑色大包包。

福原急忙來到正忙著拍攝石頭的攝影師身旁。「喂，小要，有好東西來了。」他有些興奮。

「什麼啊？」坂根改變位置。

「有位妙齡女子上山來了。請她站在酒船石旁。古代的巨石與現代女子形成強烈對照。與其拍螞蟻，還不如拍這個比較好。」這是編輯的直覺。

「要用那種平凡無奇的安排嗎？」攝影師意興闌珊地回答，但可能考量到對方的感受，還是保留了妥協的空間，補上一句，「等看過本人再決定。」坂根繞著石頭持續按快門。在山丘上寒冬的清澈空氣中，快門聲就像眨眼般響個不停。

福原與杉井緊盯著攝影師的動作。他們都在期待那名從山下到這裡的女子。福原是出於編輯的工作和好奇心，杉井完全抱持旁觀者看熱鬧的心態。剛好陽光從雲層間露臉，亮度再次增強，照得這名村公所公務員的後腦閃閃發光。

女子的身影逐漸從枯黃的草叢底下現身。福原以眼角偷瞄女子膝蓋上的部位，淡褐色的棉質短大衣及青色長褲，他有顧忌，不敢正面望女子，怕這樣沒禮貌。對方似乎也沒料到這裡有三名男子在拍照，她到山頂時猛然停下腳步，面露躊躇。福原這才有機會正眼細瞧這名女子。身材比例不錯，這是編輯得到的第一印象。穿著長褲的雙腿，在束著腰帶的短大衣下併攏而立，看起來很修長。

「請。」福原就像要化解女子的顧忌般出聲邀請，懷抱著一種「是我們打擾您了」的心態。女子默默回禮。福原移開目光後，心想「不錯哦」。這張臉蛋很適合拍照。

福原多所顧忌，不敢緊盯這名新加入的女性，但對方爲了看酒船石緩緩移動位置，福原很自然將對方的全貌盡收眼底。

披肩長髮分成兩邊的額頭下有張長臉，兩頰略嫌瘦削，她因陽光刺眼瞇起的雙眼，正注視某個事物，但現場有外人，不然平時眼睛應該會更大。她緊抿的雙脣兩邊帶著酒窩，在陽光下略加深暗影。下巴略顯圓潤。原本福原以爲是妙齡女子，但這名女子年近三旬。他身爲彩圖頁的負責人看慣了模特兒。近來一些三十歲的女人，打扮得和二十歲左右的年輕女孩沒有兩樣，遠看一時瞞過福原的眼睛。背在她肩上，大得有點難看的包包，也很像愛漂亮卻不講究的年輕女孩風格。大衣的皮帶也沒穿進扣環，夾進兩側。

雖然沒專業年輕模特兒那般合適，但站在古老的巨石旁，應該有十足的效果。臉部可以不必放大特寫。她的服裝和色彩，只要從遠處拍攝便可充分營造出時尚女孩的感覺。

福原望向坂根要助，但這名攝影師仍以取景器緊盯凹洞底部爬行的螞蟻。雖然一樣是長髮，但坂根的髮質乾澀，一頭紅褐色頭髮，感覺布滿塵埃。

福原很想悄聲對坂根說幾句話，但對方一臉認眞操作相機，苦無機會。而且那名女子就在附近，就算小聲說話還是會被聽到。副主編希望能讓女子站在巨石旁，但由攝影師開口拜託比較恰當。

女子避開鏡頭，仔細端詳巨石。時而往右，時而往左，一會兒把頭倒向一旁，一會兒蹲下身往巨石底下觀望。她看起來相當熱中，不會馬上離開。福原還有機會達成願望。攝影師一直在拍石頭。女子則繞著石頭觀賞，毫無互動。雜誌的編輯和村公所的公務員並肩而立，四人一直沉默不語。微微傳來枯草的氣味。杉井從口袋裡取出一本薄冊子。低咳幾聲開口，似乎想打破這種令人難受的單調沉默。

「呃……我帶來一份奈良史跡名勝、天然紀念物的調查報告書影本，上頭有酒船的介紹。我來朗讀裡頭的要點，給您參考。」

村公所的觀光課主任提議朗讀史跡調查報告書，一來是爲了打破眼前尷尬的沉默，二來是想念給不遠處的女性觀光客聽。她看酒船石的模樣如此認眞。

「呃……那我要念嘍……酒船石長十七尺五寸、寬七尺五寸、厚三尺二寸……這是依據昭和二年的報告書及當時的尺規標準。記載人是一位名叫上田三平的學者，以現今的尺寸來說，則是長五．三公尺、寬二．三公尺、厚一公尺。」

杉井主任加上注釋。

「……酒船石是以這種尺寸的扁平花崗岩構成，長軸幾乎位於東西兩側；靠近石頭西端的底部，有個外形渾圓，直徑二尺六寸、長五尺的花崗岩基石。基石附近有用紅土充填的痕跡……酒船石的表面近乎扁平，略微往西方傾斜；沿著主軸，東邊刻有一個南北直徑二尺四寸、東西直徑一尺五寸、深約兩寸的圓扇形沉澱處，它與中央及左右，各以寬三寸、深二寸五分的直線小溝貫穿，中央的小溝沿著主軸，通往石頭中央所刻的橢圓形沉澱處，左右的小溝各自以反方向斜斜往外而去，至於各條分溝則是通往刻在石頭左右兩側，直徑一尺八寸、深二寸五分的圓形沉澱處。雖然我這樣朗讀，但各位一定還是不清楚是怎麼一回事，看過實物應該就會明白。」

「這樣啊。」福原只好跟著點頭。

女子的長腿停步，視線投向酒船石，但耳朵卻朝向朗讀中的杉井。坂根要助更換相機，將三腳架移往身後。但仍以半蹲姿勢緊盯著取景器。杉井見女子在聽他說話，得到力量。

「其他部位的尺寸，我就省略不說了，正如同您所看到的。那我接著說其他的吧。」他提高朗讀的聲音。「自古以來都稱這塊巨石為富豪的酒船，一說是古代釀造器的一部分，但實情不詳。關於富豪傳說，在本居宣長的《菅笠日記》中記載……開頭部分省略……此石何時建造，為何而造，難以得知，村民流傳此乃昔日富賈之酒船，而此周邊田地，日後皆以酒船名之。此石昔日尤為巨大，於興建高取城時，外側泰半遭人刨取。酒船石兩側現今仍留有用石矢分割石塊之遺痕，故確定早在明和時期（一七六四年到一七七一年）便已存在，但無法保證是否用於高取城石牆中……」

女子朝他們走近。但女子走近杉井和福原，只是福原的感覺，其實她只動一步。不過福原還是認為這名女子相當熱中。前來造訪飛鳥的遊客當中，女性大多出於浪漫情懷，從這塊土地上的一草一木中感受出思古幽情，對《萬葉集》懷有一份親切感，這名女子應該也是，但她很仔細聆聽無趣的酒船石報告書朗讀，不過，不知她是否真能理解內容，還是只是做樣子？有些女性對於古寺的佛像，會裝出一副讚嘆的模樣，彷彿行家。

杉井朗讀得愈來愈起勁。

「然後呢……有了，從這裡開始。於海拔五八〇公尺的山頂處構築堡壘的高取城，關於它搬運石頭的方式有許多傳說。其中尤以猿石最有名……這其實是石人。像猿石這類的傳說，還有白櫃村益田池石碑被切割來疊牆的傳說，也是遠近馳名。不過，像酒船石也同屬這種傳說，它是飛鳥地方屈指可數的古代巨石遺物……」

比起古代巨石遺物的報告，福原更在意女子。他心想，攝影師坂根要是機靈一點就好了。但偏偏不能明顯比暗號，而且杉井一直在朗讀，福原儘管心裡焦急，還是只能佯裝聆聽。只有這名觀光課主任一臉專注。

「酒船石西南西方向，約四百公尺遠的飛鳥川沿岸『出水』，一處通稱『KECHIN田』的耕地上，於一九一六年五月偶然發現類似的石器。順著這出現在水田溝渠處的石材往下挖掘，發現它是由兩個花崗岩組合而成，主軸面朝北北西……也就是說，在飛鳥川畔的水田裡，挖掘出和酒船石一樣的石頭。各部位的實際測量尺寸都有記載，但因爲一一說明略嫌麻煩，在此我就省略了，直接說最後的部分……附近亦有竹片、陶器碎片、樹果、米糠等出土，但同樣沒發現可清楚證實用途的其他裝置。酒船石的所在位置較高，不過……在飛鳥川畔發現的石頭，似乎與酒船石爲同樣之物。酒船石在學術上占有很重要的地位，所以依據史跡保存要項第八條……結束，就是這麼回事。」

杉井說完後，吁出一口憋在胸口的氣。福原正要說「辛苦了」時，穿著長褲、一直靜靜聆聽的女子，搶先一步笑著朝杉井走來。

「可以向您請教一個問題嗎？」

她站在一旁的冷漠表情，與此時跟人說話的表情，大不相同。因爲與人有言語交流，她展現出親切之色。瘦削的雙頰線條變得沒那麼明顯，柔和微笑在臉上舒展。因爲她的臉略呈古銅色，脂粉未施的肌膚，突顯出皓齒的亮白。她說有問題想請教，一聽就知道是針對剛才朗讀的酒船石調查報告書，杉井當然很開心。

「請儘管問。」

觀光課主任雙手捧著印刷本，臉上浮現皺紋，往後倒退一步，像要恭迎剛才擅自在旁偷聽的女子。杉井身旁的福原也露出招呼人的微笑。從正面看才知道，這名女子前襟敞開處，露出既像葡萄茶色又近乎深紅的毛衣。毛衣採酒壺形的樣式，領子偏高。女子身材清瘦，突顯出細長的脖子。

陽光照向年近三十的女子半邊臉，她眉眼含笑，清晰地問。「聽您的朗讀，之前在飛鳥川畔發現和酒船石一樣的石頭，但現在已不在那裡，對吧？」

「不在那兒了。老早就運走了。」杉井說明。

「知道運往哪嗎？文獻上說它下落不明。」

「是。關於這件事……」杉井望向女子，心想，雖是普通的觀光客，但她知道得眞清楚。「人們說它下落不明，但最近終於查明了。它擺在京都南禪寺的野澤惠七先生的別墅庭園裡，不過我還沒見過。野澤先生是大阪一家證券公司的老闆，是現今野澤物產的創辦人。」

「哦，這樣啊。」

女子從短大衣口袋取出筆記本，以原子筆記下。連筆記本用的也是男人常用的黑色封面，一點都不可愛，而且比一般筆記本來得大。

福原望著坂根。攝影師繞到巨石的另一側攝影。

「聽您所說，這塊酒船石有釀酒、造油、製造朱砂這三種說法，除此之外還有其他猜測嗎？」

女子闔上筆記本，笑靨如花。

「也有人猜，這可能是古代的水占器具。」

女子再次將視線投向雕刻出許多凹洞與直線溝槽的巨石。看她的眼神，似乎了解「水占」，她想重新觀察，看是否眞是這樣用途。

「水占是什麼？」

副主編福原問杉井。一來想製造機會和女子攀談。他不指望攝影師了。

「水占只在《萬葉集》裡出現過一次。那是大伴家持在能登寫的和歌——相隔兩地已經年，未見吾妻心思念，水占向天問歸期，饒石川畔淺淨灘。中國《易經》引進前，日本古代占卜法相當多種，一種爲太占，《古事記》也有提到，是燒烤鹿的肩胛骨，藉由燒出的裂痕判斷吉凶，此外還有烤龜甲的龜卜、將粥裝進竹筒，數米粒數量的粥占，以及常見其他文獻的橋占、十字路占卜、歌占、鳥占、水占等。有人說水占是在神明前祈禱，在聖水前顯影，或是喝下聖水進行判斷、占卜，但詳情不明。水占只出現在家持的一首和歌中。」

「原來如此。」

福原對觀光客主任的歷史造詣深感佩服。這是他造訪明日香的學者那裡聽來的知識，但也因爲職務的緣故，對鄉土史學有過一番苦讀與研究。

「不過只是要顯影，留一、兩個圓洞就夠了吧？也不需要這麼多溝槽啊。」福原提出外行人的疑問。這時，長髮女子瞄他一眼，福原知道女子聽到他的提問後露出微笑。

「你說到重點了。因此水占說的可信度不高。不過，提出這種說法的人認爲，一旦洞裡裝滿水，水就會從某個溝槽流出，用這樣來占卜。」杉井笑著說。

「原來如此，這麼說就懂了。」

「也有學者堅稱這種說法可信度最高。」

「可是……」長髮女子插話。「《萬葉集》提到的水占，是在清澈的淺灘處，應該是在河邊進行？而且伴信友在《正卜考》中也提到，水占是用繩子進行……」

她說這話的口吻，似乎暗指酒船石不可能辦到。這時，坂根要助從他拍照的地點朝他們走來，因爲工作告一段落，而這位前來看酒船石的女子與杉井的對話，引發他的興趣。「水占」的問答仍舊持續。

「伴信友老師寫過這樣的文章是嗎？」杉井望向巨石，無精打采說。

「這我就不清楚了。我只聽過《正卜考》這個書名。」

「也不知道這種說法對不對。要是這塊巨石沒缺損，保有原本模樣，也許就能更準確猜出它的用途了。」女子眼中帶笑。

副主編福原身子微蹲，從石頭邊緣往外側底下窺望，輕撫著它說。「缺損好嚴重。要是有一部分拿去蓋高取城的石牆，只要去調查高取城遺址的石牆，或許能找到碎片。」

「你說得對，不過還沒人做這方面的調查。」杉井應道。「行經這座山谷流往南方的南淵川，它的西岸山頂就是高取城的所在處，此城興建於南北朝，在豐臣時代重新大興土木。當時運來許多這帶的老舊石器，爲了改建成石牆。弘法大師造的益田池碑從平安朝以來一直都位在橿原附近，碑文流傳了下來，基石也保存至今，但石碑不復見。不過，刻有碑文一筆一畫的石材卻堆在高取城各處。弘法大師的石碑被敲碎，分散於石牆。此外，路旁雖然立著猿石，但這是橘寺的二面石和吉備姬墓地的奇怪石人像的其中之一。它有同類，現在擺在東京博物館內……」

觀光課主任終於又恢復鄉土歷史學家的口才。

「哦，您指的是擺在東京博物館庭園的石像嗎？互相擁抱的男女石像，兩張奇怪的臉各自轉向一旁？」

坂根雙手垂放，拎著相機。他因爲攝影師的工作到過各種地方。他提到東京博物館，是因爲曾受某出版社委託，前去拍攝館內的展示品。視委託案件而定，有時甚至前往海外。

「沒錯，沒錯。」杉井朝坂根頻頻點頭。

「就像古老的道祖神（註）。那也從飛鳥出土的。因爲這帶山脈有許多花崗岩，所以有

註——設於村莊邊境、山頂、十字路口處的神像，用來防止惡靈入侵，保護行人和村民不受災難侵擾。

許多年代久遠的石器。」

福原對坂根又急又氣。古代巨石與現代女性的組合呈現出的照片效果多妙，就算再平庸的攝影師也會察覺。打從剛才起，他就一直期待坂根有動作，但他一會緊盯石上爬行的螞蟻，一會對杉井的石器遺物講解表現得興味盎然，完全沒有要動作的意思。福原不知一旁的女子何時會離開，而且坂根要助還一直追問。

「這麼說來，酒船石和猿石都是在飛鳥時代製造嘍？」

「沒錯。酒船石、猿石，以及前方的龜石、奈良市內的奈良坂、位於奈保山的隼人石，都是同一時期的產物。」

「我看過東京博物館的猿石，長相相當怪異。與飛鳥時代的佛像面相截然不同。」

「是不太一樣。據說是佛教傳入前所打造。江戶時期的學者認爲，猿石和龜石是海外歸化的石匠爲了好玩刻製的。」

「古文獻沒記載嗎？」

「完全沒提及。是解不開的謎。」

「學者們如何解釋？」

「學者們也沒交代清楚。也幾乎沒相關的論文。歷史學者和考古學者都一樣。教授們對於有文獻記載或是身分明確的遺物，會寫論文研究，但不是這樣的歷史文物，他們不會輕易碰觸。」

問。

站在一旁的女子微微一笑。

「爲什麼？充滿謎題才能充當探究學問的對象，不是嗎？」攝影師用頗有深意的口吻提

「我不清楚。可能因爲這個謎題太大吧。」

「因爲謎題太大，無法負荷是嗎？」

「這個嘛……」

觀光課主任不置可否地回以一笑。一旁的女子也莞爾一笑，看起來就像相關人士才會浮現的表情，別有含意。

「請容我插個話……」福原再也忍受不了三人的閒聊，向長髮披肩的女子行一禮。趁女子目光移轉之際，福原迅速遞上《文化領域》的名片。

「我們是這家雜誌社的人。想拍酒船石當雜誌照片。不好意思，可否請您站在石頭旁，讓我們拍張照？」

女子拿著福原那張印有公司名稱的名片，仔細端詳。她一低頭，長髮凌亂披散在她稱不上豐腴的臉上。

「謝謝您的邀約，但請恕我不便配合。」她直視福原，臉上掛著柔和的微笑。

「不會給您添麻煩的。」

雖然早料到可能得到這樣的回答，但福原還是露出和善的笑容。

高取城遺址　猿石

高取城遺址　猿石吉備姫王墓　兩尊猿石

「因爲是彩色照片，需要鮮豔的色彩。如果只有石頭就只能拍出灰中帶綠的畫面。所以才想來一點明亮的暖色。一旁有人物陪襯，畫面會讓人親近許多，而且有人物對比，也比較容易明白石頭的大小。如果您不想拍到臉，可以拍側臉，或採遠景拍攝，柔焦處理也行。」

沒帶專業模特兒隨行時，常會說服路過的女性客串演出，有時對方配合度高，有時不然，視對象而定。從模樣來看，如果像馬上一口答應，或一開始不太願意，但最後還是會答應的女性，就比較容易開口交涉，如果看起來很像會一口回絕，就讓人束手無策。

稍微有點年紀的女性、不認爲自己是美女的女性，以及看起來知識水平較高的女性，都不太喜歡拍照。上雜誌更是避之唯恐不及。說起來，這種女性通常都十分「冰冷」。福原認爲眼前女子符合以上三個條件。正是他最不擅長說服的類型。剛才她向杉井提出關於酒船石的問題，也看得出她具備不少相關知識。這讓福原深感自己的不足，更讓她難以被說服。不過，對於一開始就不看好的對象，副主編福原向來也不太低頭請託。這名女子的打扮，帶有現今年輕人流行的那股「天眞」，才令他抱持期待。福原猜這名女子約莫三十出頭。

「很抱歉，我不能幫您這個忙。」女子二度拒絕。口氣比之前冷淡。

福原被對方拒絕，僅嘴角掛著微笑。女子第二次拒絕時，語氣相當冰冷，他只好微笑裝傻來化解尷尬。他目光移向坂根要助，但坂根像天上的浮雲，對副主編和女子的交涉漠不關心。話說回來，應該是攝影師要機伶一點，率先製造機會，但坂根卻呆呆站在一旁，態度令福原看了就有氣。反而是村公所的杉井比較懂得察顏觀色，問女子：

「請問一下，剛才聊到東博內的石人像，您可見過？」

他似乎想接續話題，讓福原不會一直處在失望的情緒中。東博是東京博物館的簡稱。一般人不會採這種說法。

「有，我見過。」她很率直頷首。

「橘寺的類似石像，您也見過嘍？」

「不，我還沒看過。聽說叫二面石。我打算接下來要繞去看看。」

「這樣啊。東博的石人是在明治時期於鄰近甘檮丘的飛鳥川畔出土。那地方叫石神，如今是飛鳥小學後方的一座水田。擺在東博裡的須彌山像石，是三顆渾圓的石頭疊成，最上面的比較小，形狀看起來像雪人又像卒塔婆石（註）。底下的石頭刻有像是須彌山的山形連續花紋。那個啊……」

「石頭內側有刨空的空洞，外側則有小穿孔，當內側的空洞注滿水時，水就會從小孔噴出。那也是很不可思議的石造遺物。」

福原認爲話題可以就此打住，但攝影師卻中途插入話題。

「我問過東博的人，聽說那座設計得像噴水塔的石頭，是古代的水時鐘。」

「這當中有多種說法，目前大多數人都把它看作須彌山。《日本書紀》的〈齊明紀〉記載，於甘檮丘東之川上造須彌山，饗陸奥與越蝦夷——但詳細情形爲何，還是不得而知吧？」杉井望向女子。

「也許是吧。」女子開朗地微笑，低調應道。

「總之，這一帶的石造遺物，充滿了謎。」

「想請教您一個問題，酒船石從以前就位在這座山丘上嗎？」她恢復認真的表情，向杉井提出新的問題。

註——供奉死者用的佛塔。

2 CHAPTER — 第二章

奈良町

坂根要助著手拍攝。副主編福原站在一旁，模樣既不像指揮者也不像隨行者，更不像助手。這是前往酒船石隔天的事。

坂根的長髮在頭頂亂飄。從西邊吹過盆地而來的風勢強勁。儘管天氣晴朗，但依舊冷冽。度過底下護濠時，水的冰冷宛如一同滲進體內。水面上泛起陣陣波紋。

崇神天皇陵的後圓部面朝山側，前方向西側的平原挺出。以鑰匙孔般的形狀銜接後圓部與前方部的地方稱「細窄部」。此時，坂根拿著相機在這帶徘徊。從南側面看來，宛如兩座小山丘並排的前方後圓墳是一片松樹、杉樹、橡樹等常綠樹構成的密林。雖然是幕末時期的植林，但長得像自然林，密林深處及樹下都不見天日。墳丘周圍設有積滿水的護濠，外側是高大河堤。由於利用丘陵斜坡建造，所以設有堰堤防止護濠的水滿出流向底下平原。南側在後圓部的中央一帶，北側則在「細窄部」處設有細長的堤防。這些都是幕末時期的工程。

坂根在南側的外堤來來回回，不斷改變角度，拍攝早春時顏色泛黑的墳丘森林。

「這樣的畫面應該可以吧？」他轉頭望向福原。

「嗯。」副主編瑟縮著身子，一副很冷的模樣。「那我們就慢慢往奈良移動吧。」他好像很想早點離開這裡。

「請等一下。順道去陵墓的森林裡拍幾張照。」坂根將相機捧在胸前說。

「進不去的啦。要是被發現，會挨罵的。」

「沒事的，從圍牆往內拍就行了。」

他們走在堰塞湖的窄細堤防上。兩側都是護濠水，西側特別高，像水壩的堰堤。福原以手護著火點燃菸，無奈跟在後頭。

「我說小要啊……」福原叫喚，朝攝影師背後吐口煙，被風吹向一旁。「昨天在酒船石遇見的那名女子，到底什麼背景啊？」

「福原先生，你好像很在意她呢。」

攝影師的聲音從前方傳來。福原在坂根身後信步走在堰堤上，朝崇神天皇陵的後圓部南側中央走去。

「還說呢。那時我以爲你會開口要求她和酒船石拍照，但你完全沒半點動靜，還向杉井先生問一大堆問題。我都等得不耐煩才向那名女子邀約。我覺得巨石和女人是很棒的構圖。」福原回了坂根這麼一句。

「我也不是沒想過，但我認爲開口拜託她也是白搭，所以打從一開始就沒說。」

坂根仰望面前的皇陵森林說。

「你哪會知道啊，是憑直覺嗎？」

「憑我的經驗，大致看得出來。」攝影師說。

「我也沒什麼把握。結果被拒絕了。道別時，我又邀她一次，三次都被回絕。」

「巨石和女人是很常見的構圖。所以沒什麼好可惜的。」坂根像在安慰副主編似回以一笑。他留著一頭長髮，滿臉鬍鬚，但有張娃娃臉，笑起來還挺可愛。

「不過，」他接著說。「她戴著一張充滿個性的假面具。看她那身打扮，當時遠遠看她走上山丘時還以為是一張無趣的臉蛋，但她到身旁時，著實出乎我意料之外。雖然不算是什麼大美人，但微凸的額頭，瘦削的兩頰、凹陷的眼窩，都很有個性。」

「既然這樣，你邀她不就得了。比起由我來說，身為專業攝影師的你開口邀約，她也許就肯配合。」

「應該不會成功。我認為她個性很剛強。還有，雖然她沒表現在外，但她似乎相當了解古代知識。」

「你是指她提到酒船石是否原本就在這座山丘上的問題吧？杉井先生好像也是第一次發現這個問題，陷入沉思。看來還沒人提過這樣的疑問。事實上，這麼一塊巨石在這裡，大家都以為它很久以前就位在同樣場所，才有人提出酒槽說，認為是從山丘上安裝三根不同方向的石管，將酒分配給山腳下的村莊。從石溝的方向產生聯想。」

「從飛鳥川畔的水田裡也挖掘出類似酒船石的巨石，這顆巨石或許以前也是位在飛鳥川畔，這就是她的提問。須彌山石也從河邊出土，猿石和石人像原本也不在現在的地方，所以聽她問題後，讓人覺得很有道理。不過，基於什麼原因要那麼辛苦將巨石搬上山丘呢？」

堰堤終點位於後圓部中央，墳丘也來到盡頭。老舊的木樁上架著帶刺的鐵絲網，上頭布滿紅銹。有一扇小門，門鎖一樣老舊生銹。鐵絲網裡的斜坡上被松樹、橡樹、杉樹、米櫧、樟樹、檜木等密林掩蓋。野漆樹、楓樹這類落葉樹較少見，所以看不到光禿的樹梢。就算窺望幽暗森林深處，也因為層層疊疊的樹葉及林間生長的蕨類而看不清楚，在上方逸洩的光線照射下，近處浮現數株赤松的紅色樹幹。

「真是鬱鬱蒼蒼呢。」福原到鐵絲網前，望著密林低語。

「沒人可以進入這個地方，所以才保有自然林。不愧是天皇陵。應該沒人會那麼惡劣，故意穿過鐵絲網入侵這裡。」

「才沒有呢。這附近到處都是垃圾。」坂根指著斜坡。

鐵絲網內的平坦處散落一地果汁空罐、點心包裝紙、報紙。一旁長著茂密的蕨類。

「可能有情侶闖進裡面。」福原蹙眉。

窮酸小門上垂掛的門鎖布滿紅銹，三層帶刺鐵絲也沒被破壞的痕跡。窄細的堰堤左右兩側都是陡坡，沒入護濠的水中，要沿著陡坡底端繞路，相當危險。

「他們是從哪裡進去的？」福原深感納悶。

「只要有心進去，從哪裡鑽進去都不成問題。也許後方有出入口。」

「這裡很適合情侶約會。森林深處不太會被人發現，夏天又涼爽。人們被慾望遮蔽，連天皇陵的尊嚴都可視而不見。」

「這樣看來盜墓也不成問題。」

「盜墓？盜天皇陵嗎？」福原瞪大眼睛。「怎麼可能有人盜天皇陵。以前難說，都是現代了。現在戒備森嚴，盜天皇陵這種無法無天的行徑，誰做得出來。」

「福原先生，你不是才說過嗎？人們被慾望遮蔽，連天皇陵的尊嚴都可視而不見。色慾和物慾是一樣的。已經有情侶打破禁令闖進墳丘，盜墓者要闖進裡頭自然也不是難事。」

「可是這裡是天皇陵啊，而且是崇神天皇陵。再怎麼說也很難想像有人挑它盜墓。」

「我只是看到情侶闖入這裡，認爲有這個可能罷了，不是猜測有人盜墓。」

「天皇陵應該收藏不少稀世珍寶，像鏡子、翡翠手鐲、勾玉、鐵刀劍等。」

「哪會啊，盜墓以前就有了，裡頭早就沒這類陪葬品了吧？」攝影師坂根反對福原提出天皇陵是寶庫的說法。

「天皇陵也是這樣嗎？雖然也不是沒人這樣說啦。」福原刻意壓低聲音。

「天皇陵的石室恐怕沒剩多少陪葬品，這可是學界的常識。不過這種事也不能大聲說。」

「天皇陵也這樣嗎？」福原仍不死心。

「決定命名爲崇神天皇陵是幕末的事。之前沒人知道這是誰的墳墓。史實上記載，飛鳥的天武、持統合葬陵在鎌倉時代曾被盜墓。更何況從室町時代開始，戰禍連連，在江戶時代，這些現今名爲天皇陵的古墳幾乎被附近居民盜遍了。」

「宮內廳之所以不許考古學者進行學術調查挖掘是因爲罪惡感。這是某位學者的推測。宮內廳連皇陵參考地也不讓人開挖。不過，這些陪葬的寶貝到底都跑哪兒去了？」

「老舊古物經收藏家之手輾轉流落富豪或博物館內，比較新的稀有珍品則由有這方面嗜好的大財主收藏。」

「現在沒人盜墓了吧？」

「現在警察和村民都很眼尖。特別是天皇陵，人民有種要尊敬它的特殊觀念，宮內廳地方機關的職員也會不斷巡邏，所以無法盜墓。剛才我是看有情侶闖進裡面，才說盜墓者也可能闖進去盜墓。」

坂根蹲下身，從硬鋁盒裡取出圓筒型的鏡頭，裝設在相機前方。

「小要，你要用遠攝鏡頭拍哪裡？」福原雙手插在大衣口袋俯看攝影師手裡的東西。

「二上山。」坂根轉動一五〇釐米的遠攝鏡頭加以固定並應道。黑相機邊緣沾著紅土。

「原來是那個啊。就在正前方。」

福原轉身，隔著原野，望向有兩座山丘並列的西方。二上山位於生駒山群與金剛山群中間，朝多雲的天空凸出顏色偏淡、猶如葫蘆橫向並剖半的山脊線。

「我也不清楚用遠攝鏡頭會不會拍出有意思的照片。」

副主編福原站在一旁直打哆嗦，望向坂根要助用遠攝鏡頭瞄準的二上山。坂根小心翼翼，不讓逆風吹偏三腳架上的相機。

「用遠攝鏡頭拍比較有意思嗎？」

太陽就在頭頂上方，但因爲蒙上薄薄雲層，只射下微弱的陽光。

「這樣會失去遠近感，不是很好嗎？我想對崇神天皇陵的一角採近景拍攝，這樣中間的

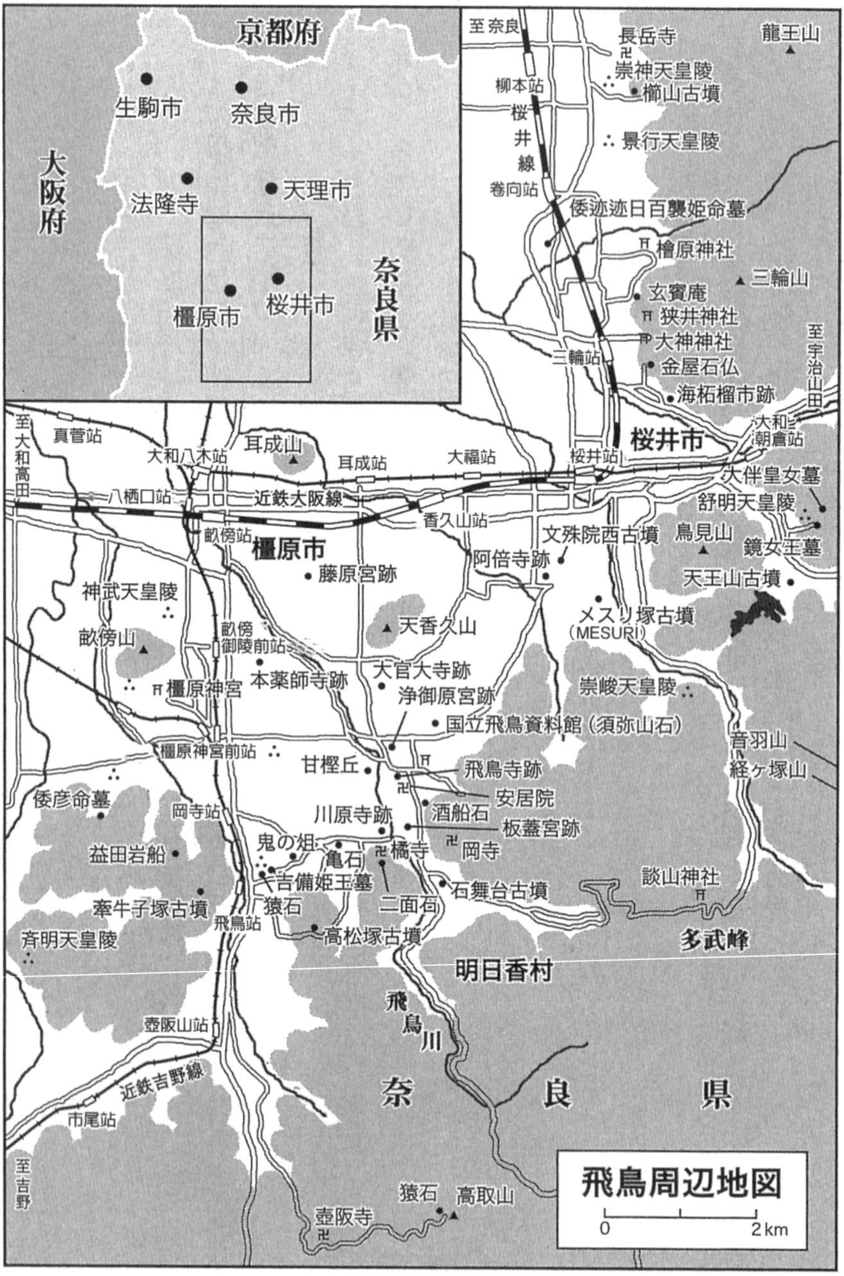
京都府
大阪府
奈良県
生駒市
奈良市
法隆寺
天理市
橿原市
桜井市
至奈良
長岳寺
龍王山
崇神天皇陵
櫛山古墳
柳本站
桜
井
線
景行天皇陵
巻向站
倭迹迹日百襲姫命墓
檜原神社
三輪山
玄賓庵
狭井神社
大神神社
三輪站
金屋石仏
海柘榴市跡
至
宇
治
山
田
大和
朝倉站
至
大
和
高
田
真菅站
大和八木站
耳成山
耳成站
大福站
桜井站
桜井市
八栖口站
近鉄大阪線
香久山站
大伴皇女墓
舒明天皇陵
畝傍站
橿原市
文殊院西古墳
鳥見山
鏡女王墓
藤原宮跡
阿倍寺跡
天王山古墳
神武天皇陵
メスリ塚古墳
（MESURI）
天香久山
畝傍山
畝傍
御陵前站
本薬師寺跡
大官大寺跡
橿原神宮
浄御原宮跡
崇峻天皇陵
国立飛鳥資料館（須弥山石）
橿原神宮前站
甘樫丘
飛鳥寺跡
音羽山
経ヶ塚山
倭彦命墓
安居院
岡寺站
酒船石
川原寺跡
板蓋宮跡
鬼の俎
益田岩船
橘寺
岡寺
亀石
談山神社
吉備姫王墓
石舞台古墳
牽牛子塚古墳
猿石
二面石
飛鳥站
高松塚古墳
多武峰
斉明天皇陵
明日香村
飛
鳥
川
壺阪山站
近鉄吉野線
奈
良
県
市尾站
至
吉
野
猿石
高取山
壺阪寺
飛鳥周辺地図
0
2 km

飛鳥周邊地圖

平原整個拉近，呈現二上山山頂的大津皇子墳與天皇陵直接對峙的感覺。」坂根說明他的構想。

「你說大津皇子墳，是雄岳山頂的那個嗎？」

右邊的雄岳比左邊的雌岳高。雌岳的山頂平坦得像頂端被削去一般。這是大戰時期，被高射砲部隊轟掉的地方。

「崇神天皇與大津皇子沒關係吧？」

「一點關係也沒有。」

快門聲在早春的風中響起，坂根用底片撥桿捲至下一張。

「兩人的時代不同。不過，前提是崇神天皇乃實際存在的人物。」他聲音中斷，仔細朝取景器裡端詳，接著按下快門。「……這裡是朝山腳展現雄偉氣勢的天皇陵，前方是冷冷清清座落在山頂上的皇子墳墓，這種對照很有趣。」他吐出憋在胸中的一口氣。

「原來是這樣的構想啊。」副主編頷首。「不過爲什麼唯獨大津皇子的墓蓋在那樣的山上？因爲沒有相同的例子，所以更添神祕呢。」

他在大衣裡掏找，取出一根全新的香菸。

「大津皇子因有謀反的嫌疑而被捕，最後自殺身亡，持統天皇爲了以儆效尤，刻意將他的墓蓋在從大和與河內都看得到的二上山山頂。」

「眞是一針見血啊。大津皇子不是頗有文才嗎？還寫過與世訣別的漢詩呢，叫什麼來著？」

「《懷風藻》嗎？因爲內容太艱深，我不會背。《萬葉集》裡有首歌，大致是說，皇子的姐姐身爲伊勢的巫女，跑到大和，說她從明天起就得望著二上山，將它當作自己的弟弟。和歌開頭好像是……我身如空蟬，徒留人世間……」

「很有悲劇主角的味道，眞是浪漫……對了，那位長髮女子現在在什麼地方呢？」

「哦，你是出於浪漫，才想到這件事嗎？」

「也不是什麼浪不浪漫啦。」副主編福原回應坂根。「不過，她說明天會四處走走逛逛，我只是突然想到，她會不會去參觀那一帶的石器。」

「看來她讓你留下很深刻的印象。」坂根瞇起眼睛，朝二上山按下快門。

「才不是。」福原苦笑。「自從錯失她和酒船石合照的機會後，我一直耿耿於懷。要是你當時馬上就替她拍照，我應該就不會留下印象了。」

「你還惦記著那件事啊，眞受不了。」坂根將底片全拍完後取出相機，裝上新底片。

「還要拍二上山啊？」

「再拍一些。」

「用遠攝鏡頭看得到山上的大津皇子墳嗎？」

「看不了那麼遠。」

「你好像很喜歡山上的陵墓。」

「因爲有一點陰森。例如持統天皇對繼子那種近乎執著的憎恨。二上山的山麓從我們這一側的當麻寺起，除了孝德陵、推古陵、聖德太子墓、敏達陵等皇室陵，還有許多古墳，就像公墓一樣。但只有大津皇子的墳墓在山頂，特別與眾不同。」

「你還眞是博學。」

「這沒什麼，我們攝影師常跑很多地方，從作家那裡聽來不少學問。只是現學現賣。」攝影師取下對準二上山的相機。「不過，那名女子到底是何來歷？她好像單身。雖然打扮得很年輕，但或許年過三十。猜不出何種職業。」

福原吐出的白煙隨風飄散。「看得出她很熟悉歷史。也許是出於嗜好看過這方面的書。要不就是寫歷史小說的小說家吧？」

「不，她不是女作家。沒長得像她這樣的女作家。不過，如果是還沒出名的新進作家倒是另當別論。」

「搞不好是已婚婦女，歷史書的書迷。」

「外行人碰到這種場合都會很厚臉皮地說個沒完。但她不是這樣，與其說她低調，不如說她表現得很平淡。咦，你這次又在拍什麼？」

福原察覺鏡頭瞄準的方向。坂根將遠攝鏡頭朝向連接崇神陵圓墳部的後山。相機架在三腳架上。

「順便拍些這一帶的山。日後也許派得上用場。」

後山是連綿的群山之一，從南方的多武峰一路綿延，一度在櫻井的谿谷被切斷，但山勢從三輪山再度升起，接向春日山。這一帶的山脊線自三輪山以北幾乎沒什麼變化——坂根說日後派得上用場，其實只是攝影師想將二上山拍剩的底片整個拍完，如果這些照片在日後眞派上用場，反而超乎攝影師的預期。

「那裡也有古墳嗎？」福原旋即指向上頭的山腹。

「這帶許多古墳。往南走，山谷間有許多小型古墳。聽說叫群集墳。」

坂根按了三、四次快門後微微轉動相機的方向，又傳來一陣金屬聲。

「那座古墳叫什麼名字？看起來像是比崇神陵小上許多的前方後圓墳。」

坂根中斷拍攝，從口袋裡取出小冊子，在寒風中翻頁。「找到了，那不是前方後圓墳。雖然長得很像，但它叫雙方中圓墳，中央呈圓形，兩端呈方形，也就是前方後圓墳的後圓部，再加上方形部。名叫櫛山古墳。」坂根挑書中一段文字照念。

「櫛山古墳啊。」福山興趣缺缺。

「櫛山古墳位於崇神陵後方連綿的丘陵上。這兩座古墳南北各有一座小丘陵，背後有兩座陡峭的高山重疊。從那裡往西分出的支脈中，南有景行天皇陵，北有繼體天皇的皇后手白香皇女的陵墓。」

這本小冊子似乎與考古學有關。

「原來如此。這單調的連綿群山也是從山脊分成許多支脈，一路往下到山麓，仔細一看，形成的山谷出奇地複雜。」

福原因爲坂根重新看待山脈。他從學生時代就喜歡登山，每到夏天仍不時登山。

「山頂附近、山腹、山麓、山谷，到處都是古墳。」

「小要，你還要拍是嗎？」

「再等我一下。再一下，這整捲底片就拍完了。」

坂根再度改變遠攝鏡頭的方向。

春日尙淺，在午後四點的陽光下，影子拖得老長，風景被染得赤紅。西往東的和緩上坡馬路也處在淡淡的紅光中。在顏色更紅的圍牆上留下長影的電線桿，貼著寫「上高畑町」的標示板。乾枯的常春藤鑽進圍牆的裂縫中。低矮的屋頂上留有度過寒冬的小草，草尖微帶青綠。有扇老舊的木門在幾欲崩塌的圍牆間。梅花群聚，在門外顯得特別美麗。奈良老舊市街的特徵是格子門特別多，飄著一股緩慢荒涼的氛圍。從奈良市中心通往新藥師寺得經過這條市街。對古都有懷舊之情的人們將它命名爲「高畑之道」，行走其中，沉浸在感傷的氣氛。

看在沿著坡道往上走的人們眼中，春日山森林就像立在正前方的屛風般擋住去路。筆直往前走便會到深山中。右轉則是前往新藥師寺。兩側沉靜老舊的人家，並非全採用格子門，最近商店也愈來愈多。不過從猿澤池到車站大路上看到的那些氣派店家，在這裡卻連一間也沒有，與市街給人的寂靜印象相當契合。

「高畑的道路，愈注意看，愈教人不敢恭維。給人一種骯髒的邊城之感。以前這一帶該不會住著痲瘋病人吧？從圍牆破裂的縫隙處，原本期待可以看到秋草搖曳的景象，可是卻讓人期望落空，只看到晾晒的尿布。這裡的人家沒有一戶具有令人驚豔的風情。從不空院門前遙望新藥師寺東門，這一帶的圍牆古色古香，但顯得既小又冷清。」

這是某位文藝家在戰前寫的印象紀文。現在它仍在某方面保持當初原樣。不過，長長的圍牆一半被拆毀，改建成商店店頭，這是那位文藝家漫步於高畑之道沒見過的現象，是現今的風格。但在這樣的商家中有一間古董店，看起來就像至今仍一絲不茍地遵從老舊市街的昔日風情。

古董店的低矮屋頂上有一塊刻著「古美術．寧樂堂」的朽木，隸書體的字是以綠色塗成。它拆除圍牆部分，成了店裡的展示櫥窗，當中是窄小的入口。剩下一半的老舊圍牆包圍這棟住家。

雜誌副主編與攝影師行經這家古董店。福原庄三與坂根要助今晚在奈良過夜。預定的拍照行程結束，沉重的硬鋁配件盒與三腳架，已派先前在崇神陵底下搭乘的計程車送回旅館，坂根手上只拎著一台相機，福原則兩手空空。

坂根要助走向「寧樂堂」的屋簷下，福原緩緩跟在他背後。

傍晚時的景象映在展示櫥窗的玻璃上。其中也有女子轉頭望著玻璃從旁經過的身影。雖然是古董，但充滿奈良的色彩。與主要販售書畫和茶具的京都、大阪不同，具強烈佛教風格。說到陶瓷，店內擺放的大多是剛硬的灰黑陶器，如壺、杯、高杯、器台等須惠器（註）的碎片、寺院的老舊瓦片、青綠色的銅製佛具、只剩身體的木雕佛像、寺院木材和斗拱的一部分、小小的純黑色金銅佛等。

「看來年代久遠。大概是什麼時代的產物？」福原隔著玻璃緊盯瓦片，向坂根問道。

「這個嘛，應該是奈良時期的產物。這雖是碎片，但中央花芯的圓形極小，是複瓣，且花瓣頗長。若是奈良時期或天平時期的產物，花芯的圓形較大，花瓣也較短，而且雕工簡樸。但奈良前期雕工剛強有力，花瓣前端明顯往後翻。不過這塊瓦片上的花瓣沒往後翻。」

坂根強調自己拾人牙慧。

「這個像水壺的東西也是奈良時期的產物嗎？」

「這不是伊賀燒嗎？如果是伊賀燒，就是江戶或明治時期的產物了。」

「從奈良時期一下子跳到明治是嗎？」

「這裡是古董店，像大雜燴。和博物館不一樣。你看，那裡不是有個沒頭手，只有身體和腳的木佛嗎？那屬於室町時代。至於這個壺的碎片，是須惠器，看起來像古墳時代的產物。」

「雜七雜八的東西全擺在一起？」

「這就是古物店的作法。從這樣的店面擺設來看，或許可從中挖掘到什麼寶貝，不是

註——日本古墳時代到平安時代生產的陶器。

嗎？」

「擺在門口的銅色大甕也是古墳時代的產物嗎？」

「你是指看起來像鄉下廚房常見的甕嗎？那是常滑燒。屬大正時期。」

「大正時期的東西也算古董嗎？」

「不，那算民間手工藝品。賣不了錢。甕口很寬，是一種招財法。奈良的古董店很多這樣的甕。」

一名男子從店內暗處走出，出聲喚，「啊，這不是福原先生嗎？」

福原望向叫喚自己的男子，一時露出努力想憶起此人的眼神。對方顴骨高聳，五官扁平，寬闊額頭上的稀疏頭髮交纏。他瞇著眼，一張大嘴微張，朝福原笑。雜誌編輯接觸的人脈廣，不可能全記得一些只有數面之緣的人。

「啊，是野村先生。」福原想起來了。他沒反問對方名字就脫離窘境，畢竟副主編算是一種外交人員。此人是東京美術館的館員，姓野村。福原不記得名字。他拜託寫稿的對象是野村的上司，學術部的資深館員，叫佐田久男。野村在館內負責居中傳話。

「你什麼時候來這裡的？」野村一對細眼打量福原。

「三天前。」

在福原移動的視線下，野村望向緊盯展示櫥窗的攝影師。

「這樣啊。我還以爲是個跟你很像的人站在這裡。」他專程從裡頭走出來確認。

「野村先生，你又是什麼時候來的？」福原反問。此事無關緊要，只是問候方式。他認爲東京美術館的館員來逛古董店，應該是到奈良辦事，順便來此娛樂。

「我們是昨天來的。」野村以「們」來回答，他自己發現這點，緊接著補上一句，「我和佐田先生一起來。看奈良國立博物館。」

「哦，和佐田先生一起啊？」

福原往店內張望。不過在昏暗中只看到一尊巨大的如來佛坐像，顯得陰氣森森，再來就是凌亂擺放的雜物。

「他在哪兒？」

「他現在在主屋那邊。」

野村轉頭面向隔壁。隔壁與店面相連，有一面圍牆阻擋。主屋位在圍牆內。從外頭看見它低矮的屋頂。兩株樹枝粗大的紫玉蘭外露在圍牆上。

「佐田先生人在後面的茶室。我剛剛也在那，但回店裡辦事，正好看到你。」野村張嘴笑。福原喚來坂根，介紹給野村。兩人都沒互遞名片。野村問福原：

「是來拍照嗎？」

「是啊。到這帶走走逛逛……」福原含糊帶過。不向人透露編輯企畫內容是他的習慣。

一名年約三十，身穿毛衣搭長褲的男子，踩著木屐從店內走出。「歡迎光臨。」這名膚色白淨的男子，向福原和坂根行一禮，當他們是野村的朋友。福原向他點點頭。

「福原先生，這位是老闆的兒子。」野村介紹。

老闆兒子沒帶名片，他向福原道歉，說待會再遞上名片，然後恭敬收下福原名片。此人眼細鼻大。

「請進來坐坐。不過店裡又髒又亂，真不好意思。」

老闆兒子在木雕如來佛像通往內部的通道上擺三張椅子。通道一邊是入門臺階，在眾多古物中，有塊僅能供兩人坐的榻榻米空位。榻榻米上擺著一塊藏青色的坐墊。他沒走上臺階，而是打開通道前的一扇門後匆忙離去。這是間縱深頗長的房屋。

「他是這家店的繼承人。」關門聲還沒消失，野村悄聲對福原說。

「哦，這樣啊。這麼說來，老闆年紀很大嘍？」

「應該六十五、六歲了。這家店很老舊。雖是古董店，但只有這家寧樂堂和其他店不同，孤立在冷清的市街之外。不過話說回來，古董店的顧客本來就不是過路人，而是光顧多年的老顧客，地點一點都不重要。」

這時，老闆兒子開門拿名片走進來。身後還跟著一名年約四十五、六歲、戴著眼鏡、長臉、身材瘦削又穿西裝的男子，更後面是一位滿頭銀絲的圓臉老者。男子的肩膀瘦窄，但身材高大；老人則駝背，穿著西裝的雙肩往前弓縮。福原一眼就認出那名戴著眼鏡的男人。

「啊，佐田老師。」他馬上從椅子上起身低頭行禮。他將椅子往如來佛的方向移三十公分。老闆兒子讓向一旁，那位被稱作佐田老師的男子，略顯蒼白的臉上露出微笑，面向福原。他直挺的鼻梁上微微擠出皺紋，凹陷的雙頰浮現酒窩。

「久未向您問候。之前向您提出無理的請求，不勝感激。」福原感謝佐田之前寫稿的事，說「久未向您問候」，是編輯對久未委託寫稿的作家慣用的問候語。

「之後就一直沒見過面呢。」佐田回應副主編。

在這家店幫傭的年輕女子拿椅子過來，四名客人在狹窄的店內通道坐下，滿頭白髮的老闆與他膚色白淨、有大鼻子的兒子端正跪坐在入門臺階處的榻榻米上。這對父子也和福原、坂根交換名片。寧樂堂的老闆叫長岡秀滿，兒子叫秀太郎。秀太郎的妻子端茶來，分送至他們六人面前。老闆秀滿的駝背往前彎得更深了。

因爲點著燈，店內古董邊緣閃著光芒，互相輝映。木雕如來佛用胡粉上色，鮮豔得宛如泥繪具（註）塗成的大型人偶，尤其在青綠色的銅器、暗沉的陶壺、灰色的舊瓦片之間非常顯眼。貼金箔和鍍金的物品則強烈折射出店內的燈光。四周層層堆疊的木箱中，肯定擺滿許多小東西。

「聽說這次您來這裡出差啊？」福原雙手捧著茶碗，弓著背看著佐田說。

佐田在東京美術館的地位，如同學術部考古美術課的課長。職稱是特別研究委員。

「來辦點事。因爲好一陣子沒來了，所以繞來這裡看看。」

他可能爲了奈良博物館或文化財研究所採買新商品，順便到各間寺院參觀。由於他身材

註——一種細沙狀的顏料。

清瘦，說話或是微笑時，薄唇兩端便浮現皺紋。眼鏡後方那對眼睛看起來有點神經質。

「去了新藥師寺一趟，順道來這裡叨擾。」

佐田說完後，老闆低頭行了一禮。

「難得佐田老師前來，但小店盡是些不值錢的東西，深感抱歉。」

「最近稀世珍品好像也變少了。」佐田茶放下茶碗，裡面還剩一半。

福原聽野村說，佐田好像一直和老闆在主屋的茶室聊天，茶應該喝夠了，而他與老闆茶喝到一半，刻意離席到店裡，似乎因爲聽老闆兒子通報說「福原來了」而感到稀奇。

坂根像女人放包包一般將相機擺在膝蓋上，恭敬地將茶碗送至脣前。

老闆長岡秀滿的兩頰浮現柔和的皺紋，露出傷腦筋的表情，微笑感嘆著，「稀世珍品眞的很少。要是景氣不差，就不會有人拿稀世珍品來賣。每次遇到不景氣，有錢人就會拿許多古董來賣。我們同行聚在一起聊天時，都感嘆今非昔比呢。」

「收藏家都叫你早點拿好東西賣他們，對吧？」

「是啊，沒錯。話雖如此，巧婦難爲無米之炊啊。」老闆兒子低頭笑著。

連福原這種古董的外行人看了，也不覺得這家店有什麼像樣商品。展示櫥窗是店內招牌，應該還算比較好。但坂根要助剛剛憑向人學來的「鑑賞眼力」，看出店裡商品時代跨越平安、鎌倉、江戶、明治這幾個時期，相當雜亂。古董店的展示櫥窗內設日光燈，外頭仍未完全天黑，仍留些微天光。

「福原。」佐田問，「你們公司的這本雜誌，應該是兩、三個月前那一期吧，平安朝文化特集的那一期。」

「是，上上月出的。」副主編答道。

「賣得好嗎？」

「是，託您的福。很多書店都賣光了，編輯部的雜誌也拿去店面賣。」

「哦，是嗎？」佐田臉上流露出不知是懷疑還是不滿之色。他以指尖托起鼻梁上的眼鏡。「那期雜誌裡，藤田雄治教授針對密教美術寫了一篇文章，對吧？」

「是的，針對一般大眾的解說文稿……」

藤田雄治是K大教授，福原搶先一步說是「針對一般大眾的解說文稿」，是因爲東京美術館算是國立T大的體系，他要防止佐田提出批評。

「雖然是針對一般大眾所寫，但再怎麼通俗，那樣寫也不太好。」佐田的薄唇直言不諱，無視於副主編設下的防線。

「這樣啊？」

「這樣不行，他的論證有誤。而且藤田教授的解釋和感覺都太老舊。現在明明都有更進一步的研究了，爲什麼不請新銳學者執筆呢？」

福原不知如何回應。「因爲找不到適合的人選。」

「才沒這回事。我隨便想，就有五位優秀的人選。不過都還很年輕。看來得是有名的教授，雜誌才賣得好？」

「確實是會，不過我們雜誌很少出現這種情況。」

福原想閃躲佐田的批評。他了解佐田這位特別研究委員的脾氣，拿他沒轍。此人心高氣傲，對不屬於自己陣營的人總嗤之以鼻。用詞毫不客氣，從以前就常這樣批評他人。福原後悔自己誤闖這家古董店。都是因爲被野村撞見，才發生這種事。說起來，他算是自投羅網。這個念頭令福原更坐立難安。這時，門外有道人影走近店門前的展示櫥窗。在櫥窗照明下，映照出一名長髮女子的臉龐。野村發現後，微微站起身。

3 CHAPTER — 第三章

古董店附近

野村撞一下佐田的手肘，用眼神示意。佐田從屋內確認站在櫥窗前的女子。

「那不是高須通子嗎？」

他從椅子轉動上半身，眼鏡後的雙眼定睛凝視，嘴角到下巴一帶鬍碴泛青。福原和坂根面向那個方向，嘴巴微張。在櫥窗的照明下，玻璃面上出現一名長髮及肩的女子，她靠近櫥窗。剛硬的短大衣窄小的衣領處露出柔軟的深紅毛線，綻放人工的光芒。

女子站在展示櫥前，似乎看不見店內。日光燈的光線全匯聚在女子注視店內商品的雙瞳中。緊抿的雙脣也微微發出淺光——對店內的人來說，像在觀賞一幅肖像畫。

福原與坂根互望一眼。

「我都不知道高須通子以這身打扮到這裡來。」佐田注視她，意外低語。

「還以爲認錯人。佐田先生，要不要去打聲招呼？」野村觀察前輩的臉色。

「嗯……」佐田不置可否地應聲，但他和野村一樣，露出很感興趣的表情。

老闆兒子秀太郎善解人意，起身要往門口，但野村阻止他。「我去就行了。」

「不，野村。」佐田加以勸阻。「不可以這樣貿然前去。」

「咦？」野村不懂佐田警告的用意，望著他。

「看她這身打扮，也許和男友同行。先看清楚是否還有人，再打招呼也不遲。」

野村恍然大悟，接著轉爲「怎麼可能」的神情，莞爾一笑。

「總之，小心確認後再叫她。」

動作再不快點，她就要走了。野村有點焦急。佐田在一旁冷笑。他坐在椅子上，窄小的上半身斜靠一旁。不向人鞠躬，也不親自行動，是他的習慣。展示窗外，女子與野村口動身不動，店內男子望著他們演出的這場默劇。福原也暗自吞口唾沫。女子見野村出現，起初有點驚訝。她以手指將覆在兩頰的長髮撥向耳後，對野村的邀約有點躊躇。

「老師，這位小姐可真是大美人。」滿頭白髮的老闆對佐田說。

「哪會啊，她不年輕了。」佐田嗤之以鼻。

「她是誰？」

「T大歷史系的助教。」

站在酒船石前的女子是T大歷史系的助教。福原大吃一驚，但也給他「原來如此」之感。坂根跟著瞪大眼。

「看來交涉成功。沒伴陪同。」佐田輕聲說，聽來帶有鼻音。

展示櫥窗前的兩人往店門移動。一直注視情況發展的老闆兒子起身迎接。女子穿一件棉質短大衣搭長褲，從野村身後現身。野村一臉靦腆。

「晚安，歡迎光臨。」老闆秀滿低頭鞠九十度躬。

「晚安。」女子回禮，轉頭面向佐田前，她認出一旁的福原與坂根。「啊。」她雙目圓睜，眼帶笑意。

福原站起。「昨天失禮了。」昨天三度要求女子當他們的模特兒，他不禁兩頰泛紅，恭敬行禮。坂根端起膝上的相機，以微蹲的姿勢行一禮。

「哦，你們認識啊？」一動也不動的佐田在椅子上挺直身體，對他們的對話感到意外地望著福原。

「是，昨天下午見過一面。在偶然的機緣下……」福原欲言又止。他不確定在當事人前向佐田和其他人明說此事是否恰當，但也清楚暫時隱瞞不說是基本禮貌。

「我們在酒船石見過面。」女子主動說明。

佐田移開目光，露出不悅之色。對方沒先問候一聲就和他說話，傷到他的自尊心。雖然只是略感不悅，但兩鬢青筋浮凸。老闆兒子秀太郎拿了新椅子來，接著向女子低頭行禮，請她就座。野村坐回他原本的位子。

「謝謝您。不過我就要走了。」

這裡又凌亂又擁擠。

「別這麼說嘛。」佐田沒直接望向女子，他將視線投向外面的展示櫥窗，用冷淡的口吻道。展示櫥窗裡的瓦片後方，只有電線桿的一部分浮現在燈光下。「既然你們昨天才見面，應該沒特別介紹彼此？」佐田輕聲對女子提到福原的事。

「我收過他的名片。」女子站著不坐，嫣然一笑。

「哦，這樣啊。那你們呢？」福原搔著頭，表示還不知道女子的身分。

「高須通子小姐……」佐田低聲對福原說，聽來有點做作。「……T大文學院歷史系日本史助教。專攻日本古代和上代史。是新銳學者。」

一般來說，女性這時都會用充滿女人味的嬌聲抗議，但高須通子面不改色，雙唇微張，露出皓齒，一句話也沒說。

佐田嘴角輕揚。

「我都不知道，昨天還對您提出失禮要求。」福原再次低頭行禮。

「哪裡，我才要道歉，沒能達成您的期待……」高須通子改以開朗的聲音說。

「說到T大的歷史系……老師是久保能之教授嗎？」老闆長岡秀滿弓著背，殷勤地向佐田詢問，想討好他。

「沒錯。久保教授是系主任。也是我敬畏的恩師。」高須通子當作是自己的事，主動回答。

「哦，這樣啊。眞不簡單。」

秀滿低頭行禮，野村在旁插話。

「副教授是板垣智彥先生、講師是村田二郎，我記得這是高須小姐您系上日本史教師的陣容對吧？」

以「先生」的稱呼區分，表現出野村以自己的地位當評斷標準的想法。

「是的。野村先生與村田先生熟識，想必相當清楚我們的研究室。」高須通子目光落向坐在椅子上的野村，眼中帶笑。

「不，就算我和村田沒什麼深交，一樣知道這些事，這世界很小，隔壁班發生什麼算是常識。」

野村有些慌亂，他有些顧忌佐田，但還是以開玩笑的口吻化解這份尷尬。他提到「隔壁班」，是因爲東京美術館同屬T大體系，不過當中也流露出野村置身「學系」外的自卑感。

佐田有點神經質，靜靜聆聽，不發一語，這時他突然轉頭看副主編：

「福原，你一直在向高須道歉，到底對她做了什麼失禮的事？」

「這……」福原再度搔頭。

坂根低頭點燃火柴。白煙從佐田胸前飄過。現場只有這位攝影師抽菸。

「原來是要她當模特兒啊……」福原縮著身子，無奈道出實情，佐田聽他說明，面帶冷笑，直挺鼻梁上泛起皺紋，他抬眼以平靜的眼神望向高須通子，仔細打量她的打扮，鏡片出現反光。

「眞是好主意，要是看到妳出現在雜誌上的照片，想必會在學生間引發一場騷動。」佐田優雅笑著，「不過，眞沒想到妳會以這身打扮走在奈良的街上。畢竟從妳平時到美術館或在大學遇見妳的模樣，實在無法想像。不仔細看，擦身而過也認不出來。」

「是嗎？我穿這樣不好看嗎？」高須通子低頭看自己的裝扮。

「不，好看，非常好看。」野村插話，語氣不全然是恭維。

「謝謝您的誇獎。」她抬起臉淺淺一笑，單手將頭髮撥往腦後。

「我說眞的。不過，眞虧妳一改平時樸素的髮型，披散長髮。」野村盯著她。

「一開始我也沒這個打算。像這種旅行，總會走在鄉間小路或一些坡道。爲了隨處席地而坐，我想做些輕鬆的打扮，便成這身隨興裝扮。連髮型也配合裝扮改變。這樣省不少麻煩，還滿不錯的。」她口齒伶俐地說明。

佐田率先移開目光，拿起冷卻的茶碗。「第一次來看酒船石嗎？」他喝口茶。

「第三次。」

「第三次？」佐田頗吃驚，茶碗停在半空。「妳可眞熱中。我只看過一次。我覺得酒船石沒什麼意思。」佐田這麼驚訝，是因爲覺得她的行爲很無趣而顯現出來的誇張態度。

「然後妳又去了哪些地方？」野村有些顧忌佐田冷淡的態度，親切地問高須通子。

「去了橘寺……」

「看二面石，對吧？」

「是的。不過也爬了其他山，當作健行。」

「其他山？哪裡啊？」

「附近的山。只是小丘陵，稱不上山。不過對我來說也算是登山了。」

佐田將碗擱在入門臺階處，發出叩的一聲。

「到底是爬哪座山？」野村問。

「多武峰。」她回答後，紅脣仍舊微張。

「是看談山神社嗎？搭公車去的？只要到櫻井搭公車就能前往神社。」

從攝影師那飄來的白煙讓佐田有點困擾，他也從口袋取出香菸。老闆拿來菸灰缸，兒子則從旁遞上打火機，代爲點菸。

「我自己爬上去的，今天還爬了益田岩船在的山。」

「一定很累吧。都是陡坡，路也不好走。」老闆秀滿出言恭維。

「是啊，因爲我很少走路。」她回以一笑。

「說得也是。每天坐在辦公桌前也難怪。說到益田岩船，我看過兩次，和《大和名所圖會》上畫得一模一樣。不過看起來比較小。」他後面那句話是對佐田和野村說。

「《大和名所圖會》畫得比較誇張。實物其實沒那麼大，但確實是巨石。」野村接話。

「傳說益田岩船是益田池的弘法大師那塊石碑的基石，您認爲呢？」

「怎麼說呢。巨石上有兩個方形洞。有人說那是立石碑的榫眼，但立在巨石上的石碑將無比巨大。能否打造得出那麼巨大的石碑都是個問題。」

「不過，當初建高取城的石牆時，爲什麼要毀了碑石，拿去疊牆呢？」

「《集古十種》這本書裡記載了『雷』這個大字的拓本，據說是碑文裡的一部分，但也令人質疑。」

「說得也是。也有人說那是古墳的石槨，您覺得呢？」

「怎麼說好……」野村露出難以苟同、不置可否的表情，瞄了一眼佐田。

益田岩船

「老師，益田岩船充滿未解之謎嗎？」老闆顧忌地問默默在一旁抽菸的佐田。

「我也不知道。」佐田將菸灰敲向菸灰缸內，輕聲喚道，「高須小姐，酒船石、二面石、益田岩船，妳這次全挑這些神祕的巨石調查，是要寫論文嗎？」

「這才沒辦法寫論文。」高須通子斜斜俯看東京美術館特別研究委員佐田，「……我每個地方都不太熟悉，只是四處參觀罷了。」

佐田手指夾著香菸，送入口中。坂根悄悄望福原一眼。他知道先前福原在崇神陵時，望著二上山低語「那名長髮女子現在在什麼地方呢」，原來她參觀了橘寺和多武峰，還前往橿原南方山丘上的益田岩船。

「妳應該不是單純來參觀吧？」佐田將香菸移開薄唇。「妳一定有什麼構想才四處看充滿謎團的巨石。妳的腦細胞一直在運作。我聽久保教授提過，他說妳很不簡單。」

「久保教授這樣說，大概是在挖苦我。教授他總罵我的想法太天馬行空。」高須通子臉上浮現淺笑。

「久保教授的個性謹愼，副教授板垣也很尊師重道。經妳這麼一提我才想到，板垣寫過一篇刊登在《史學叢苑》的論文，談論七世紀地方勢力與王權管轄問題。但那文章到底怎麼回事？就只是檢討各學說異同，完全沒提出自己看法。我以爲他就要提到自己的看法，結果竟然就結束了。」佐田皺眉。

「是啊。感覺交代不清。」野村表示贊同。

「與其說交代不清，不如說他原本就很膽小。顧忌久保教授更造就他的膽小心態。這是我觀察的結果。」

「板垣先生應該沒那麼畏縮。我認爲他是頭腦不錯的學者。高須小姐，妳說是吧？」

「板垣老師是個了不起的學者。」高須通子馬上回答。

「我就說吧，而且他還年輕。不過，要是板垣先生對久保教授有所顧忌，他自己也很痛苦吧？」

高須通子還沒回答，佐田代爲答話。

「在板桓副教授當上T大教授前，會有這種畏縮態度也是不得已。久保教授還得再等幾年才退休呢？可能還要六年。總之，接下來這六年，阿智老師無論再怎麼辛苦也得忍耐。就算外面的人批評他畏縮、交代不清、不夠精明，他還是只能這樣。」

學生都稱呼板垣智彥爲阿智老師。這是他的通稱。

高須通子朝手表望一眼，「請容我就此告辭。」

「別這麼說嘛……」佐田挽留。「就這樣站著說話，怎麼好意思。我不會再提那件事了，妳再待一下，陪我們多聊一會，好嗎？難得在奈良巧遇。」佐田的眼角浮現魚尾紋。他面帶微笑，架著眼鏡的高挺鼻頭下方的嘴脣微微往上翻。

「我快遲到了。」高須通子很介意垂在耳際的長髮，然後微微低頭行禮。

「這樣啊，眞遺憾。雖然很想請教妳對神祕巨石的想法，但妳應該不會那麼輕易就告訴我。期待妳的論文發表。」

一旦不小心洩露想法，得到啓發的學者便可能著手論文，這是學界常有的事。發表論文就得下手爲強。畢竟學界的「新說法」和專利有幾分雷同。佐田這句話的意思就來自這種常態。尤其師父常會半途搶走徒弟的新說法，令徒弟暗中傷心。

「承蒙您的期待，但只會令您失望。我只是到這附近參觀。您這麼看得起我，我深感光榮，但實在受之有愧。」

高須通子說得臉不紅氣不喘，臉上始終掛著柔和的笑容。

「妳太謙虛了。我常聽久保教授提妳的事……算了，這又會提到妳在課堂上的事。對了，妳今晚住哪兒？」

「奈良。住的是羞於告人的小旅館。」

「妳是單獨出外旅遊，基於禮貌，我不該問接下來的問題。」佐田將「單獨」兩字說得鏗鏘有力，他微微淺笑。「不過，有緣在這裡碰面，至少該大家拍個照當紀念吧？剛好現場有位攝影師，福原也能了卻心願。」

高須通子表情一僵。

「福原，可以請攝影師幫個忙嗎？」

「我沒帶閃光燈。」坂根要助朝擺在膝上的相機瞄了一眼，說沒帶閃光燈。

「就算沒閃光燈，室內燈光這麼亮，應該也能拍？最近不是有什麼高感光度底片嗎……」佐田說。

「我這裡只有ASA80的底片。」坂根像在替自己的準備不周道歉般低頭說道。

「我先告辭了。」高須通子朝六名男子行一禮，旋即轉身離去。

「這女孩看起來很聰明呢，老師。」

寧樂堂的老闆秀滿看著佐田，佐田眼瞳緊跟著高須通子離去的殘影，宛如她的背影就在這名滿頭白髮的男子眼中搖曳。

「與其說她聰明，不如用『ㄐ』開頭的字來形容她。」

這名東京美術館的特別研究委員嗤之以鼻。

「是精明嗎？」

「是狡猾。」野村向老闆解釋。

「哦，原來如此。」

秀滿聽懂什麼笑話般頻頻點頭，但不能跟著笑。「她打扮成那樣，看起來很年輕。」他只能以這種無關痛癢的方式接話。

「她可不年輕了。應該有三十二、三歲了，對吧，野村？」

「差不多是這個年紀……研究所念了五年，助教當了六年……」野村在腦中計算。

「那就是三十三了，不，應該是三十二吧。」佐田也搞糊塗了。

「她還單身嗎？」

「好像是。我不清楚詳情，不過她好像在某所私立高中當講師。」

「哦，還真認真呢。」

「她的助教工作好像是不支薪的。」

「她不是什麼大美人，男人也不是那麼猛烈追求她。不過倒很會讀書。」野村說。

「她成績很優秀嗎？」福原語帶顧忌地插話。

「怎麼說呢，那算優秀嗎？」佐田轉頭望向野村。

「她的確是位才女。頭腦靈活，對文史很熱中。想法也相當奔放，不受拘束。」

「用才女來形容還真是貼切。」佐田覺得有趣。

「形容得好，可惜就是格局小。看她發表的短篇論文，可以明顯看出她的小聰明。換句話說，內容太浮泛，缺乏深度和厚度。」

「與久保教授的深厚相反。話說，在久保教授底下做研究的副教授阿智老師，都要看久保教授臉色，應該和她合不來吧？」

「阿智老師得討久保先生歡心，沒什麼好談。久保教授雖然欣賞高須的風格，但應該對她避而遠之。況且久保教授的深厚，坦白說，就是無能。」

「這我知道。」

這種話實在不好讓第三者聽見。福原看準機會瞄手表一眼，佐田察覺後問他高須通子之前參觀酒船石時，跟他們說什麼。福原回答佐田，其實沒和高須通子有什麼交談，擔任他們嚮導的村公所觀光課主任對巨石進行解說，高須通子在旁聆聽。

「她可有向觀光課的人提問？」佐田再度發問。

「高須小姐湊巧來到那裡，只在一旁聽，問了兩、三個簡短的問題。」

「簡短的問題？什麼樣的問題？」

「問題有點艱深，我不太記得……」福原望向坂根，坂根閉口不語。「對了，我記得她問過一件事。她問酒船石是否以前就在現在這個地方……」

「是否以前就在現在這個地方嗎……」佐田嘴角輕揚。

「觀光課的人怎麼回答？」

「這個嘛，對了，觀光課的人提到，這麼重的巨石很難搬運，肯定從飛鳥時代就在此地，關於巨石的事，江戶時代的本居宣長也在某本書裡提過。」

「那是本居宣長的《菅笠日記》……在此之前沒有關於酒船石的紀錄。」

「佐田先生，南妙法寺的益田岩船也一樣，對吧？只有江戶時代的《大和名所圖》有它的記載，《日本書紀》和《續日本紀》完全沒提到……」

「嗯。」

「雖然您不是觀光課的人，但我想問一下，酒船石和益田岩船這樣的巨石，是從哪兒來的，又是怎麼搬運的呢？」

「這的確是個問題。」

「總不可能像須彌山石和道祖神像，從飛鳥川畔的石神地運往東博的庭園吧？」

佐田摘下眼鏡，取出手帕，哈氣後擦拭鏡片上的霧氣。因爲近視嚴重，他的眼神凶惡許多，細長的眼睛緊盯著鏡片，雙手頻頻以手帕擦拭。旁人看也知道，他是一面擦拭眼鏡，一面思考。他擦鏡片的手突然停下。

「她說她去過多武峰，對吧？」佐田拿著眼鏡。

「是的。應該是到橘寺看二面石，還到談山神社參拜。因爲有直達的公車。」

「她到多武峰，應該不是爲了去談山神社。」佐田將擦好的眼鏡戴回鼻梁。「雖然她沒說，但我看得出來……她去了兩槻宮遺址。」

「兩槻宮遺址？」野村望著佐田。「多武峰上根本沒這樣的遺址啊？」

「沒錯。在齊明天皇時代，建造那座宮殿是項艱鉅的工程。爲了建造石牆，挖掘一條從香久山西邊通往石上山的運河，以兩百艘船搬運石頭。」

「狂心渠是吧？這在《日本書紀》中相當有名……」

「挖鑿運河需三萬多名苦力，建造石牆則需七萬多名苦力。最近據說石上山並非石上神宮的所在地，而是與『石上山』同音的另一處場所。不管怎樣，兩槻宮應該是沒完工的一座宮殿。等一下，我查證一下。」

雖然佐田的地位等同東京美術館學術部考古美術課課長，但這份工作與古代史關係密切，所以他出外都會帶著一本《日本書紀》的文庫本。佐田吩咐秀太郎到他在主屋的行李箱裡拿文庫本過來，翻開那一頁，朗聲念道。

「於田身嶺，冠以周垣……復於嶺上兩槻樹（欅樹）邊起觀。號爲兩槻宮。亦曰天宮。時好興事。眼皐使水工穿渠。自香山西，至石上山。以舟二百隻、載石上山石，順流控引，於宮東山，累石爲垣。時人謗曰『狂心渠』……呃，有了，在這裡……又，謗曰『作石山丘，隨作自破』。若據未成之時，作此謗乎……果然沒錯。兩槻宮最後好像沒有完工。」

聆聽佐田朗讀的野村點頭說：「這麼說來，兩槻宮遺跡不可能在多武峰上。高須通子就算去那裡看也沒用啊。」

「不過……」佐田微微側頭，眼睛半闔地說。「這也和巨石有關。」

「但多武峰上沒有巨石啊。」

「雖然沒有巨石，但和巨石有關。」佐田頻頻思索高須通子到底去那裡做什麼。

「看來，她這次是想對飛鳥的神祕巨石展開研究吧？」野村說。

「重點在於高須想到了什麼。要不是握有線索，她應該不會專挑巨石參觀。」佐田相當在意。「她這個人深不可測。也許就是這樣，才號稱才女……」

有道人影出現在門口。福原看身旁的坂根深感無趣，正想催促走人時，忽然有人進店，福原心想，如果客人上門，倒是離開的好時機。當他微微起身，坐在他前面的秀滿非但沒對客人鞠躬，連聲問候也沒說。這件事就這位禮貌周到的老闆來說，委實古怪，而且他還皺起眉頭，露出嫌棄的表情。

福原忍不住回身。門口站著一名年過五十，長臉的男子，四處東張西望。老舊的外套前露出皺巴巴的領帶。頂著一顆五分頭，髮色花白。下巴沒刮乾淨的鬍碴以白色居多。怎麼看都像莊稼漢。老闆朝男子抬起手，搖了搖頭。像在示意他不准進來，同時朝兒子使了眼色。秀太郎明白父親的意思，朝男子走近，跟他咬耳朵。男子頷首，旋即不發一語離去。進來到離去一分鐘左右。展示櫥窗照出男子從照明燈前往右而去的身影。老闆沒對男子多做說明。佐田和野村也都沒有詢問。

他們當然不是店主與客人的關係，另有淵源。

「叨擾您這麼久。」

福原看準時機，轉頭向佐田、野村、老闆、老闆的兒子行禮起身，坂根也單手拎著相機，跟著行禮。

「要回去啦？」佐田上半身斜靠一旁，仰望福原。

「是的，不小心一待就待這麼久。」

「哪裡，是我們把你留在這裡。」野村說。

「要不要再多待一會？」滿頭白髮的老闆一反冷漠態度，滿臉堆笑。「一點也不影響。不如說，能從佐田老師和野村老師那裡聽到許多有趣又有收穫的資訊，開心都來不及。您不嫌棄，要不要再小坐片刻？」

「坐嘛，不用客氣。」兒子幫腔。老闆兒子相當有生意人的模樣。

「改天再拜訪。佐田老師，近日會去東京拜訪。會先問您什麼時候方便，再去美術館叨擾。」

「好，歡迎。」道別時，佐田心情絕佳。編輯說近日拜訪，意思是委託寫稿。佐田也許心裡如此認爲，刻意起身送福原和攝影師到門口。

4 CHAPTER — 第四章

古都殺傷案

高須通子從高畑町的小巷信步到大佛前，等候開往自衛隊前的公車。眼下將近六點，夜幕低垂，但畢業旅行的學生群聚在禮品店耀眼的燈光下，言談間帶濃濃地方口音。通子向拎著禮品店大佛毛巾和鹿角筷的女學生詢問後，得知他們是熊本縣的高中生。帶隊的男女老師從屋簷下走出，朗聲叫學生集合。公車裡全是柔和的關西腔，順著緩坡而下，到近鐵奈良車站與下一站高天町的公車站牌後，乘客剩一半，就算將膝蓋上的包包擺在鄰座上也無所謂。

公車轉往北行，到法蓮中町後往西，接下來是筆直的長路。附近許多學校，一條冷清的街道，唯路燈顯眼。公車駛過平交道時，黑暗中出現大片開闊農田。地圖上記載，這帶叫「佐保路」，接下來又到另一市街，轉彎後馬上到「法華寺前」的公車站牌。包含通子在內，共三人下車。兩名身穿大衣的男子弓著背快步，途中不見蹤影。夜裡仍留冬天的寒意。店家早早關門，腳步聲更顯街道冷清。法華寺的市街幽暗寂靜，前來參拜寺內主佛十一面觀音像的人和觀光巴士早已散去。

寺院西側的市街中心，有家「佐保旅館」，馬路上看不到招牌，外觀是擁有一扇小門的普通人家。通子穿過店門踩在短短的石板地，通往格子門敞開的玄關。也許是聽到腳步聲，一名富態的中年女服務生探頭出來。

「您回來啦。」

「我回來了。」

女服務生接過包包，在走廊上帶路。

「我一直在等您。」

「抱歉。原本想早點回來，但途中遇到認識的人。」

走廊右側是狹小的中庭。一口古井上方，梅樹開滿雪白梅花，泰半因燈影而陰暗。

「這裡也開滿了梅花。」

「是的，現在開得正茂盛……您說這裡也開滿了梅花，是去了哪些地方？」

「就繼續昨天的行程。今天到山裡健行。」

房裡有組擺著紅色和室桌的被爐，棉被採友禪圖案（**註**）。老闆娘前來問候。她有雙大眼，身材清瘦，年紀不到五十。她望著高須通子長髮披肩，下半身長褲的裝扮，深感稀奇。高須通子脫下厚重的棉製大衣，長褲上是一件深紅色毛衣。

「昨天看您穿的時候就覺得這樣很好看。像十年前您和大家一起來的那時一樣。」

「老闆娘，我早過了聽妳這樣說會高興的年紀。」通子以指尖輕敲臉頰。

「我說眞的。您大四那年，第一次跟柿田小姐、中池小姐一起來這裡，和現在沒什麼兩樣。」

柿田知子後來與律師結婚，現在是兩個孩子的媽。中池那美子嫁給一位商社職員，移民加拿大，同樣有兩個孩子。畢業前，她們三人同遊奈良，由於其他旅館客滿，只好在此投宿，就此結緣。通子很喜歡這家奈良外郊的旅館，每次來大和都會選擇這裡。這名略顯富態

註——友禪，一種在布面染圖的技術。

的女服務生從她們同遊奈良時便在這裡工作，不會令通子感到拘束。再說，其他飯店或旅館，見她是單身投宿的女子，總沒給她好臉色。怕她自殺。

「您要先入浴，還是用餐？」

「走了一整天的路，餓得前胸貼後背了。」

「和平時一樣，對吧？這樣的話，我馬上替您準備晚餐。」

「等一下。我還是先洗澡好了，滿身沙塵。」

「這樣啊，那您要更衣嗎？」

「待會兒吧。」

這是她的習慣，她不喜歡穿著旅館的衣服和寬袖棉袍坐在桌前。不久，送來熱呼呼的火鍋。女服務生佐世在旁侍候。兩人坐著閒聊。這個季節旅館最清閒，除了通子，只有兩間房有人入住。佐世整理完餐桌後爲她鋪床。

「您要更衣嗎？」

「也好。」

通子望了時鐘一眼，現在才八點半。原本想在床上看書，後來還是決定把今天的事記在筆記本。她說要寫字，佐世替他送來一盞桌燈，擺在被爐的和室桌上。

「晚安。」佐世雙手撐在拉門邊，低頭行禮。

「晚安，謝謝妳。」

通子從行李箱內取出筆記本，另將記事本攤在一旁，筆記本內露出一張明信片。她原本準備十張明信片，其中一張夾在筆記本中。她取出明信片擺在筆記本上時，很快又改變心意。著手沉重的工作前會想轉換心情是人之常情。鋼筆擺在一旁，通子決定先寫明信片。

「如同我先前的告知，昨天就在大和這帶遊覽。我換上一身便於健行的裝扮，結果有人一時眼花，要求我當攝影模特兒。下禮拜我會銷假重回學校，請原諒我的任性。傍晚時，我在奈良大佛前遇見九州高中生的畢業旅行團。看到帶隊的老師時，我彷彿見到糸原老師你的身影。

高須通子」

收件人寫的是糸原二郎的公寓——雖能寄到高中，但考量到放在職員室的辦公桌上會讓其他老師看到，引發無謂的麻煩。通子翻閱記事本想做筆記，但遲遲提不起勁。她拿起明信片重看一遍，在腦中想像糸原二郎的表情。她無心工作。之前兩人一起喝咖啡時，糸原常向她吐苦水，說他陪學生畢業旅行多辛苦。學生自由活動後各自解散，等集合時間到了，卻遲遲不集合，害得遊覽車車掌和司機猛發牢騷。還有，他很擔心學生因爲一時解放及群眾心理而引發事故。糸原二郎是比通子小五歲的社會科專任教師。

爲了轉換心情，通子離開被爐。她想到外頭散步二十分鐘左右，披上短大衣，拿著要寄給糸原二郎的明信片。

「啊，您現在要出門嗎？」在走廊上遇見老闆娘。她睜著大眼緊盯通子。

「我散散步。」

「天很冷……而且這帶黑漆漆的。」

「時間還早，不會有事。我二十分鐘就回來。」

「您得多小心。」佐世在玄關處幫她送上鞋子。

「啊，對了，離這裡最近的郵筒在哪邊？」

佐世抬手指出方向。「要我陪您一起去嗎？」佐世準備走下玄關。

「不用。不會有事的。您也有事要忙。」

佐保旅館大路上的店家零星分布，大門敞開，門內的燈光投向馬路。但農家門前一片漆黑。不過路燈從兩側往中傾照，馬路分外明亮。前方有三名男子行走的身影。

不知聽錯方位，還是沒找到佐世說的郵筒。通子想，應該還有其他郵筒，手裡拿著要寄給糸原二郎的明信片繼續往前。圍牆轉角處立著一個小小標示板，上面以毛筆寫著「往法華寺」。通子繞過轉角。眼前是車輛無法通行的窄路，深處的法華寺屋頂擋住星空。這條路上的人家大門緊閉。紅色郵筒藏在右側。當通子把明信片放進郵筒，聽見狗的低吼。

路上有些人家仍保農家樣貌，設土牆和木板牆，不過兩側幾乎都是正面狹窄的雙層樓房。一樓是格子門，二樓是格子窗，塗成暗紅的門窗經多年擦拭，呈現明亮色澤。有人家除了屋簷掛燈和路燈光線，格子門內也微微映出橘光。裡頭的人似乎在看電視，傳出人聲和樂聲。起初通子以為狗的低吼也是電視內的聲音，但那聲音雖低，卻從近處傳來，聽起來漸漸變得像呻吟。

路上沒人影。盡頭處一片漆黑的法華寺屋頂占據夜空。沒看到狗。聲音好像從右側低矮的木板牆下發出。通子離那有五、六公尺遠，她慢慢走近。電線桿和木板牆間的狹窄縫隙位在路燈後方，尤爲昏暗。在沉積的黑暗中，她隱隱看見比狗大的物體蹲踞其中，原來有人弓著背，雙手按著肚子，蹲在地上。

通子以爲對方不舒服而蹲在地上無法動彈。對方圓縮的後背罩著黑色寒冬外套，露出短髮，可看出是名男子，而且呻吟相當低沉。通子伸手輕碰男子的背，朝低垂的臉喚：

「先生，您怎麼了？」

外套質料粗劣，摸起來相當粗糙。而男子知道人來了，挪動背部，呻吟聽起來更大。通子想扶起他，手伸向男子緊按肚子的手臂。沒想到男子悍然拒絕，緊按側腹。男子外套底下穿著長褲，露出併攏的鞋底，好似伊斯蘭教徒般朝法華寺的屋頂膜拜。

通子蹲在男子旁，她在出聲叫喚前環視道路前後，看有沒有其他人可以幫忙，但泛白的柏油路上只有路燈形成的光圈一路往前延伸。

「您人不舒服嗎？」通子在低頭的男子耳邊問。

「請快點……幫我叫救護車。」男子出聲，聲音斷斷續續。

「我知道了。」

通子急忙起身，男子又說一句。

「咦，你說什麼？」

「請……告訴警察……我被刺傷了。」

更精準來說，被刺傷的時間是三月十五日晚上九點十分。

通子從聲音中聽出此人不是年輕男子。

她花好長時間才到旅館玄關，因爲膝蓋使不出力，無法行走自如。她不記得自己是否在路上撞見別人。意識到手上沾滿鮮血，她原本的冷靜逐漸遠去。前來迎接的佐世嚇一跳，緊盯著通子。事後聽她說才知道，當時她見通子臉色蒼白，以爲她在夜路上被色狼追趕。老闆娘也跑來查看，吩咐佐世打電話報警。通子不知道現場的地名或地址，佐世聽她的描述，猜出所在地後，向警方說明。

「這裡是佐保旅館。發現傷者的是我們旅館的客人。您問她叫什麼名字是嗎？」

佐世朝通子望了一眼。通子頷首。

「她是高須通子小姐。是的，女性客人，來自東京。高是高矮的高，須是……怎麼說好。東京須田町的須。通是通行的通。是的，她是我們旅館的常客。今晚也在此過夜……是，是。謝謝您。」

佐世掛上電話。「警方說馬上派救護車過去。」

她來回望著通子和老闆娘，自己也一臉驚詫。

「竟然還仔細詢問姓名，太誇張了。」老闆娘雙目圓睜。

「因爲我是目擊者。警方應該是想事後向目擊者問話。」

蹲在路旁的男子不是一般傷者，而是遭人刺傷。通子後來才發現，男子像蝦子一樣弓著背，雙手緊按腹部，因爲那裡是傷處，他努力想止血。

「電話那頭的警察們鬧哄哄的。」佐世說。

「聽了妳的話後才這樣嗎？」老闆娘問。

「不，和我沒關係，感覺之前就鬧哄哄的，還聽到其他人講電話的急促交談聲……」

「到底怎麼回事，好可怕……」老闆娘縮著身子，她一看到通子手上的血，微微發出驚呼。

「您的手怎麼回事？請快點清洗。佐世，快帶客人去洗臉台沖洗。」

洗臉台清澈的水在白瓷磚裡轉爲鮮紅。佐世露出害怕的表情。

「佐世小姐，我想再去那裡一趟。妳可以跟我去嗎？」通子很在意傷者。

第二次前往同樣的場所一看，狀況與二十分鐘前截然不同。兩人轉進法華寺的狹窄巷弄，看見三盞紅燈在車頂轉動，令人眼花繚亂。這分別是一輛白色救護車和兩輛黑色巡邏車，周圍聚滿群眾。在如此寒冷的夜晚，瀰漫一股光看就讓人直打哆嗦的緊張感。人們受警笛聲影響，紛紛從家中衝出來，看熱鬧的人著實不少。通子二十分鐘前來這裡時，還是條無人街道，現在擠滿屏息觀望的群眾。巷弄入口處站著一名警察，不讓其他人進入。郵筒後聚滿黑色人影，手電筒燈光頻頻閃動。可以看到幾名白衣人。

「受傷的人情況怎樣？」通子問警方。

「不知道。」警察打量她，他看見頂著流行長髮，長褲打扮的女子。

「她就是打一一〇通報有人受傷的報案人。」

見年輕警察露出狐疑的眼神，佐世氣不過地開口。

「這樣啊。」警察眼珠轉動，望向巷弄裡的刑警。這時，兩名身穿白衣的男子一前一後抬著擔架走來。有個人躺在沉重的擔架上，從頭到腳都裹著一條毛毯。擔架在通子面前運往救護車內。毛毯文風不動。車內有戴白色口罩的工作人員朝毛毯頂端窺望。白色救護車旋即發出野鳥鳴叫般的警笛聲揚長而去。離去的模樣匆忙，沒半點遲疑。

前來觀看騷動的人們在救護車離去後泰半都已散去。剩下的人還在原地逗留。有人詢問發生何事，有人說好像發生打鬥，有人受傷倒地。甚至有人說，那人受了傷，但和死人沒兩樣，躺在擔架上一動也不動。一名拿著手電、像便衣刑警的人從巷弄裡出來。案發現場還站著七、八個人影。

「打電話向一一〇通報的人是哪位？」刑警問警察，然後走到通子面前。「是妳嗎？」刑警端詳通報者的長相和模樣。

「是的。」

「不好意思，請告訴我妳的姓名和住址。」

通子拿出T大助教的身分證。刑警將它抄進記事本。

「可否請您描述發現受傷者時的情形？」

他的口吻變得客氣。通子簡短向刑警說明發現受傷者的情形。

「當時您是否目擊像兇手的男子？」刑警翻開記事本。

「不，沒看到。」

「當時有無其他行人？」

「只有我一人。」

法華寺漆黑的屋頂聳立在刑警後方。一旁的佐世豎耳聆聽他們的問答，其他聚在通子身後的人也和她一樣。

「我再跟您確認一次，您是剛好路過當事人倒地的地方，發現他倒地嗎？」通子回答「是的。」「謝謝。」刑警向她道謝。

前方屋簷底下閃過手電筒的燈光，刑警正拉起警戒線準備返回案發現場，通子登時叫住他，「請問那位傷者不要緊吧？」她問。

「保住一命。好在發現得早。再慢一步，送往醫院也會因爲出血過多而有生命危險。」

佐世望著通子。「太好了，高須小姐。您是他的救命恩人。」

「他自己也緊按肚子，想要止血。」

「只要時間一拖長，一樣回天乏術。妳救了他。」刑警也說。

「對方看起來有點年紀。」通子回想男子的模樣和聲音。

「快六十歲了。雖然他還沒辦法說話，不過……」刑警發現什麼似地望著通子。「妳也是好險。再早三十分鐘經過那條路，也許會遇上同樣的災難。除了那人，還有一人死亡，一人重傷。」

一人死亡，一人重傷，通子大爲震驚。同時三人遭刺殺，一定有人懷恨行凶。被她目擊且由救護車送走的男子看起來不像與人鬥毆。刑警也說，男子年近六十。雖然年近六十還是可能與人鬥毆，但傷者給人的印象並沒那麼粗暴。

「凶器是什麼？」佐世問。

「刀子。登山刀那種大型刀子。」刑警同時留神背後案發現場。

「傷在什麼地方？」通子問。

「右側腹。要到醫院檢查才知道有沒有傷到腸子。如果傷到腸子可就麻煩了。可能引發併發症。」

聽刑警口吻，儘管目前保住一命，但術後情況難料。通子想起刑警的話——再早一點經過那條路，她也許會遭遇同樣災難。這麼說來，兇手不分青紅皂白，一看有人路過便襲擊。另外兩位受害者的案子也是偶然的「災難」嗎？這是瘋子所爲。

「目前只能這麼想了。」眉毛稀疏的刑警對通子的話點頭同意。「死者是旅館廚師，傷者是農家主婦。兩人互不認識，毫無關係。遭襲地點也不同。」這個市鎮仍留有許多農家。

「兇手還沒逮到嗎？」佐世問。

「還沒。正在搜查。」

通子想起刑警問她是否目擊行凶男子。

「兇手是男的嗎？」

「我們有目擊者。那名主婦遭刺傷時，前面住家的人聽到聲音衝到路上。看到男子倉皇逃跑的背影。因爲掌握兇手背影特徵，應該很快就能查出身分。」

通子與佐世並肩回佐保旅館，聽見在市街前方來回穿梭的巡邏車發出警笛聲。「好可怕。」佐世催促通子快走，自己小跑步起來。

眼睛一睜開，防雨窗縫隙射進的陽光在拉門形成一道白線。枕邊擺放上報紙，是她熟睡時，佐世替她送來的。報上像在催促她快點看一般刊登了昨晚案件。

這件案件甚至登上社會版頭條。

「稀釋劑幻覺殺人、奈良市出現慣犯，在夜裡的街頭刺傷路人。造成一人死亡，兩人重傷」

斗大標題令通子雙目圓睜。

「十五日晚上八點五分左右，家住奈良市東阪町的旅館廚師山根敬三郎（三十二歲），在家門前的道路上因頸部和頭部出血過多身亡，山根先生出門辦事的妻子吉子女士（二十八歲）返家時發現，打電話向一一〇報警。

同樣在八點四十分左右，家住奈良市佐保町，從事農業的小島安男（五十四歲）的妻子好子女士（五十一歲），在距離自家約一百公尺遠的西邊路上，胸口遭刺傷倒地，食品工廠工人田村源次（三十歲）在加班回家的途中發現，打電話向一一〇報警。

正當奈良縣警搜查一課與奈良署的人員以殺人案和傷害案件展開搜查時，接著又於九點二十分，一位投宿於奈良市法華寺町佐保旅館的女客人，在附近的路上發現家住大阪府和泉市一條院的保險業務員海津信六（五十八歲）腹部遭人刺傷倒地，打電話向一一〇報警。

在田村氏發現倒地的小島女士前，同一條路上的西邊兩百公尺處，警方正對路過的年輕男子持續展開嚴密搜查，十一點左右，發現家住奈良市南紀町，失業的上村邦夫（二十三歲）躲在佐保川畔的草叢中，經調查後已承認犯行，以殺人傷害的嫌疑緊急移送法辦。

根據調查，上村從少年時代便常吸食稀釋劑。十五日中午在家吸食完稀釋劑後，於上午六點左右，在奈良市三條池町的運動用品店買了一把登山刀，又在三條池町的五金店買了稀釋劑，接著進入奈良市般若寺町後山，再次吸食稀釋劑。

七點半左右，上村下山，在東坂町路上遇見山根先生，便突然將他刺傷，接著往西走，刺傷路過的小島女士，然後又刺傷海津先生。上村以前都不曾見過這三名被害人。

對於警方的調查，上村供稱：『遇見山根先生時，我覺得他對我懷有敵意，所以才拿刀刺他。小島女士和海津先生也跟他是一夥的，所以我也一併刺殺他們。』山根先生死亡，小島女士和海津先生大量出血，傷勢嚴重。

警方研判，是吸毒慣犯特有的幻覺，讓他在不知不覺間殺傷了三人。

上村少年時代便曾因竊盜而五次被捕。最近則是在一九六八年一月，於神戶市犯下強盜傷害案件，一九六九年八月他成年離開少年院後，曾在鐵工廠當臨時工，或是當油漆工，但全都做不久。」

早餐前，老闆娘與佐世到通子房間。三人聊起案件。

「眞可怕。竟然連續殺傷三名素未謀面的陌生人。我聽說吸食稀釋劑會產生幻覺，但不知道這麼嚴重。」

佐世當時陪通子一起到發現傷者的現場，而老闆娘則在旅館打電話報警，所以她們對這起事件都有眞切感受。兩人此時仍表情僵硬，你一言我一語地說著。

「美國發生一起案件，說是一群常吸毒的嬉皮，把和他們無關的一家人全殺了。聽說是四、五名男女聯手所爲，好像是受到幫派老大的命令，加上毒品的幻覺。」

「是前年的新聞。據說在幻覺下，那家人被看成惡魔。太可怕了。稀釋劑裡也有和毒品一樣的成分嗎？」

「我不是很清楚，但鴉片和海洛因的成分應該和稀釋劑不同。會產生幻覺是因爲神經中樞遭到麻痺，不過關於麻痺，稀釋劑和剛剛提到的毒品狀況應該很相似。」通子說，「聽說吸食稀釋劑後會和抽鴉片一樣，感覺飄飄然，心情舒暢。年輕人一旦上癮就戒不掉了。昨晚的兇手就是從少年時代就吸食稀釋劑。」

「報上說他曾經當油漆工。稀釋劑就是用來稀釋塗料的，特別是油漆，好降低黏性，他可能就是那時吸了稀釋劑揮發的氣體，學會了吸食。」

「吸了氣體就會產生幻覺嗎？」

「好像是像喝醉般的快感。當這種感覺提升爲中毒症狀後，就會像被幻覺襲擊。大麻也具有同樣的麻醉性，受到法律明文禁止。年輕人如果吸食稀釋劑，警方也會取締，不過一旦上癮就很難戒除。」

「自己吸食就算了，但因爲幻覺殺傷素未謀面的人，教人無法忍受。眞是社會的害蟲。高須小姐，您也算是撿回一條命。要是再早一點走進那條路，很可能會遇上那個瘋子，不知道會發生什麼事。」

「說得一點都沒錯，昨天在案發現場，刑警也這麼說。眞是千鈞一髮……不過，報上提到發現者時，沒登出高須小姐的名字。只說是佐保旅館的一名女性客人。其他兩名發現者明明都列出全名啊。這是怎麼回事？」

「沒刊登高須小姐的名字才好啊。」老闆娘要打消佐世的懷疑。

「是這樣沒錯……但報紙都是來自警方所公開的消息，對吧？既然這樣，昨晚刑警仔細將高須小姐的身分資料抄進記事本，應該和其他人的名字一起出現在報紙上才對啊。老闆娘，可能是因爲高須小姐的身分是T大助教，警方才顧慮，沒對外公開。」佐世道出猜測。

「也對，或許有這樣的考量。因爲這會對獨自旅行的婦女造成困擾。和以前相比，近來警方比較體貼了。」

「老闆娘，也可能是警方顧慮到我們的旅館。」

「若是這樣，又怎麼會刊出佐保旅館的名稱呢？」

「刊出旅館的名稱是沒辦法的事，但連客人的名字都刊在報紙上，才會影響旅館的生意呢。」

「說得也是。如果警方眞那麼懂得替人著想，可眞是感激不盡。」老闆娘頷首，轉身面向通子。「最重要的是高須小姐逃過一劫，太好了。這麼一來算是逢凶化吉，今後肯定長命百歲。」她笑起來。

「沒錯。凡事端看怎麼想。今晚就吃紅豆飯來慶祝。」佐世開朗地說。

這時其他女服務生微微打開拉門，探頭低聲道：「老闆娘，警方派人前來。」

「要找我嗎？」老闆娘回身。

「不，來了兩個人，說要見高須小姐。」

通子與佐世互望一眼。

「可能是昨晚我發現那名傷者，向警方通報，現在要來詢問案情。」

「應該是。妳先帶警方去玄關旁的接待室等吧。」

兩名刑警來訪，年紀較大的正是昨晚在案發現場與通子交談，請她出示身分證的刑警。

對方一看到通子跟在老闆娘身後到接待室，馬上從長椅上起身行禮。「昨晚謝謝您的幫忙。

今天特地前來致謝。」態度相當恭敬。

佐世端茶前來，坐在一旁。刑警啜飲著熱茶，開口說，「高須小姐，您發現的那名倒地傷者，叫海津信六，從昨晚起一直在市內的醫院接受治療，所幸刀尖沒傷及腸子，醫生說目前沒生命危險。」

「太好了。有句話說，瘋子拿刀，危險至極。要是又有好幾名不認識他的路人喪命，就太沒天理了。」

老闆娘說完後問：「傷者的家人，昨晚全聚在醫院裡對吧？」

「他沒半個家人。」刑警低頭望向茶碗應道。

「咦，沒半個家人？報紙上說他五十八歲，難道沒妻兒？」

「不知道海津先生的妻子是過世，還是離婚，只知道他在和泉市住十多年，一直是單身。家裡只有農家到家裡幫傭的老婆婆。沒半個親人到醫院探望。」

「真教人同情。想必他一定很不安。」

「是啊。」

「他意識清醒嗎？」

「他意識清醒。就是他說自己沒親人。只提到兩、三位友人的名字，他說要是需要住院費，可請他們支付。」

「這樣啊。不過，沒家人真的很傷腦筋。報上說他是保險業務員。」

「是的。一旦有什麼萬一，沒有家人的確很頭疼。」
「您剛才不是說他的情況還好？」
「他都是快六十歲了。院方也很注意他，畢竟流了那麼多血。」
「哦。」
「得替他大量輸血才行，但他的血型是O型。」
「O型算比較少的血型？」
「倒也不至於。說起來，AB型才算少的。院方也備有血庫，但要動手術就需要更多血。他本人輸完血後，親人或朋友能捐血補充消耗血量，院方會很高興。不管什麼血型都沒關係。」
通子是O型。年近半百的保險業務員從她腦中掠過。
「不好意思。可以再請教您發現受害者時的情況嗎？」
刑警打斷老闆娘和佐世，面向通子。通子向刑警說明發現受害者的情況，刑警也許是要充當筆錄資料，只見他頻頻將談話要點寫進記事本。看他的態度，似乎因爲昨晚在案發現場大致問過一遍，確認內容沒出入即可。
老闆娘詢問爲何發現人的姓名當中，唯獨沒提到通子。刑警說，他們警局認定高須小姐不是當地人，又是女性旅客，認爲沒這個必要，所以未公開身分。這個結果和想像中一樣，老闆娘和佐世都很滿意。通子對刑警說：

「剛才您提到，那名傷者極需輸血是嗎？」

「是的。醫院裡的醫生是這麼說……」

「他是O型對吧？」

「沒錯。」

「其實我也是O型。」

「……」

「我可以輸血給他嗎？」

兩名刑警不約而同望向通子，老闆娘和佐世也一臉吃驚。

「這樣做好嗎？」老闆娘責備似地說。

「沒關係。我的血型是可以輸血給任何人的萬能供血型。屬於博愛型。」O型的人可以輸血給A型、B型、AB型的人，也能輸血給O型的人。可是一旦接受輸血，日後非得接受O型的血，這是缺點。「聽說傷者沒家人，我想幫這個忙。身爲發現他的人，這也算是一種緣分。」

「您也幫他太多忙了吧？要是分血給他，您會變得疲倦。」

「老闆娘，我還年輕。」通子幽默道。

「既然這樣，您今晚就留下來多住一晚。回東京太勉強了。」

「我原本就打算再叨擾一晚。」

「您該不會輸完血又要到哪裡去吧？」佐世察覺不對。

「行程都排好了，我盡可能不去變動。我不會像昨天那樣遠足，您放心。」

然而，老闆娘和佐世都難以接受，認爲沒必要輸血給陌生的受害人。

「醫院在哪裡？」通子問刑警。

「在縣政府附近，名叫A綜合醫院。」

「我今天上午過去。」佐世說要陪同，通子婉拒。

5 CHAPTER

第五章

幻覺

通子在縣政府前的公車站牌下車沒走幾步，發現一名留鬍子的男子，肩上掛著攝影器材，手裡拎著折好的三腳架，迎面走來。對方視線也停在她身上，明明還有一段距離，但男子低頭行禮，笑著走近她。

「昨天眞抱歉。」坂根要助雖然留著鬍子，但眼神很年輕。

「哪裡，我才抱歉。」

「您今天一樣要攝影嗎？」通子望向他的硬鋁配件盒和三腳架。

前天在酒船石，昨天在古董店，今天是第三次相遇。對方咧嘴笑，露出一口白牙。

「是啊，老樣子。」

「福原先生沒來嗎？」

觀光客避開站著交談的兩人走過。

坂根要助身旁沒人。

「是，福原先生今早有事到京都一趟。傍晚會回來，這段時間我會到各個預定地點拍攝。」坂根說明。這場不期而遇的對談即將結束。坂根似乎仍有話想說。通子看出他的神情，沒能馬上說再見。

「後來你們還跟佐田老師和野村先生聊很久嗎？」不得已，通子只好提起這件事。

「不，我們很快就走了。我第一次和他們見面，也沒什麼好聊的。」

「這樣啊。他們認識福原先生嘍。」那家古董店的店門浮現腦中。佐田的銀色細框眼鏡在她腦中發出光芒。「別這麼說嘛。」耳中甚至傳來佐田鼻音濃重的沉靜聲音。

「不好意思，可以問您一個問題嗎？」坂根甩動肩上的配件盒背帶。

「請。」

「今天的早報，刊登了昨晚連續三人遭殺傷的傷害案件。其中有位女性房客發現其中一名傷者，那名房客是您嗎？」坂根要助語帶顧忌。

昨天傍晚在古董店寧樂堂，坂根聽通子向福原他們提過，她今晚會在奈良過夜，當時的記憶與這偶然的想像連結在一起。畢竟怪事發生，人們常會與他人產生聯想。

「沒錯。正是我。」這沒什麼好否認，通子笑著點點頭。

「果然沒錯。」坂根再次一臉驚訝地望著通子。「眞的被我猜中了。我看了那篇新聞報導後想，這人該不會是高須小姐。原來是這樣。您發現那名傷者時，應該嚇一大跳吧？」

「是啊，完全沒想到，又是第一次遇見這種事。」

「聽說兇手吸食稀釋劑，腦筋錯亂，一看到路人就不分青紅皀白拿刀刺人。遇到他眞是災難，不過，站在被他殺害的死者家屬立場來看，一定很不甘心。您發現的那位傷者有生命危險嗎？」

「暫時沒大礙，不過他上了年紀，而且嚴重出血，需要大量輸血。」

「那名男子多大年紀？」

「聽說是五十八歲。」

「都快六十歲了。眞可憐。如果他的家人或朋友捐血，應該沒什麼問題。」

「可是他是單身，附近又沒親人。我接下來準備去醫院捐血。」

「咦，您要去？」坂根瞪大眼。

「對方的血型是O型。我也是。」

「太令我驚訝了。您打算救人救到底？」

「您這樣說，感覺好像是我要賣人恩情。」

「不，我沒那個意思……」坂根略顯慌亂。

「我明白。沒關係。這也是一種緣分。如果他的血型是A型或B型，我就管不了這閒事了。」

「原來如此。我明白您的心情。」坂根再次甩動肩上的相機配件盒背帶，露出若有所思的神情。「高須小姐，我也是O型。可以的話，我和您一起去醫院捐血吧？」他小心詢問。

A綜合醫院背對丘陵，朝兩側展開白牆的雙翼。附近是包圍大佛殿後方講堂遺跡基石及正倉院的一大片松林。西式建築座落其中顯得很突兀。雖然有人批評，但縣政府和法院的新潮建築也在附近，因此有人諷刺駁斥者，醫院的建築樣式若要符合古都風格，就只能採用像北山十八間戶那樣的鎌倉式長屋。

每家醫院櫃檯都設在候診室旁。明亮、有效率、充滿現代感的候診室，終日隨著藥味飄散沉靜的陰鬱。一名身穿皮夾克、背著銀色相機配件盒、一臉鬍鬚的男子，與一名長髮，身穿硬質短大衣搭長褲的女子，站在外科的櫃檯前。

「我想見海津信六先生的主治醫師。海津先生是昨晚受傷送進醫院的患者。」

櫃檯人員沒翻住院患者名冊，一聽是昨晚的案件，馬上明白哪位患者。

「兩位是他的家人嗎？」

想必是說要見主治醫師，對方才反問。通子改口，「我們不是他的家人。不是主治醫師也沒關係，我們想見貴院醫生。如果醫生很忙，病房的護理長也可以。」

「您是想打聽患者的病情嗎？」

因爲通子回答自己不是他的家人，待在櫃檯圓窗裡的男子看通子的服裝及坂根扛著相機配件盒的模樣，當他們是新聞記者，露出提防之色。

「我們想知道他的病情，但主要是來捐血的。請問要辦什麼樣的手續？」

「捐血是嗎？」櫃檯人員接者不發一語地撥打眼前的電話。「是外科嗎？」櫃檯人員低聲告知有人要捐血給海津信六。

「外科的人下來了。請稍候片刻。」他放下話筒，抬頭望著通子。

「情況有點古怪。」通子站在遠離櫃檯的候診室附近，看著坂根要助說。

「是啊。」

電梯走出一名護士和身材肥胖的男子，他們來到外科櫃檯，向櫃檯人員詢問。人員努努下巴，以眼神示意通子他們。通子看得一清二楚。男子年約五十，頭髮稀疏，臉色紅潤。藍色捻線綢短外罩底下露出褐色的角帶（註一）。

個頭矮小、嬌小的護士和男子一起到他們面前。

「捐血的是哪位？」護士來回望著通子與坂根。

「我們都要捐血。」

護士身後的肥胖男子滿臉笑容地到通子面前。「冒昧請問一句，兩位和海津先生是什麼關係？」男子低頭行禮，遞上名片。「忘了自我介紹，在下與海津先生是舊識，敝姓村岡。」

名片上寫「普茶料理（註二）大仙洞　村岡亥一郎」，還附上京都南禪寺的地名。

「我來說明。」坂根要助遞出自己的名片，向他介紹：「這位是昨晚發現海津先生受傷倒地，打電話報警的小姐。」

「咦，就是您啊？」普茶料理店的老闆睜大眼緊盯通子。他眼睛渾圓，小小的鼻子和嘴巴嵌在肥嘟嘟的雙頰中。「眞是給您添了大麻煩。」村岡亥一郎再次恭敬行禮。他圓挺的肚子令他彎腰鞠躬變得困難重重。角帶纏在他腹部底下。

「敝姓高須。」通子遞出一張小名片。上頭印有大學的學院名稱。

大仙洞老闆村岡瞇起眼，將名片拿遠細看，但還是看不清楚，於是他說聲「抱歉」，從衣袖取出眼鏡套掛上眼鏡。看清楚名片上的字，村岡恍然大悟。他明白通子不是大學的研究生而是助教。

「海津先生現在情況怎樣？」通子等村岡將眼鏡放回眼鏡套才開口問。

「謝謝您的關心。」村岡收起雙下巴。「託您的福，他情況良好。今天下午兩點手術，主治醫生說不必擔心。」

旁邊等得很不耐煩的護士開口：

「如果兩位要捐血，得先驗血。」

捐血的房間位在地下室。

「會不會不舒服？」身材嬌小的護士，問躺在床上的通子。護士正替她量脈搏。採血後已過三十多分鐘。捐血前，會先由輸血部門的醫生簡單問診。詢問有無疾病，特別是以前是否得過肝炎。接下來再花一小時驗血。通子的O型血液合格。一次供血量爲二百毫升。聽說患者需要一千毫升以上。但通子的血並非馬上輸入海津信六的身體中。至少要花三天檢查捐血者的血液，調查有無肝炎或梅毒。

「這樣就行。您可以離開了。」護士鬆開通子的手，然後窺望她的表情。「不過，勸您最好不要突然走路。」

通子緩緩走上地下室的樓梯。坂根還沒出來。他得扛沉重的相機配件盒，也許需要較長

註一——一種男用的衣帶。

註二——江戶時代，中國禪宗人士黃檗宗傳進日本的一種料理。

的休息。她既不覺得頭暈目眩，身體也沒輕飄飄。儘管被抽走兩百毫升的血，但對人體似乎沒什麼影響。玻璃圓筒內裝滿鮮紅液體。雖然只看一眼，但總覺得好像自己的身體就此別離。

夜裡蹲在法華寺小巷裡的受害人弓著身子，極力想減少出血，他努力阻止鮮血流向地面，防止身體崩毀。通子仍記得男子的臉和手上豆大的汗珠所造成的黏答答觸感。那觸感不像汗，反倒像樹液。

穿日本傳統服裝的村岡亥一郎，等在候診室中。

「謝謝您。眞是辛苦您了。您沒事吧？」個頭矮小的村岡略微昂首仰望通子，看起來既感謝又擔心。

「沒事。您不必擔心。」

「這樣啊。眞的太感謝您了。」

村岡又行禮，他轉動肥短的脖子望向地下室的樓梯。他提議等坂根先生上來，三人一起用餐。

「剛捐完血，如果不趕快補充營養會教人擔心。」村岡亥一郎邀通子一起共進午餐，但通子婉拒。村岡看出她的顧慮，再次邀約：

「我會請坂根先生一起去。」

他以爲坂根同意，通子也會去。村岡當他們是男女朋友。通子想，等坂根上來再澄清，便坐上無人的長椅。這裡雖然坐滿看診的患者和前來領藥的人，但大多動也不動。死寂伴隨著藥味瀰漫候診室。村岡略顯顧忌地跟通子坐在長椅一端，也在等坂根。

「患者一切安好？」通子悄聲問。

「謝謝您的關心。我才去病房一趟，告訴他高須小姐和坂根先生前來捐血，他非常開心，要我好好向你們致謝。」

肥胖的村岡低聲應道。遭逢血光之災的海津信六沒家人，才由村岡亥一郎到醫院照顧。不知道這位壽險業務員與普茶料理店老闆有什麼關係。

「我也將高須小姐和坂根先生的名片給他了。您的名片他看得特別仔細。」

女人的名片總特別讓人感興趣。寫大學學院和研究室的那行字，讓人明白她不是學生。如果是副教授或講師會寫上頭銜。沒寫，表示她是助教。村岡應該也這麼想，露出驚奇的眼神。

「這也是很自然的反應。您是他的救命恩人，醫生說要是再晚一點，失血過多，就有生命危險。您對他有救命之恩，現在竟然還來捐血，眞是恩重如山。」

村岡解釋患者爲什麼仔細拿名片端詳。通子有點後悔，自己捐血給他似乎做過頭了。雖然對傷者沒家人的處境感到同情，但這樣或許會讓人覺得自己擺出施恩的姿態。況且那位陌生傷者的處境如何，光憑刑警的片面之詞實在很難得知。

「打從送進醫院的那時起，他意識一直很清楚。」村岡在四周悄靜的情況下低聲說。

「不過，他不記得自己遭誰刺傷。看過今天早報的報導，我告訴他，兇手是吸食稀釋劑的年輕人，因爲出現幻覺而襲擊路人，老師面帶苦笑地說一句——毒品之酒。」

稀釋劑的氣味成分中含有一種名爲甲苯的毒素，會麻痺中樞神經，產生幻覺。海津信六半開玩笑地將它說成「毒品之酒」。通子心想，當事人能親口做出這樣的比喻，應該沒什麼大礙。

「……還有，老師還提到了藥名，不知道是assin還是assassin。」村岡補上這麼一句。

通子不知道assin是什麼，不過她猜得出assassin有什麼含意。那不是藥名。Assassin這個英語單字的語源來自hashish（印度大麻），一般指暗殺者，換成現代話，就是殺手。不過在西洋史中，它是伊斯蘭教徒的祕密暗殺集團。assassination（暗殺）這個單字就是源自assassin。這名躺在病床上的被害者，應該是得知刺殺自己的人是吸食稀釋劑的慣犯，基於幻覺犯罪的共通性，才脫口說出assassin這個字。

「村岡先生，您剛剛稱海津先生爲老師，是吧？」

「咦，我有提到嗎？」村岡略顯慌張地辯解。「怎麼說好，海津先生在俳句上面算是我們的師傅，我都稱呼他老師，所以不自覺脫口這樣叫他。」

俳句很多地方社團。不論是保險業務員還是其他行業，只要擅長俳句，創作俳句的經歷夠久，就能成爲社團指導人。「老師」的含意在此。

「大家都稱他海津茅堂。因爲這樣，我們才來照顧他。」村岡亥一郎說明。

這時，坂根要助背著相機配件盒從地下室走上來。村岡亥一郎急忙離開椅子向他走近。村岡熱情地致謝，邀他用餐。村岡的用心，通子看得出來。俳句的弟子代替家人在醫院照顧海津。坂根同樣婉拒他的邀約。他單手搔頭，向村岡推辭。村岡提到，如果你接受我的邀約，高須小姐應該會同意用餐。

他仍舊認爲兩人是伴侶。

爲了不讓對方誤會並建議坂根接受村岡的好意，通子起身。邀坂根一起捐血，只是不期而遇，聊著聊就這麼來了，儘管如此，她還是覺得自己有一份責任。雖然坂根年輕，身材壯碩，但攝影師是粗重的工作，誠如村岡所言，「最好多補充營養」。通子基於這個念頭，正要朝村岡和坂根走去，突然停步。

一名女子到村岡身後，等他和坂根的交談結束。

這名穿著淡胭脂色和服大衣的女子，並不是在這短短一分鐘才出現在通子眼中。通子早看到她從病房玄關走進。她像掩飾腳步聲，腳下的絨布草屐踩著急促步伐到外科的窗口前。

她是一位五官鮮明、膚色白淨的中年女子。略短的頭髮看起來像隨意綁束，其中卻帶有巧思。露出大衣外的衣領與下襬採暗色系，似乎是鹽澤（註）一類的布料。

醫院的玄關處有各種裝扮的人進出，或是坐上椅子，不過女子一身和服特別顯眼，看起來是上等質料，吸引眾人目光。通子不經意將目光停在衣著光鮮的女子身上。不過這種地方

註——新潟縣南魚沼市鹽澤地區生產的碎白點花紋的高級綢緞。

不同於飯店大廳，人們彼此沒關聯，目的也不同，有人照藥局給的領藥順序排隊，有人等診間唱名，有人付錢，有人探病。穿和服的女子雖與櫃檯簡短交談，但通子很快就從她身上轉移注意，這也是周遭凌亂的氣氛使然。

第二次關注，是通子看到女子站在村岡身後。櫃檯人員告訴她村岡在哪，就像對她說「如果您要探望海津信六先生，那個人在病房照顧他，請您去問他」。海津信六的病房現在謝絕會客。

坂根也發現村岡背後的女子，他輕聲告訴村岡此事。村岡轉頭，一臉驚訝。旋即轉身面向女子。與其說女子省卻問候，倒不如說她一直默不作聲。坂根悄悄離開村岡到通子面前。離開醫院玄關後，通子回身，沒看到村岡。村岡肯定仍和穿和服的女子交談。但似乎不會聊得很投機，反而談論著嚴肅話題，村岡因此抽不開身。畢竟如果不是這樣，村岡如此在乎捐血者，應該不會眼睜睜看著他們中途離去。通子這樣想，是因為女子和村岡說話時，露出很苦惱的神情。

「那名女子好像從報上得知海津先生遇上災難，急急忙忙趕來醫院。我聽到他們的談話。」與通子並肩而行的坂根說。因爲是坂根與村岡說話時的事，他比較清楚眼下的事。

「聽說海津先生是俳句社團的指導人。村岡先生也稱他老師。也許那名女子是海津先生的俳句弟子。」

從事俳句創作的女性大多都家境富裕。她想起女子那身和服，對她來說應該算比較不顯眼的服裝。

「哦，俳句老師是嗎？」坂根這才知道此事。他知道海津是保險業務員。「如果是海津先生俳句的弟子，她看起來家住遠方，大老遠趕來。因爲村岡先生一看到她就很驚訝，不像平時有往來。雖然不知道她是哪位夫人，不過她帶有一口純正的東京口音。」

雖有東京口音，但不見得就是來自東京。住關西的東京人多得是。

「還有……」坂根補充，「女子如果是海津先生的俳句弟子，應該很資深。因爲她完全沒帶探病禮物。一般人探病，就算對方突然住院，一時間來不及準備像樣的探病禮物，好歹會帶束花。但感覺這次的突發事故過於嚴重，她急得連花都沒空帶，也就是說，他們的關係很親暱，不必拘泥形式，只是匆忙趕來。」

坂根陳述他的細膩觀察。興福寺出現在眼前的馬路上。左右大路通往近鐵奈良站和大佛前．春日大社，和緩的坡道上，公車和小客車川流不息。這條路單邊蓋滿長排舊房子，人們沿著屋簷下行走。他們停下腳步，但兩人聊得意猶未盡。

「我要先回旅館一趟。」通子說。

「這樣啊。我打算照行程去春日奧山拍照。」

坂根晃動肩上的相機配件盒。兩人在縣政府前的公車站牌，準備坐反方向的公車，但又不約而同走在車少的興福寺境內，前往近鐵車站。

「您不累嗎？」坂根替剛捐血的通子擔心。

「我沒事。坂根先生呢？不休息一會可以嗎？攝影的工作行程好像很吃重。」通子反問。

兩人行經東金堂前，到寶物館的轉角處，車輛和行人減少許多，看得到前方的五重塔。樹叢幾朵桃花綻放，柳樹冒出翠綠嫩芽。

「攝影要的就是貪婪，我都排訂很緊湊的行程來鍛鍊身體，稍微捐點血或許可以讓過盛的血氣減少些。」

坂根的鬍子臉咧嘴而笑。他個子不高，肩膀寬闊的身材看起來像箱子一樣方正。他笑的時候像是很在意鬍子，頻頻伸手撫摸，宛如捻著鬍鬚的明治時期紳士。

「對了，我剛剛在捐血部拍了幾張照片。因爲捐血的關係，得到拍照許可。雖然是在沒閃光燈的情況下全憑電燈來拍攝，不過拍到滿有趣的畫面。」坂根開心地說，展現出十足的攝影師風貌。

他們沒前往猿澤池，中途從寶物館的轉角處轉往北圓堂。

「沒閃光燈也能拍嗎？光靠電燈應該很暗吧？」通子問。她想起寧樂堂的事。

「我用的底片是高感度的ASA400，大部分都能拍攝……啊。」坂根也想起那件事，微微驚呼。「高須小姐，您說的是昨天傍晚在古董店的那件事吧？原來如此。」

坂根別有含意地笑了。

「當時相機裝的也是高感度ASA400的底片。不過美術館的人要求您一起拍張紀念照，我不想配合才扯謊，說裡頭裝的是ASA80的底片，沒閃光燈不能拍，巧妙拒絕。美術館的人戲弄妳，讓人很不舒服。一群男人聚在一起調侃一名女性……」

聽坂根說明前，通子不知道昨天坂根無法拍攝的詭計。

當時東京美術館特別研究員佐田說，難得這個機會，請攝影師爲我們和高須通子一起拍照當紀念。福原則說，可以請攝影師幫個忙嗎？同樣服務於美術館的野村也附和。通子很清楚佐田是基於嘲諷的心態做出提議。但要是當面回絕，有失圓融，也不夠成熟。正當她一臉爲難，苦思藉口推辭時，坂根提到底片感光度不足。

這是坂根看不慣現場氣氛所做的靈機應變。

「原來是這麼回事。」謝謝你說謊替我解危——通子實在不方便這麼說。

「我自作主張或許讓您不舒服，請不要見怪。」

坂根望著通子的側臉，向她致歉。

「不會。」

「我個性太急躁了，衝動的毛病還是沒改……不過，那位姓佐田的學者，掛著像西洋人一樣的銀框眼鏡，看起來裝模作樣，很不討人喜歡。其實銀框眼鏡也沒什麼，只是這東西常用來象徵學者愛擺架子的態度。我這人的缺點就是對人的好惡很強烈。我常反省，可是一遇上就管不住。」

一對老夫妻在北圓堂前仰望八角屋頂。年輕的母親叫喚到處亂跑的孩子，街道的入口很熱鬧。

通子想，找家咖啡廳和坂根喝杯咖啡也不錯，偏偏不太想繼續和對方獨處。但因爲自己，坂根才捐血，她覺得有義務請他吃些「營養」的食物，可心裡還是有點排斥。坂根要助是好人，但兩人前天認識，認識的經過又有點古怪。

雖然這種態度略嫌冷淡，但也沒辦法。街上有家書店。通子在店門前停下腳步。

「我想找本書，抱歉，請容我在此告別。」她恭敬地雙腳併攏，低頭行禮。

「哦，這樣啊。」坂根有點意外地一愣。不過近鐵車站離此不遠。坂根往書店掃過一遍，但沒展現出想在店內看書的意思。

「謝謝您的幫忙。」坂根主動開口。「日後或許有機會在東京碰頭，祝您旅程愉快。再見。」他抬頭時，一把抓住滑落的配件盒背帶，聳肩撐起。

通子穿梭在客人之間走進書店深處。每家書店的字典都擺在深處的書架。她站著翻閱厚重的英文辭典，調查「Assassin」的含意。

「Assassin（一）暗殺者（被雇用來暗殺的人）；（二）「歷史」（伊斯蘭教徒的）祕密暗殺集團（團員）（十一～十三世紀左右，在中東地區從事暗殺基督教徒的工作）。」

與她記憶中的語意並無太大差異。裡頭還附上語源說明。

「Hashish、hasheesh。印度大麻（從花或葉子製造出毒品）Arab, Hasin。」

模糊不明的記憶逐漸變得明確。Assassin的語源來自印度大麻hashish，而英語也來自同樣含意的阿拉伯語「hasin」。通子闔上英文辭典放回架上。一旁櫃檯裡的書店老闆斜眼望著通子背影。熱鬧的商店街上，行人往來如織。坂根要助背著沉重的銀色配件盒，消失在人群中，身影化爲瞬間的殘影。

——吸食印度大麻來麻痺中樞神經，在忘我下產生幻覺。透過幻覺，隨命令者的意思對他人展開暗殺行動。這便是assassin＝assassination（暗殺者＝暗殺）的原意。

幾年前，美國新聞喧騰一時的女星莎朗．蒂命案，兇手是一群聚集附近的吸毒者。在首領的幻覺命令下，男女展開陶醉的集團殺人，聽說他們將毫無瓜葛的受害人當成「人類的公敵」。昨晚那名吸食稀釋劑的青年，遇見素未謀面的陌生人，在幻覺下以「對方對我懷有敵意」之由接連行刺。毒品傷人的消息常見於外電的報導中。

病房裡的海津信六從村岡亥一郎口中得知新聞報導後喃喃說一句「assassin」，因爲他想到這種透過毒品的幻覺殺人儀式吧。assassin這個字，一般人應該不知道。這不是通俗用語。通子覺得這個字和年過半百，精通俳句，單身，又是保險業務員的海津茅堂所呈現的形象有些落差。由於謝絕會客，她始終沒能見他一面。

——印度大麻的語源來自阿拉伯語，無從得知是因爲伊斯蘭教徒常使用，還是擁有這種麻醉性的植物，原產地是伊朗高原和阿拉伯半島。

回到旅館後，老闆娘前來接迎，頻頻打量通子的臉色。

「您捐了多少血？」

「兩百毫升。」

老闆娘對這樣的分量沒什麼概念。

「捐了這麼多啊。您今天就在我們這裡好好休息。」

通子寄給東京都立O高中教師糸原二郎一封信。

「送走畢業生後，為了期末考、升學安排、迎接新生，導師們想必被一大堆『雜事』追著跑，忙得不可開交。這種時候，我這種鐘點講師悠哉漫步在大和一帶，真不好意思。今天我來到兵庫縣的高砂市。高砂市北邊四公里處，有一座『石頭寶殿』，我在山陽縣的寶殿站下車，特地來看它。糸原老師對石頭可能不感興趣，但您喜歡國文，《萬葉集》卷三的和歌說的就是石頭寶殿，您應該多少會感興趣，因此才想提筆寫信給您。

生石村主真人有一首和歌。『大汝少彥名（註），昔日同來此，志都石室地，與時俱推移。』換言之，歌中的石室，就是人稱『石頭寶殿』的巨石。

從寶殿站搭計程車往西南走，會到郊外的低矮山群。這裡的山群由石英粗面岩組成，常開採，如今化為一面白色斷崖。石頭寶殿所在的生石神社位於山群南面向外突出處。這裡有條長石階從拜殿底下穿過，是相當奇怪的建築。

冷清的前殿與主社背後，立著一塊寫著『四邊長三間半、高二丈六尺（寬約六・三六公尺，高約七・八七公尺）』的方形巨石。上方平坦處積滿黃土，樹木和雜草叢生。這座石造物是將周遭粗面岩的山腳鑿出四方形的獨立巨岩，底部四周鑿空處形成積水。巨石上幾道垂直的槽溝，旁邊是三角形突出部位。雖不清楚是要呈現出什麼模樣，但有學者指出，當初是要從旁邊撐起，改立成縱向的形狀，但後來保留原樣。有人從像屋子的形狀推測是巨大的屋型石棺，但我不這麼認為。考古學探究，糸原老師您應該覺得很無趣，我就不多提了。

總之，這是生石神社的神體。《播州名所巡覽圖繪》裡，有江戶時代的模樣，我從神社事務所取得部分複製版畫，會寄一份給您。關於這座巨石，《播磨國風土記》的〈印南郡篇〉也提過，喜歡國文的您應該會感興趣：『原南有作石，形如屋。長二丈，廣一丈五尺，高亦如之。名號曰大石。傳云，聖德王御世，廄戶，弓削大連，守屋，所造之石也。』

如今參拜者數量大不如前。我的『神祕巨石之旅』到此結束。

高須通子」

註——大汝為「大國主命」，少彥名是和大國主命一起治理國家的智慧之神。

6 CHAPTER

第六章

海津茅堂

雜誌《文化領域》的副主編福原庄三，前往國立東京美術館拜訪地位等同考古美術課課長的特別研究委員佐田久男。拜訪時間是上野櫻花開滿七分的午後。美術館的接待室相當寬敞，好幾組桌椅，館員與來客坐著交談。室內到處都是他們最擅長的古代美術品，擺放得錯落有致。

福原前來要委託原田寫稿。約二十張稿紙的量，針對古代美術寫類似隨筆的文章。佐田清瘦的身體沉穩地斜靠一旁，戴著銀色細框眼鏡的他為難地皺起眉，他以諸事繁忙為由，充當推辭。但事實上，他打從一開始就沒承接意願，身為箇中老手的編輯福原再清楚不過。

福原今天特地來履行先前在奈良古董店寧樂堂做的客套承諾，但不表示他真那麼想請佐田寫稿。但若不適時往來，日後有事要請東京美術館幫忙，恐怕會碰釘子。國立美術館收藏了各種貴重的文物。出版社出版美術相關書籍或推出特集，拍攝這些收藏品時，得先徵求他們同意。不然就是請美術館出借他們的底片，照片直接採用原版，不用影印，印刷時的色彩當然更鮮明。這種時候，與美術館的關係若不夠圓融，他們可能隨便找理由拒絕，不少實例可循。所有權在對方手上，這也無可奈何。

美術館的「惡整」在出版界是眾所皆知，例如這間美術館收藏珍貴的「漢式鏡」清晰照片，雖然刊登在某家出版社的刊物上，卻沒出現在其他出版社的書籍中。儘管不是這方面的負責人，還是要讓每位美術館員都對自己留下好印象，這是做生意的重要原則——絕不能樹敵。

《文化領域》副主編今日特別拜見佐田，履行奈良古董店的口頭約定，就是由於這樣的顧慮。不過，特別研究委員佐田最後還是接受寫稿的委託，而且喜溢眉宇，兩人聊著聊著，他像突然想到似地開口：

「對了，福原。二十天前有則新聞，提到奈良有位吸食稀釋劑的年輕人殺傷三名路人。連東京新聞也大幅報導此事。」

「是，我也看過。」福原記得。

「從案件日期來看，剛好是我們在寧樂堂遇見你們的那晚。我們後來前往大阪，所以不知道這件事。」

「我隔天一早前往京都，也不知道。」

福原前往京都才從報上得知奈良殺傷案件。他傍晚回奈良旅館時，大家都在談論昨晚的案件。他也和攝影師坂根要助談到此事，但福原還記得坂根不感興趣，一點都不關心。

——坂根要助那天中午和高須通子在奈良縣政府前的路上巧遇，還和通子一起去醫院捐血給被吸毒者刺傷的男子，關於這件事，福原並未從要助聽聞隻字片語。如同要助先前對通子所說，要是福原得知此事，不僅笑他此舉古怪，還怪他浪費時間，因此一句話也沒提。要助雖是自由攝影師，不過在跟著雇主展開攝影旅行的期間，得受出資者的時間約束。

因此，當佐田提到案件，福原以爲他說的是當天傍晚在奈良的巧遇。但佐田端正的臉龐與平時冷峻的表情不同，顯出激動之色。「我在報上看到那起案件的報導，發現一個很不得了的人名。」佐田銀框眼鏡下的雙眼瞪得老大。

「哦，怎麼說？」福原隨口附和。

「報上提到被害人之一是海津信六。他沒被殺死，只是身受重傷。你記得嗎？」

「名字我不記得了，好像有兩人身受重傷，對吧？」

「他是其中一人。男性，五十八歲，保險業務員。」

「保險業務員這幾個字，我稍微有印象。」

「就是他。」佐田說，平時總以低沉聲音說話的男子，難得聲音高亢。不過他靠向椅子的上半身靜止不動，這是他平時的習慣，此刻維持同樣姿勢。「就是他，海津信六。好久沒看到這四字。」佐田一副大爲感動的模樣。

「是老師您的朋友嗎？」

「不算直接的朋友。」佐田回答，沒再接話。他的老毛病是喜歡吊人胃口，接著他自言自語。「不過，我都不知道他在大阪附近當保險業務員。要不是這次的案件登上新聞版面，我恐怕不會知道。」

「不會是同名同姓的其他人吧？」福原當自己在聊天。

「同名同姓嗎？」佐田聽完福原的說法，煞有其事地側頭尋思，嘴角帶著一抹笑意。

「我剛看新聞報導也這麼想。世上同名同姓的人多得是。簡單來說，翻開東京地區的電話簿，同名同姓的人好說四、五個。不過，海津這姓氏不常見。我的佐田也算少見的姓氏，但久男這名字很普遍；不過可就不常見信六這名字。你看，海津這個姓很罕見，信六這名字也少有，這樣的組合不太可能出現同名同姓的人。」

「原來如此。」福原頷首。

「還有年齡。這個要素再符合，是同一個人的可能性又更高了。」

「他的年紀……好像是五十八歲？」

「沒錯。現在我不知道他的正確年齡，不過大致是這個年紀。」

聽他的說法，可以想像佐田很久沒和海津見面，但佐田很確定他是自己認識的人。福原覺得連輕鬆問一句「請問他是什麼人」都不太恰當，於是他問，「職業呢？報上寫他是壽險業務員……」

「這點倒完全不同。不，與其說不同，不如說是意外。」佐田強調意外二字。

「聽您這麼說，他以前是完全不同的另一種職業嘍？」

「就那時來說的話。」

佐田望向地面，看起來無限感慨。不過話說回來，說話時總表現出若有所思的神情是佐田的習慣，福原無法從他的神色來猜測他心思。他說的那時候，是很久以前嗎？福原還沒開口問，佐田倒先說了。

「報上提到海津信六住在大阪府和泉市。雖然和泉市我沒去過，但應該算大阪裡一座田園都市吧？」

「我也不太清楚。」

「與其說從都市搬往鄉下，不如說是落魄地躲到鄉下。上面說他當保險業務員，這也很像他後來的形象。」

「海津信六先生到底是怎樣的人？」福原再也按捺不住。

「他是位歷史學者。不，應該說他曾經是。如果他現在待在學界，想必是很了不起的大學者。」

「您說海津信六先生是位歷史學者？」

福田大爲吃驚地反問。由於音量頗大，佐田銀框眼鏡下的雙眼慌張地環視四周，接待室裡的桌子還坐著其他兩組人。一旁的那組人看起來像某家出版社在提美術出版的企畫案，社員將計畫表攤在桌上，與一名中年館員討論。他們談得起勁，似乎沒聽見福原的驚呼。

「抱歉。」福原搔著頭。

佐田將自己的椅子靠向桌子，平時神色倨傲的他，難得採前傾的姿勢。「你這樣我很困擾，難保不會讓人聽見。」佐田壓低聲音警告。

「是，對不起。」福原一臉歉疚，跟著將椅子靠向桌子，湊向對方。

「要是有人知道海津信六這名字，就會豎起耳朵偷聽我們談話。」佐田目光又掃向一旁。

「眞的很抱歉……對了老師，您剛才提到海津先生要是待在學界，現在是很了不起的歷史學者，是嗎？」福原小心翼翼地悄聲問。
「沒錯，我這麼認爲。」
「我對學界的事不太熟悉，不過，海津先生是很了不起的歷史學者嗎？」
「他曾經是，現在不是。」佐田糾正福原的說法。
「什麼時候的事？」
「這麼嘛，大約二十年前，當時他從學界消失。」
「二十年前？」
「所以我也沒見過海津先生，當時我正好大學畢業。不過，我從專業期刊上得知他的大名和學問，也聽前輩提到他。我們這群年輕同伴當中，海津先生常被提起。說得誇張一點，我們對海津信六這名字懷有敬畏之情。一來也是當時我還年輕，年輕人的憧憬之心特別強烈。」
「這麼說來，以老師您現在的眼光，海津先生的學問並不像當時人們對他的評價那麼高嗎？」
「不，沒這回事。就算以現今來看，他還是很了不起，雖然半途退出學界，未能有大成之作，但不論是研究的著眼點、深度，還是構想，都敏銳非凡，時至今日仍充滿啓發性。像他那樣的天才人物後來一直沒再出現。」
福原從口袋掏出打火機。難得誇人的佐田，竟對二十年前從歷史學界消失，目前在大阪府當保險業務員的海津信六讚譽有加，還用「天才」這樣的字眼，福原也產生興趣。得知海津，是因爲他們過夜的奈良當晚發生一起吸毒犯傷人事件，這令他感覺海津與自己關係密切。

佐田從口袋取出菸斗，叼進嘴裡，湊向打火機的火焰。這時，隔壁桌的人結束談話，訪客走出接待室，還剩另一組人，但與他們隔著空桌，而且正輕鬆交談，朗聲大笑。

「海津信六在求學問上極敏銳。就如我剛才說的，他消失得太早，沒留下正式著作。這是他自己的意思，在準備階段就這麼結束。但看過他在專業雜誌上的論文就知道裡頭極具啓發性，充滿遠見。他就像是預言者。」

佐田聲音輕細，對海津信六大爲誇讚。

「哦，眞那麼了不起？」

「你或許以爲我講得太誇張……」

「不，既然連老師您都這麼認同，那眞的很了不起。」

「因爲這是事實，無從否認。雖然不能大聲說，但在現今歷史學界教授級的人物中，有人根據海津信六的論文來發表自己的論文，佯裝成是自己的看法，連臉都不會紅。我在奈良的寧樂堂沒提到這種事嗎？」

「沒有。」

老師大剌剌盜用學生論文，而學生將自己在學界的未來全交給老師，即使有牢騷也不敢發，只能暗自哭泣——佐田指出這是學界的「習慣」。

「沒有哪位學者敢直接盜用海津信六的論文，但由於海津的論文極具啓發性，用來當論文的主軸再適合不過。」

「不過，眞那麼做的話，不是看得出重複的題材嗎？」

「知道海津信六論文的人會知道這位老師的學說是抄襲來的。不過因爲大家都幹同樣勾當，因此沒被公開批評。」

「像這種情況，不能將作爲論述基礎的海津先生論文列爲參考出處嗎？」

「哪能這麼做。」佐田將菸斗移開嘴邊。「幾乎沒學者想公開此事。因爲全是一些沒自信的人，況且要是提到海津信六的論文名稱，只會減分。」

「爲什麼列出海津信六先生的論文會減分？如果眞是天才型學者的論點，應該會加分才對啊？」

福原提出門外漢的質疑。

「在學界裡，這種正確的言論行不通，因爲有派系。你也知道，不論多具權威的學者提出的論點，反對派的學者也絕不引用。若有學者引用，肯定被自家學派的人圍剿。何況海津信六是年輕時便退出學界的學者，要是明確寫出自己引用他的論文，下場一定很慘。」

佐田玩弄著菸斗，一會移開脣邊，一會又湊上。

「但是，在這種情況下用他這種學者的論點作立論基礎，是怎麼一回事？」

「這是學界中嚴重的矛盾，可是這樣的矛盾暢行無阻。簡言之，現今的學者、學院、研究所教授、副教授、講師，思想都太貧乏，非得借助海津信六的想法。」

福原想起他在奈良古董店對T大久保教授及板垣副教授的批評。與其說批評，不如說講他們壞話。對面桌的那組人談笑自若地站起身，待他們消失後，寬敞的接待室只剩佐田與福原。

「海津信六先生退出學界的原因是什麼？」

現場無旁人，福原略微提高音量、佐田也輕鬆些許。他將菸斗擱在桌上，摘下銀色的細框眼鏡，以手帕擦拭模糊的鏡片。

「海津信六要是仍待在學界，現在那些教授都將爲之失色。」佐田並未直接回答福原。

「眞有那麼優秀？」

「與其說優秀，不如說驚人。沒錯，是驚人。舉例來說，其他人還走在實證的路上苦幹時，海津信六早領先一、二十步了。遲來的實證型結論，一直在他的天才遠見之後苦苦追趕。」

「求學問不是很尊重實證嗎？」

「沒錯。沒實證性的學問，稱不上學問。但近來的實證，和資料羅列沒兩樣。這是沒才能的學者刻意將兩者摻和在一起的後果。如同我在奈良時提過的，板垣副教授只是以其他學說當資料來介紹，完全沒提出自己的見解。老師應該認爲這具有實證性和科學性，但我認爲這是假的實證主義，除了暴露出當事人的無能，沒半點用處。話說回來，板垣上頭的久保能之教授也如此。人們說他是穩健型的學者，但所謂的穩健，可以直接用無能來代換。正因無能，構想無法延伸，只會一味鞏固自己的守備範圍。世人都說這是久保的穩健或謹慎作風，副教授板垣也有樣學樣。久保教授被人批評也沒辦法。他原本並非歷史系出身，從法律領域跨足而來，才成爲現在的教授。」

由於已無旁人，接待室只剩他們，佐田的口吻平靜許多。他將西式銀框眼鏡擦拭乾淨，重新掛回他高挺的鼻梁，接著仔細擦拭菸斗。

「久保教授是法學院的人？」福原望著佐田眼鏡的亮光問。

「咦，你不知道？」

「他開設古代史的課程，我一直以爲他是文學院歷史系出身的。」

「從法學院時代起，久保便是透過法制史展開古代和上代的研究。他的專業應該是律令制度，大化革新、近江令、養老令之類。在古代，有《古事記》、《日本書紀》中的刑法制度論文。例如提到須佐之男命被逐出高天原時的罪刑，是部落共同體的村八分（註）制裁，或是『千位置戶』意指沒收財產的懲罰，這都是常識，卻說得臉不紅氣不喘，都在說些很理

註──村八分的內容是指人們共同生活的十件重要事情中，除了協助埋葬及滅火這兩件事若置之不理會造成他人困擾外，剩下的八件事（成人禮、結婚、生產、照顧病人、房屋改建、水災時的照顧、每年的祭拜法事、旅行）完全不進行交流及協助。

所當然的事。把無關緊要的瑣碎事羅列出來，拉拉雜雜講一堆和主題無關的內容，這是實證主義？這根本就是炫耀才學的虛飾手法，掩飾自己貧瘠的詐術。」

佐田的語調隨著激昂的情緒上揚，還摻入一絲論文口吻。

「久保就是這種人，都用這種手法。古代的罪刑，要是遇到像《古事記》祝詞裡出現的天津罪、國津罪，他便完全沒轍，直接引用民俗學。說起來，將民俗學想成古代歷史學的輔助學問或相近學問，正表現出他的無知。民俗學和其他學問差得遠了。人們都說民俗學欠缺歷史性，我很認同這點。久保認爲，要是引用折口信夫迷信的直觀說，對此崇信不疑的民俗學者會高興不已，正可強化他的論點，眞是可憐的男人。他所謂的古代法制，只侷限在日本，所以搞不清楚通盤狀況，說的盡是無知的內容。由於他沒進一步了解古代朝鮮、北亞、東亞的民族習慣，講的全是前後矛盾的事。要指望他寫出好論文本來就不可能。因爲這樣的大學教授，整個大學的水準都降低了。」

菸斗開始綻放黃褐色的光澤。

「關於久保教授的無能，就講到這。」佐田滿意地端詳光澤亮麗的菸斗，抽口菸後，緩緩接著說，「傷腦筋的是，他完全沒發現自己的無能。以爲做學問只要用自己那套實證主義就行了。因爲沒人提出批判，他一直都不懂這個道理。」

「爲什麼不批判？」

海津信六退出學界的話題，聊到一半突然中斷。福原很想問清楚，但要是催佐田、打斷他的話，搞不好會惹惱他，所以他還是保持沉默。不過，久保教授的事倒也挺有意思。

「第一，就算想批評，久保的論文羅列許多資料，無從批評。對資料沒新的解釋，也沒自己的意見。這樣根本無從挑剔。」

「原來如此。」

「第二，學者私底下怎樣姑且不談，表面上都謙恭有禮，很尊崇對方。儘管背地都稱對方『那個傢伙』，但在公開場合一定都很客氣地尊稱對方久保教授或久保博士。尤其在爭辯後更是如此。相當殷勤有禮。」

「嗯。」

「這麼一來，遲鈍的傢伙會更遲鈍。」

「是這樣嗎?」

依福島擔任編輯的經驗，對方在說人壞話時，絕不能表現深有同感。頂多只能笑而不答或是點頭。否則會被對方當作同一陣線，日後要是讓當事人知道，恐怕惹來怨恨。福原基於這樣的經驗，很消極地以「是這樣嗎」附和。

「就是這樣。」佐田再次確認。「不過，久保也有自卑的地方。他不是文學院歷史系出身，而是法學院跨足而來。說到歷史教授，終究還是以歷史系出身的人才算正統。這是他暗藏心中的苦惱，令他自卑。」

「原來如此。」

「提拔久保到今天這個地位的人是之前的主任教授，如今擔任榮譽教授，仍精神矍鑠的垂水寬人博士。垂水先生的個性寬宏大度，不拘小節，才能成爲學界領袖。心思太細膩的人當不了領袖。」

「這樣啊。」

「當然是這樣。所以久保當不了領袖。垂水先生不擅長古代法制，才對久保賞識有加，將他拉進自己的派系。」

佐田的話題全繞在久保教授和板垣副教授。雖屬同樣大學體系，但東京美術館的佐田位於「局外」，對「總部」大學學院頗有偏見。因此，總是持旁觀者口吻的佐田一聊到學院話題，自然特別起勁。不過，關於久保教授和板垣副教授的話題，福原也頗感興趣。

「垂水教授擔任學校主任時，將久保拉進自己的派系裡，想扶植他當接班人。因爲垂水教授就是這種大剌剌的個性，不拘小節。」

佐田接著說。

「久保幸運的是，垂水教授視他爲接班人，眾人也都認同的折原政雄副教授因病亡故。若不是這樣，就算久保再怎麼忠心服侍垂水教授還是當不了接班人。垂水教授也不能那麼做。」

「我大致了解事情始末了。對了，關於海津信六先生當時的地位，從年齡來看，應該比垂水教授小幾歲吧……」

「當時垂水教授擔任副教授，海津信六先生是助教，教授是山崎嚴明先生。」

「啊，那位有名的山崎嚴明教授。」

「從現今的眼光來看，這位教授的格局還是一樣恢宏，不單在他專業的學問，考古學、佛教美術、人類學等領域，他也常發表意見，而且頗有見識。明治到大正初期的學者都很偉大，近來由於專業細分化，格局愈來愈小。」

「請問……助教時代的海津信六先生是怎麼樣呢？」

「海津信六並非國立大學出身，也沒上私立大學。他是地方高等師範學校出身。」

「咦，這樣啊？」

「他的故鄉好像是岡山縣津山。擔任過舊制中學的歷史老師。他常寫歷史論文寄給山崎教授。山崎教授看過後認爲有可看性，聘用他到自己的大學擔任助教，讓他鑽研學問。當時垂水寬人先生是副教授。就年紀來說，垂水教授長海津信六先生八歲。」

佐田抬起頭，像從記載海津信六今年五十八歲的那篇報導往回推算般在回憶之海搜尋。窗口射進的陽光，照得他的銀框眼鏡反射白光。

「海津信六上頭還有折原先生，是他的助教前輩。但副教授垂水和助教折原都比不上海津信六。垂水先生對史料的鑽研不夠，折原先生勤奮好學，但缺乏獨到見解。山崎教授對海津信六青睞有加。因爲他的資質遠非其他人所能比……」

佐田似乎忘了說過久保教授和板垣副教授的壞話，改談海津信六，福原心情登時輕鬆許多。聽他批評當前學界的學者，畢竟還是很尷尬。

佐田吐出一口白煙。

「當時海津信六常寫論文。刊登在歷史系的學術期刊《史學叢苑》上。這在現在很難想像，但當時的學界仍是自由主義。最重要的是，海津信六有山崎嚴明教授的推薦。《史學叢苑》的編輯委員全是教授學生，所以不會有任何意見，沒人敢抱怨半句。這令垂水先生和折原先生的處境尷尬。」

「因為這個原因，山崎教授過世後，海津先生就被趕出學校嗎？」

這是常有的事，所以福原如此問。

「失去山崎教授這座靠山的海津信六，很難繼續待在大學裡。因為教授是他唯一的庇護人。不過他在外面也有少數支持者。例如與T大對立的私立大學。打從山崎教授仍健在的時候起，海津信六的論文不僅在《史學叢苑》刊登，也常見其他大學的專業雜誌，就是這個原因……如果是現在，實在很難想像。如今勢力範圍明確，壁壘分明。以前的學者度量大多了。」

「海津先生被趕出T大後，不得不從學界消失是嗎？」

「才不會這樣就消失。說起來，當時他的論文並未公開獲得好評，大家都只是默默閱讀，對他提出的證據感到欽佩或是敬畏。也有人批評他的想法太前衛。從那時起，海津信六就有一種超越性，但他並非是個人的胡亂猜測，完全根據史料表示意見。他對史料的批判相當嚴格。絕不像部分學者那樣，只從史料擷取自己想要的部分，或用自己的解釋來自圓其說。當時被認爲很前衛的海津論點，在後來研究的進步下，已被現今的學界承認。」

「海津先生這麼偉大啊？」

「眞的很偉大。可惜沒寫出正統論文。全是期刊的小論文，沒歸納整理。目標對象也太多。這是最可惜的地方。要是他在學界待久一點，應該會寫出更正統的研究著作。如果海津信六還留在大學，恐怕連垂水教授也沒辦法那麼安穩，更別提久保教授和板垣副教授的出現根本就是痴人說夢。」

「……」

「他們是無能二人組。久保懷有一種自卑感，所以對板垣很冷淡。」

佐田又將話題拉回久保教授和板垣副教授身上。再這樣下去，根本問不出海津信六「退出」學界的原因，福原有點焦急。但佐田對這個話題相當熱中。

「說到久保教授爲何對板垣如此冷淡……」他手握菸斗。「……就像我剛才說的，久保是從法學院跨足歷史系的異類。換言之，他非正統派出身。對文學院歷史系出身的板垣有種自卑感。久保教授長期以來一直只讓板垣當一名助教。」

「連講師都不讓他當嗎？」

「板垣去其他大學時，爲了讓他能在那裡取得副教授資格，才升他當講師。但只有很短一段時間。」

「板垣先生曾到其他大學擔任副教授嗎？」

「沒錯。板垣長期在久保教授下當助教，備受冷落。學生都半帶嘲諷地叫他『坂垣大助教』。那時起，就有人說久保對板垣很冷淡，都不照顧他之類。後來連久保也覺得不好意思，像剛才我說的，讓板垣到同體系的其他大學當副教授，一年半後又讓他重回自己門下。久保的個性很神經質，他很在意別人怎麼想。對板垣這樣處置也是這個緣故。」

「原來如此。」

「正因當了很長一段時間的助教，板垣終於否極泰來，現在對久保教授可說是畢恭畢敬。久保教授是個對假實證主義極爲謹愼小心的無能學者，板垣也不能太搶鋒頭而搶了久保風采。他一味地顧忌久保教授，小心翼翼不讓自己跳脫久保的研究態度範圍。不過話說回來，就算板垣想搶鋒頭，他也沒那個能耐。」

「久保教授對自己是來自其他學院這件事，眞有那麼自卑嗎？」

「原本官僚主義就是這麼回事。講究血統純正。儘管出身的好壞和學問研究一點關係也沒有。」

「就是說啊。」

「不，話雖如此，如果久保教授是位優秀的歷史學家，我們也會對久保的自卑情節感到同情，但這位久保教授可不是這樣。以人類考古學來說，也有醫學院的教授得到眾人好評的例子。這是學問的性質使然，但歷史學可不是這麼回事。特別是久保專攻的古代法制史，根本就無用武之地。」

佐田將熄滅的菸灰敲向菸灰缸，開始整理菸斗，這時他像突然想到似的說道：

「對了，之前在奈良古董店遇見的女子，叫高須通子的助教。她呀……」

佐田提到高須通子的名字後突然打住，因爲這時剛好一組人走進接待室，但他可能看準對方是可以放心的人，壓低聲音接著說：

「……她跟在久保、板垣底下，眞教人同情。她是位才女，上面全是無能的人，就算想展現才能也會被打壓，有志難伸。被人壓一塊重石頭在頭上。在奈良時，雖然我一再挖苦他，但她擁有很獨特的構想。」

「您和高須小姐談過話是嗎？」福原在腦中想像通子的模樣。

「我看過她寫的文章。」

「一樣是在《史學叢苑》上嗎？」

「那裡像傳統權威的象徵，全是副教授和講師們的舞台。教授等級的人，偶爾會在上面寫幾篇文章，執筆者全是教授在後面撐腰。助教也會在上面寫文章，但她的風格與眾不同。她很少在那裡投稿。高須通子的名字常見於民間的歷史研究團體雜誌、以出版歷史書爲主的出版社專業雜誌，或像同人誌的研究雜誌。」

「爲什麼？」

「如果她是個向頂頭上司討好的助教，應該會拿自己的文章請他們過目，或是刊登在

《史學叢苑》上，但如果是在外部雜誌上發表，則可以隨自己高興。因為她很有自信。」
「這麼一來，久保教授和板垣副教授會不高興吧？」
「這是當然。與其說是默認，不如說是漠視。一來也因為她是女人。」
「因為她是女人？」
「久保教授還有另一位親信的男助教。常往久保的家裡跑，負責整理史料和處理雜務，甚至還幫忙跑腿處理家務。久保沒要讓高須通子成為接班人的意思。高須通子自己應該也沒意願……」
「她採取消極的抵抗嗎？」
「與其說是抵抗，不如說這種生活態度是現代年輕人的普遍性格。以前那種徒弟擁有使徒意識的師徒關係漸趨淡薄。除了追求功利的弟子以外。」
「這麼說來，身為助教的高須通子，其實沒接受久保教授和板垣副教授的指導嘍？」
「指導？」佐田的銀框眼鏡閃過寒光。「如果是那位親信的助教，我就不知道，但要是高須通子，根本就沒受過任何指導。」
「教授們都沒照顧她嗎？」
「應該說是沒辦法照顧吧，她特異獨行。不同於一般研究生，身為一位未來的學者，她已獨當一面，而且還是位才女。」
「歷史系研究室的情況我不熟，但醫學院的教授不是會給助教定研究主題，加以指導嗎？難道他們沒有？」

「沒有。醫學系採共同研究。透過研究的細分，多的是可以丟給助教研究的小主題。助教就像教授的僕人，幫忙打雜。歷史系則不然。以久保教授來說，他許多時間是以兼任教授的身分到私立的V大兼課，幾乎沒在T大露臉。似乎在V大比較愜意。就算助教高須通子到研究室，也很難見到久保教授。」

「那板垣副教授呢？」

「哦，說過很多次了，他根本一無是處。只會看久保的臉色，他全副心思都在久保身上。」

「高須小姐只是去研究室看史料嗎？」

「史料？眞正値得看的史料，會在研究室或大學圖書館嗎？那些上代史、中世史，特別是現代史，重要的史料和資料不是在教授個人辦公室上鎖的書桌，就是擺在自家的書架上。這些重要的史料和資料，要是讓助教或學生窺見，教授的地位便岌岌可危。因爲教授藉由擁有這種史料，保住研究者的架子。當然了，購買這些史料，用的全是大學的經費，如果是公立大學，花的是人民的納稅金，倘若是私立大學，則挪用學生和家長的錢。像這種公私不分的情況眞夠了，而且史料本來就應該讓所有研究者看，但久保和板垣這些人，除了將它們據爲己有，根本想不出其他辦法來彌補自己實力的不足。」

「這樣啊。」福原低語。

「如何，很驚訝吧？」佐田朝他冷笑。

「眞的很驚訝。」

「學院外的人或許會很驚訝，但這在學院內算是人盡皆知的事。大家早見怪不怪，習以爲常。大家都麻木了。高須才須獨自四處找尋史料和資料。她兼差當高中的鐘點講師，趁空檔時間做研究，眞辛苦她了。」

剛才走進的那組人沒多久便離去。

「對了，老師。」福原見佐田談大學相關的事告一段落，改問他一直想問的問題。眼下正是發問的好時機。「海津信六先生爲什麼會從學界消失？」

佐田上身斜靠一旁，單手手肘倚在椅上，微微側頭。這是他平時最喜歡的姿勢，沉穩複雜的微笑也一如往常。

「我和海津信六不屬於同一個時代，我不清楚。」這是他一開始的回答。

兩年前，佐田被派往波士頓和紐約的美術館見習半年。回國時，人們都說他舉止就像美國人，看了很不舒服。據說那次的美國見習，也是身居「局外」的佐田對主流派有種自卑感，總滿腹牢騷，當局爲了安撫他，特地讓他到海外見習。

此時面對福原的提問，佐田像外國人一樣聳肩，一點都不足爲奇。不過話說回來，佐田從美國歸來後宛如成了日本精神主義者，在一般雜誌上也常寫些帶這類色彩的雜文。有人不了解他這種傾向，但了解佐田的人則以洞察一切的口吻說——沒什麼，不過是一種生意手腕，這什麼意思，似乎是個謎。佐田對海津信六退出學界的具體原因也只說一句「只能說是個謎」，答不出個所以然。

「像我說的，海津信六年輕時，活躍在山崎嚴明老師和垂水寬人老師那個時代，正值我們學生時期，我們無從得知內幕。」

面對這樣的回答，福原覺得佐田出奇謹慎，不像平時作風。

「可是應該有留下什麼傳說吧？」

「傳說是嗎？嗯，你問得好。嗯……」佐田沉聲低吟，眼角浮現魚尾紋，但皺紋大多被他的銀框眼鏡遮掩。「不過，也稱不上傳說吧？現在的年輕人連海津信六的名字都沒聽過。他不是名人，就當不成傳說。像我剛才說的，知道海津的價值、以他論文當自己論述基礎的全是現今那些教授。那件吸毒者殺人事件的報導刊在全國各大報上，上了年紀的學者看到海津信六的名字恐怕會大吃一驚，沒想他還活著，住在那種地方。」

又有一組人走進接待室，特別研究委員佐田趁這機會起身。他和福原一起走向出口，佐田像要混在其他聲音當中般悄聲對福原低語。

「雖然只是傳聞，不過，聽說海津信六落魄的原因，是女人。」

「女人？」

「這是傳說……詳情我也不清楚。」

佐田瘦削的臉頰浮現笑紋。

7 CHAPTER

第七章

酒館閒談

福原回到公司。

雖說現在轉為晝長夜短，但六點天色昏暗。在編輯室的角落，桌上擺滿彩頁的校訂印刷、底片、黑白照片。負責整理的人身旁圍了兩、三名社員及印刷廠的業務員。

雜誌《文化領域》的特集「奈良」，彩頁已到快校訂結束的階段。完成第二次對色的校訂印刷散亂滿桌。每人手裡都拿著放大鏡仔細檢查細部顏色，負責校訂的人員仔細念出排版上的字。凹版相片頁的校訂還有時間，負責排版的男子握著紅筆，重新進行版面配置。負責進度掌控的人員基於權責，針對截稿日延長一事與印刷廠的業務員交涉。

福原回到自己的座位。

名為「隨贈」的照片彩頁，是由福原負責。他坐回座位，仔細地將每張彩頁都看過一遍，再來就是叮囑一聲，交給印刷廠，便完成「責任校訂」，這算是編輯部的最後檢查。他的眼神頓時認真許多。比起用印刷機大量印製的完成品，只印一張的校訂印刷漂亮多了，所以要連同這種減弱效果也考慮在內，細看每個細部情況。一旦在意起此事便沒完沒了，有時也會睜一隻眼閉一隻眼。

照片遍及奈良全縣，重點放在飛鳥地區的遺跡和奈良的雕刻、寺院。由於這類題材之前在其他雜誌上一再報導，所以只能從全新觀點切入。此刻完成第二次校訂，對彩頁做完檢討的福原，覺得表現差強人意，可是大致還算滿意，點了根菸，再來只能祈禱雜誌大賣。

還有校訂時間的凹版相片頁也是如此，但彩色照片由攝影師坂根負責，他的拍攝地點福原幾乎都有隨行。只要睜隻眼閉隻眼，對印刷廠派來的業務員說一句「校訂好了」，接下來就由對方全權處理，如此一來，自己對每張照片的審核應該會比較冷靜客觀。這時，先前和坂根要助同行的那段早春回憶，隨著一絲冷意，在他腦中甦醒。

當中有飛鳥的酒船石——從斜上方拍攝的整體巨石雕刻，及只針對附直線溝槽的圓洞所做的放大特寫。特寫的照片，坂根要助是想拍攝在石洞底下爬行的螞蟻，但螞蟻沒出現在畫面。福原腦中浮現的是坂根手持相機，朝巨石蹲著拍攝的渾圓背膀。

他腦中還浮現另一人。在東京美術館聽特別研究委員佐田提到高須通子的事，那也是一項奇聞。當時福原還頻頻朝坂根使眼色，催促他讓那名穿長褲的女子和巨石一起合照……

「喂，誰來幫我打通電話給小要。」福原向社員吩咐。

在位於新宿車站東口附近巷弄內的小酒館裡，一頭長髮、滿臉鬍鬚、身材微胖的坂根要助正倚著吧檯。八點過後，這家小酒館才有人潮湧入。

走近店內的福原看到他渾圓的背膀，朝他背後輕拍一下，坂根甩動長髮，抬起頭，眼中帶笑。他的鬍鬚布滿塵埃，眼神孩子氣。他從一旁的圓椅上拿起黑色眞皮的相機包。

「小要，沒想到你在家。」福原坐向坂根放包包的座位，對坂根說。

「你這通電話打得正是時候。白天時，我幫一家纖維公司拍攝很無趣的宣傳照，心情正鬱悶……啊，不好意思，我先喝了。」

坂根做出舉杯的動作。他面前擺了一盤炸雞和小芋頭。

「因爲中途塞車，遲到了。」

福原向老闆娘點同樣的餐點，將膝蓋上的手提包蓋掀開，取出兩張彩色照片。輕聲說一句「喏」，遞給坂根，坂根擱下酒杯，雙手各拿一張，立在面前。

「哦……這是第二次的校訂印刷嗎？」

是兩張酒船石的照片。在燈光下，坂根以攝影師嚴格的眼神注視照片。

「沒錯。已校訂完成，交給印刷廠了。這是我們留底的校訂印刷。」

「這樣啊。這張放大特寫照片，藍色好像太濃了點……」

「校訂完的版本已經調淡了。因爲還是有點偏藍，所以我已經吩咐過。」

「相反的，這邊則是太黃。」坂根指的是巨石的整體圖。

「我也吩咐他們做調整。要是能三校就好了，可惜沒時間。」

「這樣啊。」坂根緊盯那兩張照片，臉上逐漸出現不滿和失望的表情。「顏色太亮了，色調太鮮明。請看清楚負片嘛。色調應該更沉穩才對。這樣子，中間色調全跑了，完全呈現不出古老巨石的感覺。顏色太鮮明輕浮。」

「小要，你就包涵一下吧。」福原舉起服務生送來的酒杯，向他致敬。

「……只要再加上一色淡藍或老鼠灰的中間色，就能呈現出近似原圖的沉穩色調，這我也知道，但上頭緊縮經費，沒能這麼做。在四色印刷下這是最大極限。與你的原圖相比，或許略遜一籌，但若是光看這份印刷，倒很漂亮。」

「是嗎?你不覺得印刷的墨水很差嗎?」

「別這麼說嘛。稍微讓步一下吧……對了，小要，對這張酒船石的照片，你有留下回憶吧?」

福原安撫完坂根，不懷好意地笑著。吧檯坐滿人，兩旁的聲音和笑聲愈來愈大。端酒瓶的女子路過他們兩人身後時停下腳步，從坂根背後窺望那張照片。

「嘩，好漂亮的照片……這是什麼?米臼嗎?」她側著頭問。

「有像哦。」

坂根將兩張照片歸還福原。面對他冷淡的回答，女子趕緊溜走。

「我說小要啊。」福原笑著將照片收進手提包，向坂根遞出酒杯。「當時那名穿長褲的女子，真應該讓她在巨石的照片中亮相。」

坂根朝裝滿酒的酒杯啜飲一口。

「福原先生對那件事還念念不忘啊?眞教人驚訝。在崇神陵時你也說，不知那名女子現在在什麼地方，後來又在奈良的古董店遇到她，我還以爲你那樣就滿意了。」

坂根弓著背。

「喂，那可是二度相遇。你那時候應該主動要求拍照才對。要是攝影師積極拜託她拍照，我也不會被狠狠拒絕了。」

「我拜託也沒用啊。她態度那麼強硬。不過，就算石器的照片中有女人入鏡，巨石本身的剛硬感也不會因此變得柔和啊。」

「不，我指的不是這個。若有拍照，日後一定能成爲値得紀念的照片，所以我才說可惜啊。」

「什麼意思？」

「其實我今天巧遇高須通子。」

「咦，什麼？」坂根要助驚訝地抬起他那張鬍子臉。「……在哪裡？」

「東京美術館。」

福原接過坂根遞來的杯子，望著他裝滿的酒，嘴角掛著淺笑。

「那可眞是巧遇。她可一切安好？」坂根一臉懷念。

「不，我是在談話中巧遇高須小姐。」福原啜飲著酒杯說道。

「在談話中？這是什麼意思？」

「是這樣的，白天時，我去拜訪東京美術館的佐田先生。在奈良的古董店，你也見過……」

「哦，那位啊……」坂根微微挑眉。

「我見了那位佐田先生。他說高須助教很有前途。連很少誇人的佐田先生都那麼說。他還說，他們竟然一直讓這樣的才女當高中鐘點講師。高須小姐好像是在荻窪的O高中任教。」

「他這樣說……不是在損人吧？」

「不是，是眞的。當時要是拍照，等日後她出了名，就能當作不錯的紀念照了。」

「高須通子小姐這位未來的學者眞那麼有前途？」坂根隔一會兒，向福原問道。

「以佐田先生的個性，很少誇人。現在的流行話來說，他這叫排他意識……因爲被屏除在正統派之外，心生不滿，總嚴詞批評大學的一切。他極盡毒舌之能事。就連久保教授和板垣副教授，到佐田先生口中全成了無能之人。連他都認同高須通子，表示眞的有很高的評價。」

福原以筷子戳刺著小芋頭，如此說道。

「不過，高須小姐是久保研究室的助教吧？」

「雖是助教，卻沒直接受指導。久保教授專攻古代法制，板垣副教授專攻《古事記》、《日本書紀》等古典文學爲主的傳說實證研究，村田二郎講師專攻古代到平安期的風俗史，高須小姐與他們專攻領域差異很大。這也是我從佐田先生那聽來，拿來現學現賣。而另一面，他們彼此互不衝突，相處得相當融洽。」

「爲什麼專攻同一個主題就會有衝突？一起共同研究，或是副教授、講師接受教授的指導，這不是很好嗎？」

「學者的世界很微妙。研究同一個主題，就會彼此互相侵略。如果是學生，就無法反對老師說的話。直到老師過世爲止。不，就算過世也無法造反。因爲有其他同門前輩在監視。

但久保教授與板垣副教授、村田講師之間不是師徒關係，爲了彼此好，選擇不同的專攻領域反而好，對史料也比較好。」

「史料？」

「聽佐田先生說，教授手中握有珍貴史料，不讓其他人知道。根據這些史料當題材，頻頻發表論文，保有充滿權威的架子。若是進行相同領域的研究，可就沒那麼容易了。爲了避免這些麻煩，避開相同的主題，大家比較好相處。」

「聽你這麼說，我大致明白了。」坂根擱下筷子，端起酒杯。

「明白了吧？那個世界眞的很難搞。」福原乾了杯裡的酒。

「對了，高須助教她的研究主題是什麼？」

「這我忘了問，因爲她沒直接接受指導，應該和久保先生、板垣先生他們不同主題。不過佐田先生說高須助教是才女……說才女有點輕浮，聽他的口吻，好像很賞識高須助教。」

「我想起一件事，高須小姐離開那家古董店後，佐田先生低聲說了一句話。福原先生，你記得嗎？」

「這個嘛……」

福原手持酒杯，側頭尋思。

「……是哪件事呢？」

「我還記得高須小姐離開那家店後，大家話題都繞在她身上。佐田先生很在意高須小姐在酒船石那裡提出的問題。野村先生也問佐田先生，說她這次是否想進行飛鳥神祕巨石的研究。」

「嗯……」福井望著天花板。貼有五、六片寺院護符的天花板，在熱鍋的水氣和香菸的煙熏下顯得模糊。「當時佐田先生自言自語說……要不是握有什麼線索，她應該不會專挑巨石參觀吧……像在說她不可大意似的。」

福原仍望著天花板的聖天護符。

「佐田先生看起來神色自若，但其實在意得不得了。」

福原突然把臉轉向坂根，手指頻頻敲吧檯。「啊，我想起來了，小要。沒錯，佐田先生的確這樣說過。」由於他敲著吧檯，對面的老闆娘急忙走來。

「有什麼吩咐嗎，福原先生？」

「沒事，我們在講話。」

「哎呀，眞是的。」老闆娘笑著往對面去。

「小要，你毫不關心，可是卻記得很清楚嘛。那個場景教人印象深刻。」

「對我來說，是很印象深刻……因爲接下來又針對高須小姐的事聊了一會。」

「可是，你看起來很無聊。」

「不會。我聽得津津有味。」

「佐田先生講太久了。要不是有人走進店裡，我們可就沒機會離開了。」

坂根像想到什麼似地將腳下的黑色眞皮相機包拿起來擺在膝上。之前都沒發現，背帶上用橡皮筋綁著一個捲成圓筒狀的紙張。

「請看。」

取下橡皮筋攤開來一看，原來是一張近乎A4大小的相紙，畫面滿滿是黑色山林。

「是山林的照片嗎？」

「福原先生，還記得嗎？我在崇神陵以遠攝鏡頭拍攝二子山後，因爲還剩一些底片，我不經意以遠攝鏡頭拍攝崇神陵後山……這是放大照片。你仔細看。」

坂根叫他仔細看，但這A4大小的畫面裡只有群樹像波浪般起伏的山坡，平凡無奇。

「這個。」坂根從旁窺望福原手中的相紙，手指著照片右上方，同樣黑漆漆的一部分松林。「你看這裡有沒有拍到人？」坂根提醒他。

「哪裡？」福原眼睛湊向前。

幾乎黑壓壓一片，無從分辨，但坂根這麼一說，山谷的斜坡處確實站了人，那人一身黑衣，一時沒看出人形，但清楚拍出他那張白臉。男子在山谷對面陡坡處的森林裡面朝左斜方而站，只有臉朝鏡頭，一副不經意轉頭的模樣。黑色的厚外套，背著一個背包，背包露出白色一角。

這是崇神陵的後山向陽。

當時坂根還剩一些底片，因而隨處遠攝照片，福島也在一旁。那座山是從南方三輪山

（四六七公尺高）往北方春日山綿延的山群，山脊線像屏風，沒高低起伏。最高處只有四百公尺，就算攀登，也稱不上是「登山」。

「裡頭沒拍到櫛山古墳吧？」

當時坂根告訴福原，崇神陵後方東側斜坡處的古墳，是屬「雙方中圓墳」的櫛山古墳。雖說是從別處聽來的知識，但他居然連這名稱也知道。櫛山古墳的方形部面朝西邊的原野處，外觀相當巨大。由於畫面中看不到記憶中的古墳，福原才如此詢問。

「鏡頭的角度偏往東南方，所以沒拍到櫛山古墳。」坂根如此說明。

「這樣啊。山裡好像有座很深的山谷呢。」

「沒錯，一路往山裡深處去，好像也有溪流，但照片上看不出來。溪谷面向這一側的斜坡被遮掩，看不見，但對面的斜坡在陽光的照耀下，看得很清楚。那裡站著一個人。」

「嗯。」

「早春時，雜樹林的葉子紛紛落盡，或許還看得到人形。但松樹生長繁茂，走進松林中就看不出來了。」

「就算用遠攝鏡頭，距離太遠，人影還是很小……對了，這位健行客怎麼了嗎？」

坂根不發一語從背包裡取出一把放大鏡。「請用它看清楚這個人的臉。」坂根將放大鏡交給福原。因爲是攝影師，他隨身攜帶這種物品。福原往放大鏡裡望，人臉放大，但五官模糊，不夠清楚。

「看得出來嗎？」

「臉很模糊。」

「極限了。一開始我洗成四乘六照片，覺得上面好像拍到人，所以又放大成A4。雖然模糊，但你對這張臉的印象，有沒有讓你想到什麼？請看仔細一點。」

臉的輪廓很長，顴骨高聳，構成縱向的菱形臉，眼窩凹陷，形成兩個黑眼圈。再加上寬鬆的黑色厚外套。有點駝背。

「啊，」福原微微一聲驚呼。「這不是走進奈良古董店的那名男子嗎？」

「福原先生，你也這麼認爲吧？眞的很像。我們離開寧樂堂前，他悄悄走進店裡，店主要他待會再來，他便默默離開。就是那個人。」

「沒錯。從臉和外套來看，確實一模一樣。單從臉來看，年紀也很相近。」

那名男子的舊外套前襟寬鬆。當時，古董店老闆態度冷漠，男子同樣少言寡語。

「這張照片是下午三點拍攝。我們在寧樂堂遇見他是下午六點。所以他是在這帶山上徘徊，後來下山到高畑的古董店。」

坂根推測時間的經過。

「他在那裡健行嗎？」福原望著照片。

「好像是。不過他應該是當地人，不像外地人。」

「嗯，在店裡見過他，像是位農民。」

「當地農民在山上健行，有點怪。如果是入山撿柴倒還另當別論，但他還背著背包。」

「嗯……不過他到古董店時，沒帶背包。」

「應該是擺在某個地方才到店裡。」

「也許吧。可是，當時在店裡見過的男子出現在山裡，爲什麼令你這麼感興趣？」

「我很好奇。於是調查一下照片的地點。」坂根像之前一樣，用橡皮筋將福原還他的照片一圈一圈套好。「……那裡是古墳群。」

儘管坂根說照片那座山是古墳群，福原仍舊不明白怎麼回事。

「那一帶的山不是到處都有古墳嗎？難道也有知名的前方後圓墳嗎？」

「你聽我說。」坂根沒伸手拿倒滿酒的杯子。「我因爲R出版社的拍攝工作，拜訪過那一帶的考古學者。從崇神陵的後圓部往東南方望，可以看到那座山谷，這就是線索，就很清楚了。但那位考古學者爲了謹慎起見，特地翻開文化財保護委員會出版的《全國遺跡地圖》當中的〈奈良縣〉讓我看。裡頭的『櫻井』地圖比例尺爲七萬五千分之一，地圖上指出，崇神陵、櫛山古墳的東側爲斜坡，等高線呈南北包夾的走勢，形成一條長長溪谷。地形和這張照片完全相同，不會有錯。」

「然後呢？」福原端起酒杯邀酒。

吧檯附近，四名年輕上班族聊得起勁。

「以溪谷爲中心，地圖上畫有往兩旁延伸的橢圓形紅線。在紅線包圍的圓圈中心，印有紅色的數字，寫著728。」

「那數字代表什麼？」

「是文化財保護委員會編列的古墳編號。728指的是那裡的古墳。」

「728古墳是嗎？」

「聽說有名稱。位於柳本以東，現在人稱天理市龍王山橫穴古墳群。」

聽起來相當複雜。說到橫穴、豎穴、橫穴式石室，還勉強猜得出是什麼，但要是再深入，外行人就聽得一頭霧水。坂根常聽人談這些事，對此興趣濃厚。

「福原先生，你見過埼玉縣比企郡的吉見百穴嗎？」

坂根爲了讓他明白，特地舉了個例子。

「十幾年前看過。位於山崖的斜面處，像蜂巢般，滿是穿孔的橫穴群，對吧？」

「沒錯，它很有名。天理市龍王山橫穴古墳群，不像吉見百穴那樣有一路向崖頂延伸的十幾層橫穴，但也相當多。那位學者說，現在已知的橫穴就有一百數十個之多，全加起來應該五百多個。橫穴出現在古墳時代終期，是平民百姓的墳墓。」

「你對橫穴的講解我懂了。它和照片人物的關聯，哪裡令你感興趣？」

「這處橫穴古墳群，有的地方遭盜墓，有的還沒。」

「咦，盜墓？」福原反問。

「是的，盜墓者會偷出古墳裡的陪葬品。」坂根端起酒杯啜飲。

「不是大部分的古墳都被盜了嗎？」

「沒錯。話雖如此，還是有地方逃過一劫。」

「這處龍王山橫穴古墳群也是其一嗎？」

「已知的橫穴古墳群應該都被盜了。不過那位考古學者說還有很多未知的橫穴，裡頭還有未遭盜墓的橫穴。」

說到這裡，福原的腦袋也動起來。如果站在橫穴古墳群山坡處的男子與不發一語走進古董店的男子是同一人……

「過去從橫穴古墳群裡挖出過什麼樣的古物？」

「聽說很多是鐵器，陶器主要是須惠器。還有直刀、鐵箭頭、金環耳飾、帶鉤——帶鉤指的是腰帶的釦環。不過和河內一帶中期或後期的古墳出土物一樣，雕飾號稱受斯基泰文化影響的動物圖案，而且又是金銅製的值錢古物始終沒出現。就算是直刀，也都是頭椎（**註**）型的大刀，就像畫裡神武天皇和聖德太子掛在腰間的圓柄頭大刀。」

「應該是很棒的大刀吧？」

「不，它和關東群馬縣一帶的古墳出土的金銅製大刀不同，刀身鐵製，只有裝飾部分以黃銅鍍金。刀鞘也一樣。」

「但應該有價值吧？」

註—刀柄頭部呈塊狀的大刀。

「有古董的價值。不論是帶鉤還是耳飾。」

「嗯。」福原擱下酒杯，沉聲低吟。「小要，你用遠攝鏡頭拍到不得了的東西呢。」

「我也不知道自己竟然不經意在崇神陵拍到這樣東西。一切都是偶然。」

「在崇神陵時，你和我聊到天皇陵也遭人盜墓，對吧？」

「沒錯。」

「小要，在橫穴古墳群徘徊的這名男子到古董店寧樂堂，這表示……」

福原露出激動的眼神，吧檯旁的四人組突然唱起流行老歌。

「不，我不認爲會有這種事。」坂根在吵鬧的合唱聲中說。「聽說奈良的古董店，就算有人帶奈良縣的盜墓品來也不會買。」

「哦，這樣啊？」聽坂根說奈良的古董店不會買縣內盜墓品，福原明白自己猜錯了。

「可是，這是怎麼回事？因爲警方查緝嚴格嗎？」

「這是最主要的原因。因爲那是文化財，明知是盜墓品還買，就成了收購贓品。萬一被檢舉，可有損店內信譽。」坂根回答。一旁的年輕人還在唱歌。在這裡就算大聲唱歌也無妨。

「說得也是。」

「還有，他們怕稅務署。」

「原來如此。一旦知道他們賣出這麼值錢的東西，稅務署會認爲他這項生意利潤頗高而盯上他們。」

「沒錯。所以就算取得縣內盜墓品，奈良的古董店也不會在當地販售。」

「哦，你提到縣內。這麼說來，如果是其他縣出土的古物，又是怎樣？」

「這我就不知道了。」坂根笑道。福原望著坂根的笑臉，點點頭，露出複雜的微笑。坂根接著說。「總之，關於寧樂堂，不是像你想的那樣。如我剛才所說，奈良的古董店不會破壞拒買當地盜墓品的規矩。」

「不過小要，老闆看到照片裡那名像農夫的男子走進時，露出很傷腦筋的表情。老闆當時的眼神，好像要他待會再來。如果是這樣，就是要對方等客人走之後再來。這怎麼說？」

「我不知道。」

「還有，那名男子背著背包，出現在古墳群的所在處，又是爲了什麼？」

「他背著背包，應該是到山裡健行吧。」坂根露出裝傻的笑容。「到盛產青丹（註）的奈良，還眞是會遇見各種不可思議的現象。」

福原端起他遺忘的酒杯，一飲而盡。

「還有其他事嗎？」坂根轉移了注意。

「報上刊登一名吸食稀釋劑的年輕人引發的傷人事件，是我們在奈良過夜那晚發生的事。」

註——一種製作綠色顏料的土。

坂根的眼神陡然一轉，從照片上移開目光。

「這是今天白天在東京美術館聽佐田先生說的。」福原道。「報上的傷者當中，有位叫海津信六的保險業務員，聽說他年輕時是位前途看好的歷史學者。那位毒舌的佐田先生，在報上看到許久未見的名字，情緒激昂地說個不停。」

「他不是俳句高手嗎？」坂根不禁開口。

「你說海津信六是俳句高手？」福原向坂根追問。「你爲什麼知道這件事？」

「不，只是有這種感覺，也許是我把他和其他人搞混了。」

——坂根要助急踩刹車，他差點就脫口說出自己和高須通子到醫院捐血給海津信六的事。雖然有想說的衝動，但現在才向福原坦言已經太晚，他有點內疚。一直沒說，也是因爲心虛，和高須通子一起捐血給事件的受害人的行爲過於突兀，會讓福原覺得奇怪。

在奈良醫院遇見的村岡亥一郎告訴高須通子，海津信六自稱「茅堂」，是他們俳句社團的指導人。村岡是京都南禪寺通的一家普茶料理店「大仙洞」老闆，還遞給自己他的名片。但剛才福原提到他與東京美術館特別研究委員佐田的談話，說海津信六年輕時是大有可爲的歷史學者，這令坂根要助頗爲意外。姑且不談是俳句高手這件事，壽險業務員與歷史學者這兩個形象實在相去甚遠。

「我不知道海津信六是這樣的人物。太令我驚訝了。既然佐田先生這麼說，那應該是眞的吧？」坂根說。

「佐田先生雖然爲人毒舌，喜歡損人，但不會說謊。他誇讚年輕的海津信六，表示海津很有做學問的資質。聽說現今教授中，有人從他寫的文章中得到啓發，寫成論文，甚至有人直接用他的論點當自己論文的基礎。」

「哦，這樣啊。」

「不，說拿來當自己論文基礎，是佐田先生對大學派慣有的攻擊方式，對他說的話得打個折扣才行，而他對海津信六的想法，也是因爲海津是過去的人，特別是只有他知道而一般人不太熟悉的人物，他才給這麼高的評價。」

「他有點誇大其詞嘍？」

「沒錯。負面和正面這兩方面都說得過於誇大，在聽他說話時，兩邊都得打折扣。海津信六或許不像佐田先生說得那麼好。就算是桃色糾紛好了，有個資質如此優異的學生，總不會讓他就此埋沒吧？」

「你說的桃色糾紛，是指什麼？」坂根望著福原的側臉。

「我也不是很清楚，聽說海津信六是因爲女人才落得如此下場。好像是二十年前的事，年代久遠。」

坂根腦中閃過他在醫院充滿藥味的候診室裡，與普茶料理店老闆村岡亥一郎交談時，快步奔來的女子——那名婦人一直站在村岡身後，像在等人說完話。一開始她神色匆忙地走往櫃檯，後來在櫃檯人員指引下來到村岡身後，一直等機會要和村岡說話。

女人算中年，有些年紀，看起來約四十六、七歲，不過她給坂根的第一印象是那對柳眉和細眼。纖細的肩膀穿起和服分外好看，和服用的是鹽澤的布料，在不顯亮澤的暗沉色調中給人華麗之感。攝影師得從事各種工作，關於和服，他也略知一二。事實上，她就像一盞亮在村岡身後的燈。

她像是住院者的近親，火速趕來醫院，恰巧發現村岡，因而先向他詢問患者病況。因此坂根急忙結束他與村岡的談話，悄聲告訴村岡背後有人在等他。村岡驚覺回頭，一看到那名婦人的臉，說一句：「啊，是您啊……」顯得既驚訝又慌張。村岡頻頻向婦人鞠躬，接下來他們說些什麼就不得而知。因爲坂根走向站在對面的高須通子身邊。

不過從婦人匆忙趕來的模樣，以及憂心忡忡的嚴肅表情中可明白，她並非一般前來探病的訪客。坂根直覺她與患者的關係很密切，起初以爲是患者的家人。尤其婦人連一束花也沒帶，高須通子也這麼想。

聽說海津信六沒家人。如果他沒妻子，那名婦人或許是她的親戚，倘若她是從早上的電視新聞或早報中得知，而在這時間趕來醫院，她應該住在離奈良不遠的京都或大阪，不外乎近畿一帶。坂根之前如此推測，而此刻從福原口中聽聞海津信六年輕時因女人而落魄，他馬上便想起當時趕往醫院的婦人。坂根要助同時想起三天前收到海津信六的感謝函。裡頭有三張信紙，寫著對他們捐血的感謝之情。

「陽春時節，閣下一切安泰，不勝欣喜。

此次在下遭逢奇禍，蒙您專程駕臨醫院，捐出您寶貴的鮮血，為在下輸血，未能向您道謝，實屬慚愧。特別是您我素昧平生，未料還能蒙您盛情相助，心中羞愧難當，不勝感激。在下手術後一切順利，近日便可出院。這也是拜閣下所賜。藉由閣下所贈之名片，寫下此份感謝函，心中感謝之情益盛。

待日後完全康復，定前往東京拜訪，一同拜會高須小姐，當面向兩位致謝。目前暫以此函一抒心中感謝之意，失禮之處尚請海涵。

海津信六敬上　於病房親筆」

——好俊秀的筆跡。

「看你若有所思，怎麼啦？」福原拿著酒壺替坂根倒酒。

「突然想起一件很在意的事，抱歉。對了，福原先生，你說海津信六先生年輕時因爲女人落魄，到底怎麼一回事？」

坂根驅散回想，露出清醒的眼神。

「不知道。我也問過佐田先生，但他只是露出一貫冷笑，回一句不知道。我看他的表情應該知道什麼，但不肯明說。好像有顧忌。難得他講話這麼不乾脆。」

老闆娘從吧檯對面走來。「兩位光顧著說話……」

「是啊，聊些無關緊要的事。」

「看你們表情很嚴肅。」

「才沒有。如果我們是在這裡聊戀愛的煩惱，才眞教人不甘心。」

福原向站在他對面的老闆娘遞出酒杯。

「哦，難道這裡不適合嗎？」老闆娘朝倒滿酒的杯子低頭行禮，嫣然一笑。

「例如聊暗戀上老闆娘妳，卻又無技可施的那種煩惱。」

「我倒無所謂哦……」

「我看算了，最好別逞強，身體才吃得消，不會出事。男人總敗在女人上頭。對吧？小要？」

「女人才老敗在男人上頭呢。」

老闆娘不懂福原這番話的含意，如此回應。

8 CHAPTER — 第八章

兜不攏

坂根要助猶豫該不該打電話給高須通子。

此刻是他與《文化領域》的福原在新宿酒館見面後的隔天中午。他有許多話想跟通子說。首先是，他和通子在奈良醫院捐血的對象海津信六，年輕時是前途看好的歷史學者。而依據福原從東京美術館特別研究委員佐田那聽聞的說法，海津才能過人，雖是二、三十年前的事，但看過他論文的佐田對海津的資質讚不絕口。連毒舌的佐田都如此讚，肯定很不簡單。

不過福原也提到，佐田對現今檯面上的學者批評都很辛辣，但對過去的學者比較寬鬆。這點不難理解，不過那位遭吸食稀釋劑的年輕人刺傷，被送往醫院的中年保險業務員，竟有如此經歷，高須通子一定大感意外。不單意外，她還是T大的歷史系助教，一定會對海津信六的經歷很感興趣。而且是她發現倒臥現場的海津，向警方通報，捐血也是她的意見。坂根在奈良縣政府前遇見前往醫院的通子，他血型是O型，也就很自然地想和通子一起去醫院。比起他，通子應該更關心海津信六的事。

此外，聽福原所言，現今學者中，知道海津信六這號人物的幾乎都是有一定年紀的學者。身為歷史系助教的高須通子聽聞海津信六的名字後，沒什麼特別反應，從中也可明白此事。她現在應該還以為那名被害人只是普通的壽險業務員。

坂根又想，海津信六為捐血的事寄一封感謝函給他，當然也寄給高須通子。信中文章略帶古味，寫著「待日後完全康復後，定將前往東京拜訪，一同拜會高須小姐，當面向兩位致謝」。

換言之，海津信六見這兩名來自東京的男女一起前來捐血，誤以爲他們是情侶。若非如此，應該沒必要刻意在信中提到「一同拜會高須小姐」。寫給她的信件中，肯定也提到「一同拜會坂根先生」。日後要是海津信六到東京，把他們當男女朋友，高須通子一定很困擾，此事得先跟她說清楚才行。

除了海津信六這件事外，坂根還想跟高須通子談一件事，但這算是題外話。

在崇神陵後山，正確來說是東方連山的斜坡處，他偶然用遠攝鏡頭對準拍照，恰巧拍到一道人影，與先前在寧樂堂見過的男子十分相似。不過，此人是在高須通子離開寧樂堂才出現，她並未見過。但也許她在途中與他擦身而過。就算沒有，倘若背著背包，站在古墳群山中的男子，與出現在古董店的男子是同一人，將引人各種想像，當作閒聊，想必很有意思。

——在這樣的用意下，坂根要助打電話給高須通子，如果可以，他希望找地方和通子見面，自從奈良一別，再次聚首，一起聊聊當時的事。

高須通子沒給坂根名片。坂根在前往醫院時倒給了她一張名片。在酒船石那裡，福原遞給她一張《文化領域》副主編的名片，但她非但沒回送名片，連名字也沒提。對男性的態度相當冷淡。

不過，在奈良的醫院裡，高須通子在捐血申請書的戶籍地、目前住址、姓名、出生年月日、職業、血型、有無病歷、家屬等欄位塡寫時，坂根在一旁偷瞄，得知高須通子的戶籍在長野縣南安曇郡，住址是東京都世田谷區，至於其他資料，因爲字跡太小，看不清楚。通子塡寫其他欄位時，他不好意思一直盯著看，所以沒看到，不過她似乎沒什麼家人。就算知道她住世田谷區也沒多大用處。不過聽福原說，她除了當大學助教，好像還在東京荻窪的O高中當鐘點講師。想打電話，這兩個工作地點是唯一線索。儘管明白這點，坂根就是無法立即提起勇氣打給她。

不給名片的女人。

兩人一起捐過血，就算這件事是坂根自願，多少也受到她說的話所驅使。一般來說，別人好歹會給張名片。後來兩人離開醫院，在興福寺境內邊走邊聊。這時也可能會給張名片，但她沒有。

她這種冷淡態度，不知出於戒心，還是對男人不感興趣。坂根是位攝影師，而且留著落腮鬍，一副流行扮相，看到女人不會害羞，但一遇到高須通子，他就無法處之泰然，不敢跟她一起走進書店，也是怯縮使然。

坂根要助猶豫再三，最後開著他的小車離開家，停在一座電話亭前。他家位在東京都交界的千葉縣市川市。這裡從以前就是首都圈，但自從京葉高速道路建好，離首都圈的市中心更近了。充當工作室用的住家有兩名年輕助手同住，現年三十歲的坂根至今仍舊單身。

他用公共電話撥打查號檯，詢問兩支電話。一是T大，二是O高中。比起大學，高中電話更好打，總機替他將電話轉至職員室。

「高須老師嗎？她今天的課是……請稍等我一下。」

像是職員的男子聲音停頓片刻後，周圍男女的話聲傳進話筒。好像三、四人正在閒聊。之後傳來有人拉開椅子站起來的聲音。

「讓您久等了。高須老師今天下午兩點有課，上課前三十分鐘她應該會到學校。」

「請問她的課幾點結束？」

「三點和四點半。」

她有兩門課要上。就算是鐘點講師，過四點半後，應該不會再到其他高中上課。

「這麼說來，現在她人在T大嘍？」

「請問您哪裡找？」那位高中職員略顯不悅地反問。

「抱歉，敝姓坂根。」

「高須老師來本校之前，人在哪裡，我們一概不知。」

電話就此掛斷。聽那名職員的聲音，感覺得出他對臨時聘雇教師的漠不關心和輕蔑。

明天她的上課時間應該和今天不同，但坂根實在不好意思再打一次電話到O高中。剛才對方在電話中的冷淡口吻，教人聽了很不舒服。

他改打剛才記下的T大電話。總機飛快地問他要找文學院的哪個單位。坂根回答「歷史系」後，總機又問他是要找歷史系的哪間研究室。

「久保教授的研究室，如果不在，請幫我接板垣副教授的研究室。」

坂根說出先前他從寧樂堂聽美術館的佐田那邊聽過的名字。久保教授的研究室傳來一名年輕男子的聲音。

「高須嗎？不知道耶，最近一個月來都沒看到她。」

坂根還來不及接著問，對方就先掛斷電話。

坂根按照約定，下午四點扛著相機配件前往現代創始社。這家公司發行一套《現代創始》的綜合雜誌。自由攝影師會接各種出版社的案子，有時「爲了生活」，除了接纖維公司、汽車公司、食品公司等公司的案子，也會接銀行、壽險公司的宣傳照拍攝工作。

坂根在玄關旁的大廳與《現代創始》負責照片彩頁的採訪部主任會面。此次從六月號起的新企畫起，要在雜誌上加入「日本層峰」的照片彩頁——這裡指的層峰不是山岳。

「說起來，是指日本的人物山脈，將各界的代表人士比喻成聳立群山的高峰。喏，我們不是都稱呼傑出人才是業界高峰嗎？就像這樣。」

一個月前，對方第一次說明這項企畫時，坂根聽採訪部主任鈴木如此解釋。由於是日本各界人士，範圍相當廣泛。兩年的連載中，會有二十四人登場，不過聽採訪部主任的說法，還得另外預先拍好十個人左右的照片「備用」。

「您說備用是什麼意思？」

對方回答，當中有人年事已高，考量到可能中途過世，需有人替代。

不過，有那麼多人可以替代「高峰」嗎？

「就算人物降格……不，就算高峰稍微降低一些也沒辦法。只要包裝得宜，在讀者眼中看起來就會顯得高大，而且持續連載兩年，中途有時一些晚輩會大幅成長，超越前輩。像這時候雖然很殘酷，但還是得更換預定人選。媒體向來都是這麼冷酷無情。」

坂根要拍攝當中的五人：一位政界人士、一位財界人士、一位宗教人士、一位評論家、一位畫家。今天他前來拍攝畫家，鈴木隨行。坂根的小車停在出版社的車庫。那位畫家住北鎌倉，吩咐他們六點半找他。坂根在大廳花了三十分鐘的時間與鈴木討論，看了一下表。已經四點四十分。有人前來通報，說公司車已達玄關。

「請等一下。我要打通電話。」

坂根告知後，朝櫃檯旁的紅色電話投了十圓硬幣。

「高須老師剛才回去了。」O高中的職員以制式化的口吻應道。他說剛才，應該是五、六分鐘前吧。慢了一步。坂根深感遺憾。這麼一來，反而更想見她一面。

「我不清楚高須老師明天有沒有課。」電話那頭的回答還是一樣冷淡。

抵達畫家鷲見晴二位於北鎌倉的住家時，比約定時間晚三十分鐘。在昏暗的上山坡道途中，七點電視播報新聞的聲音，從石牆上亮燈的人家傳進車內。畫家的宅邸位於山丘。這棟二十年前建造的南歐風格住家，一度蔚為話題，照片還刊在雜誌上，但如今東京到處都有類似建築，不再稀奇。不過鷲見的宅邸可不是那些金玉其外、敗絮其中的便宜住宅，雖然整體由貝殼白的色澤構成，但視線上充分展現出沉穩的一面。五百坪的占地，一半是高聳林立的針葉樹林。

走進刻西洋徽章的鐵柵門，踩在鋪設於草地中、足足三十公尺長的石板地上，終於抵達充滿設計感的玄關。《現代創始》雜誌的採訪部主任鈴木正雄抓住威儀十足的門環輕敲幾下。

黃銅製的大門開啓，年約二十多歲，四肢修長的傭人從屋內探頭。由於事先聯絡過，傭人領他們兩人入內。坂根小心翼翼不讓相機的硬盒和三腳架等金屬傷了木板地。

接待室是一間設歐式外推窗的大房間，呈半圓形。講究的裝飾擺設在統一的色調下。一幅由主人親手所畫，令畫商們垂涎三尺的風景畫高掛牆上，氣勢蓋過整面白牆；刻白色花紋的壁爐上頭則擺著鮮花和壺的畫作。此外還有四、五件小品畫作都擺在適當的位置。顏料的色彩隨興明亮，線條奔放，正是這位主人的特色。

鷲見晴二延續了野獸派的傳統，成爲現代畫壇最具人氣的畫家，也是畫作開價最高的畫家。若非如此，《現代創始》不會挑他爲「日本層峰」的其中一座。

等十分鐘左右，主人來到接待室。他年約六十五歲，在業界算是年輕的大師。頭頂光禿，兩側長髮雖略見花白，整體還算烏黑。雙眉濃密，大鼻厚脣，這是鷲見晴二精力旺盛的臉部特徵，激起攝影師拍攝慾望的對象。

鷲見身穿一件黃褐底色，加上粗大紅線構成的格子襯衫，外罩一件針織衫，下半身套著一條折線看不出來的燈心絨褲，上半身倚靠著搖椅。胸膛相當厚實。剛才那位傭人用銀盤送來三杯白蘭地。

「內人有事到東京去了，招待不周請見諒。」鷲見說著，向客人勸酒，自己也端起酒杯。他很愉悅地接待兩位前來拍攝彩頁照片的客人。

「大師，可以在訪問您的時候拍照嗎？」鈴木問。

「好，要拍好看一點。」

他濃眉低垂，瞇起的雙眼，眼角布滿皺紋，笑容相當討喜。坂根著手拍攝。

「大師，您最近的工作情況如何？」

鈴木以此當開場白，與鷲見晴二交談。應攝影師要求，拍攝對象不可以表情僵硬，或是表現出很在意鏡頭的神情，所以才在他們交談時拍照。

「沒什麼，就適時地玩，適時地畫。我這人生性懶散。稍微工作一下就膩了。」畫家笑了。他咧嘴笑時，下排牙齒左邊少一顆牙。坂根將它拍下。

「這樣畫商們不是很傷腦筋嗎？」

「要是我處處替畫商著想，身子可就挺不住了。」

「大師您不斷創作出熱情的作品，不知您接下來想畫什麼樣的作品？」

「我自己也不知道。我打算在夏天來臨前慢慢思考……繪畫是一門講究因果報應的生意，人們在夏天時，上山下海享受休閒生活，我則在畫室裡揮汗。」

他是指自己爲了秋天要開畫展而從事的創作。坂根湊近鷲見的側臉，持續按下快門。

「在那之前的這段時間就像休假一樣，只有腦袋一直忙著思考。」

「這麼說來，您是在思考新的主題和構圖嘍？」

「算不算新，我不知道。即使是構圖，如果光是以既有繪畫史的構圖來看，實在了無新意可言。從古時候的黃金比例開始，諸如三角形、W形、Z形以及其他基本構圖，我不知道共有幾種，每位畫家都想嘗試大幅的改變，最後始終跳脫不出這個框架。我思考的是構圖的多層性。」

他在高談闊論時，坂根斜斜地從正面改變角度拍攝。燈光固定在三邊，透過角度來減弱其中一邊的光線。

「構圖的多層性？」

「就是無限的構圖。」

「您說無限……是指抽象嗎？」

「你可別亂說。那是完全不同的兩件事。抽象這玩意兒，充其量不過是一種沒設計感又沒構圖力的做法。總有一天會變不出把戲。說什麼新具象畫，根本全都還在摸索階段。結果又開倒車，走回老路，就這麼默默結束……」

忽傳車子上坡聲。這一帶晚上寧靜無聲，只有橫須賀線電車行駛的聲音不時會傳來。

「我說的多層性構圖是將構圖單一的『面』，看作中核分子，它分裂成許多個，層層疊疊，從外頭包覆，大的將小的包覆……」

車聲到門前後停住，畫家豎耳細聽。

「你知道薤菜皮嗎？」

鷲見晴二問鈴木。聽見玄關處的開門聲，畫家的視線又回到鈴木臉上。

「薤菜皮？」鈴木一驚，跟著重覆一次。

「沒錯，不管再怎麼剝，它的皮都無窮無盡。我所謂構圖的無限多層性也就像這樣。不管再怎麼剝去構圖的表皮，構圖還是會無止境地從裡頭浮現。反之，極度被壓縮的原構圖，則會從中分裂、衍生、變形，不斷從上面加以包覆。這樣你懂嗎？」

「是。不過，一時之間實在……」

「不懂？」

「嗯。」

鷲見晴二抬起下巴，朗聲大笑。坐在地毯上的坂根，手中相機呈仰角，拍下鷲見的表情。快門的金屬聲像機關槍似連響不停。鷲見這番話在闡述美的根本、造型的眞理法則，超出俗人的理解範疇。連畫壇也都傳聞鷲見近來的發言帶一種神祕性，充滿玄意。這時外頭傳來敲門聲，一名身穿米色兩件式洋裝的女子走進，鷲見那充滿神祕的言語突然回歸原本世俗的樣貌。

那名中年女子用一個大托盆盛著裝水果的缽和盤子，走向餐桌。鈴木迅速從椅子上站起，採立正姿勢，向女子深深一鞠躬。

「夫人，打攪您了。」

「歡迎。」畫家夫人將水果托盆擺在桌上，客氣地向鈴木行禮。「剛才我不在家，真是失禮。」

夫人也向坂根行禮問候，但坂根趴在地上，正專心拍攝畫家的表情。

「我回來晚了。」夫人向丈夫問候。

「妳回來啦。途中塞車是嗎？」

「是啊，塞得很嚴重。我下高速道路後，車子塞得水洩不通。」

剛才玄關前的車聲，原來是夫人在停車。夫人從大托盆裡取出缽和盤子，擺在餐桌上。

「最近塞車的情況真是不像話。一年前東京到鎌倉只要一個小時就到得了，最近卻得花上一倍的時間。」比約定時間晚三十分鐘到達的鈴木，順便給自己找藉口。

坂根從地上起身。他單手護著相機，繞到椅子前方。鈴木代替他向夫人問候，所以他不發一語坐下，但當他視線望向夫人時，差點叫出聲。

坂根懷疑自己看錯了，他見過夫人。他清楚記得此事，而且最近才剛發生。坂根相當緊張，夫人擺好水果缽，在盤裡附上水果刀和叉子，低頭發給一人一份。在盤子擺到他面前時，他期待夫人的視線投向他，發出一聲驚呼。但他期望落空。夫人朝主人和客人發送完水果盤，沒任何異狀。

「妳也坐吧……」

「可以嗎？」夫人嫣然一笑，視線投向三人。

「我正在說我的構圖論呢。」

夫人在椅子上坐下。

「在談你那深奧難懂的理論是吧？感覺就像在講禪呢。」她對其他兩名客人說。

坂根覺得夫人的視線隨時會停在他身上，表情產生變化。先前在奈良醫院的候診室裡，她站在普茶料理店的老闆身後，靜靜等候他們交談結束。夫人當時應該很清楚看過他的臉。那是一個月前的事，夫人不可能忘了。

「夫人您應該能理解大師的理論吧？」鈴木不客氣地問。

「和尚的禪語，俗人聽再多遍一樣不懂。」夫人一樣沒看坂根。

「有慧根的人，聽一遍就大悟，駑鈍的人聽一百遍還是不懂，這就是禪。內人聽我說這套理論將近百遍之多，還是無法曉悟。唯女子與小人難懂也。」

畫家瞇起單眼。

「是啊。不懂也沒關係。」夫人露出開朗的笑靨。

坂根心裡納悶。他從缽裡取出柳橙，以水果刀縱向切開。夫人剛才多次望向他。但那種眼神，就是看著一位跟編輯一同前來的攝影師，不帶任何情感，甚至完全無視他的存在。

難道是我自己搞錯了？坂根改變想法。當時兩人沒有交談，可能是他認錯人了，也可能是錯覺。雖然不能正面直視，但他若無其事地窺望夫人的長相，他不覺得認錯人。夫人身上的洋裝若換成那件鹽澤和服，肯定就是當時那名女子。

驚見晴二以叉子逐一刺向水果。他的健談令人驚訝。夫人爲畫家剝水果皮。望著自己拿水果刀的手。

坂根旋即想到一件事。對夫人來說，她到奈良醫院去的事，該不會不想讓任何人知道吧？從她神色匆忙到「大仙洞」老闆村岡亥一郎身邊的模樣來看，便知道那不像一般的探病，手上連束探望的鮮花也沒有。看來她要不是患者的親戚，就是和他關係匪淺，當時坂根甚至跟高須通子說出他的感想。

海津信六因爲「女人」而「落魄」，這句話從坂根心頭掠過。

二十年前的事了，不過女子的年紀若是再加上這十八到二十年的空白，正好就和此刻剝水果皮的畫家夫人年紀相當。

坂根極力壓抑自己加速的心跳。他無法直視夫人的臉。就算他像夫人一樣佯裝平靜，但還是會引畫家和鈴木起疑。一想到這裡，血氣直衝門面，頓顯慌亂。儘管盤裡的水果還剩一半，但他還是馬上拿起相機，想背對夫人攝影。

「不久前我去看了鳥居老弟的回顧展。搞不懂爲什麼從以前人們就說他表現沉穩。雖然有人說他用色簡樸，但其實是別人看不懂他色彩的豐富性。大家都以爲朝金屏風畫亮麗的顏色，這種畫才叫色彩豐富，眞傷腦筋。這位大師最近筆力衰退，照舊有的模式作畫，不過依我看，他原本就沒筆力可言。只是他年輕時，在文人雅士的吹捧下作作樣子罷了。他太長壽了。長壽的人就成爲大師，這是畫壇典型的例子。」

儘管吃著水果，但白蘭地下肚，微醺的畫家露出他少了一顆牙的下排牙齒說道。

「老公。」夫人出言提醒。

「沒關係啦。我又不是第一次說。我從以前就都這樣對別人說。」

「不，我說的不是這個。」夫人以高亢的聲音接著說。「我姐姐昨天前往伊斯坦堡了。」

「咦？」畫家突然露出驚訝的表情，注視著妻子。

「妳爲什麼說這個？」

「我姐姐昨天早上從羽田搭機前往伊斯坦堡了。」夫人以鄭重的口吻重複。

「不用妳說我也知道。」畫家一臉驚詫地說。「因爲昨天我也去羽田替她送行啊。」

高須通子與O高中的教師糸原二郎走進中央線吉祥寺車站附近的壽司店。此時剛天黑，從商店街轉進的這條小巷林立著天婦羅店、中華料理店、炸豬排店等眾多小吃店，來客絡繹不絕。

兩人朝角落的座位坐下。通子一如平時綁著馬尾，身穿一套灰色的兩件式洋裝。這身裝扮，表示她此時的身分是高中臨時講師，很注意在老師和學生前的形象。兩人面前擺著幾盤生魚片，外加三瓶啤酒。糸原二郎頂著一頭毛躁頭髮，黑色粗框眼鏡下有對活潑好動的小眼睛。上衣肩膀一帶的顏色微微泛白，是常晒太陽的緣故，外邊捲起的衣領底下，有一條打得歪歪扭扭，變得窄長的領帶。

「那就是大學校園內的自由極限。那，妳下禮拜也打算請假到哪裡去嗎？」

「這次我哪裡也不去。」

「其他高中妳也要請假嗎？」

「沒錯。我向兩所高中的教務主任請過假了。雖然很難以啓齒。」

「一次兼課兩所高中，還眞忙呢。合計一週要上十小時的課對吧？」

「是的。不過，A高中一週只上一次，而且一次五小時。O高中一週兩次，每次兩小時，平均一個禮拜有三天得到學校來，如果有事，那個禮拜得全部請假才行。」

高須通子是以兼任講師的身分在這兩所高中教社會科的歷史課。高中導師許多雜務，常爲了學科以外的事忙碌。由於消化不了文部省高校教育指導要領所規定的歷史學習時數，才委託擁有教員資格的大學助教或研究生來擔任講師。一般的作法，像這種情況，如果是三學年制，就會從這三個年級中挑一班，整年都由他們負責教課。

站在助教和研究生的立場，高中講師終究只算打工，爲了自己的研究時間，他們會與學校交涉上課時間。體諒他們立場的高中教務部長或教務主任，會盡可能照他們的意願排訂課表。但學校也有自己的考量，有時無法配合。

站在講師的立場，最好一週只去上一次課，進行一次五小時的集中授課，但校方考慮到學生的學習能力，希望一週兩次，一次兩小時。同時在兩所高中兼課的高須通子，O高中一週兩次課，A高中一週一次課，時薪極低廉。像她這樣的講師，在上課時間前來學校，上完課馬上離去，與學校的老師完全沒交流，也不會有什麼親近感。

比起學校所屬的導師或專任教師，學生對這樣的外來鐘點講師有一種生疏的輕鬆感。不過，比起在講台上按照教師用教科書的描述照本宣科的學校老師，這些外來講師的上課內容豐富得多，不少學生對他們懷有親近感。學生對老師腦袋裡的東西其實很敏感。

教師站在講台上時，透過學生頭部的動作和視線的集中度，不用開口便可得知學生此時心思是否在自己身上。教室氣氛極敏感，宛如性情不定的生物。順利的話，老師和學生會以上課為中心合為一體，老師也能從容掌控情況，可是一旦學生心不在此，就像與脫韁的野馬對峙，任老師再怎麼想駕馭也徒勞無功。走到這一步，老師的話只會散向窗外的空氣，內心會產生深深的無力感。

高須通子固定一週三次到兩所高中上課，她體會到生命價值。學生的反應全集中在她身上，這令她頗感欣慰。站向講台上的瞬間，之前嘰嘰喳喳的學生全都鴉雀無聲，無數顆閃亮的眼珠注視著她。一名講師和多名學生，在一股寧靜的熱氣下凝聚在一起，彼此互動。

通子自認自己只是勉強記住學生長相和名字的兼任講師，但學生寄許多崇拜信給她，寫滿對上課內容的意見以及生活諮詢。

「高須小姐，妳要是再請一個星期的假，學生會很失望。」糸原二郎托起他那土氣的粗框眼鏡，一面對高須通子倒啤酒。

「我也很痛苦。我感覺得到自己應負的責任。」

通子擱著裝滿酒的酒杯，也替糸原倒酒。壽司店裡不少對情侶。

「教務主任好像也很傷腦筋。他知道妳很受學生歡迎。歷史專任老師畑山只教他自己的班，導師中村先生又太忙，所以一到妳上課的時間，學生好像都只能自習。」

「我很在意這件事。給畑山老師和中村老師添麻煩了。受不受學生歡迎，我不在乎，但看他們認眞聽課，我很高興。覺得自己和學生之間似乎相處得還不錯。」

「當然是相處得不錯嘍。甚至有點好過頭呢。校長和教務主任都很高興，偷偷告訴妳一個祕密，老師當中有人看了很不是滋味呢。」

「哦，這樣啊。那我得小心一點才行了。」

「妳一點都不必放在心上。大部分老師都很支持妳。」

「是嗎？我看其他老師的態度，沒這種感覺。」

「他們只是沒表現在臉上罷了。他們對之前的鐘點講師有種先入爲主的觀念。現在不想突然改變這樣的觀念，要是改變了，反而奇怪，就是出於這種無聊的面子問題。說到這個，像我一直是素行不良的老師，以前就是校長注意的對象，所以無所謂。校長認定的壞老師才能像這樣輕鬆和妳在這裡喝酒……喂。」
糸原轉頭望向從旁路過的女服務生，請她再拿一瓶啤酒來。
「啊，我喝不了那麼多。」
「沒關係。我喝。想到可以不在乎其他老師，和妳一起喝酒，就覺得很愉快。」
「糸原老師。雖然你說得很豪爽，但這裡是吉祥寺，離荻窪很近。小心學生來光顧。」
「學生？」糸原托起眼鏡。「一聽到學生我就沒轍。有道理，學生或許會來吃壽司。」
他縮起脖子環視四周，但看起來沒那麼傷腦筋。
「啊，我想起來了。」糸原接過新的啤酒瓶時說。「今天兩點左右，坂根先生打來找妳。」
一聽他說坂根打電話來，高須通子腦中浮現在奈良巧遇的攝影師。他們從北圓堂漫步走下坡道進入商店街，後來她走進書店，兩人道別之後一直沒聽過他的事。
「我走進教職員休息室時，聽到辦事員倉田在接電話。倉田沒跟妳說嗎？」
糸原確認。
「沒有……」
「豈有此理。我就覺得他沒告訴妳。倉田這個人個性有點怪。不但態度冷淡，還很壞心。學校裡形形色色的人都有，眞是抱歉啊。」
「沒關係。」

「當時倉田以他冷漠的聲音回答『高須老師的課在三點和四點半結束』，我原本猜想那位坂根先生會再打來。結果妳沒接到電話嗎？」

「沒有。」

「這樣啊。」

糸原好像想問些什麼，低頭喝啤酒。通子看出他的想法，自己先解釋，「坂根先生是一位攝影師。我在奈良碰巧遇見他。」

「攝影師？不會是坂根要助吧？」糸原將酒杯移開嘴邊，抬起頭來。

「你認識？」

「不算直接認識。雖然沒見過他，但在雜誌的照片彩頁上常看到這個名字。是現在當紅的攝影師……哦，妳在奈良遇過坂根要助是嗎？」

他眼鏡下的雙眼仍瞪得老大。

「他和雜誌社的人同行。坂根先生與我認識的美術館人員以及一位像是雜誌主編的人在交談時，我正好也去到那個地方。」

接下來的事，通子不想告訴糸原二郎。因爲東京的報紙也刊登那起吸毒者殺人事件，要是告訴糸原，只會激起他的好奇心。

不過說話回來，坂根要助打電話來，有什麼事呢？通子猜想，事件受害人海津信六寄感謝函來爲她捐血的事道謝，坂根肯定也收到了，也許想和她聊這件事。這是他們的共通點。

「高須小姐，妳在旅途中遭遇了不少事吧？」糸原二郎泛紅的雙眼靜靜凝望通子。流露出年紀較小的男人常有的某種情感。

「我在旅途中沒經歷什麼特別的事。因爲我都是四處逛人跡罕至的古蹟。」通子避開糸原二郎的視線說。年紀比自己小的男人，眼神有時帶點撒嬌，有時又逞強、傲慢。

「妳一個人逛那種地方，有趣嗎？」糸原單肘撐在吧檯上，頻頻打量通子。

「自己一個人才好。可以看個仔細，還可以思考很多事。」

「我有個夢想，就是有天能和妳一起去那種地方，和妳聊天。那樣不知道會有多快樂。」糸原有點醉了，他以醉眼望著沉默的通子。「這還是無法實現的夢。比起遙遠的夢想，看妳從旅途中寄來的信，反而還比較眞實愉快。」糸原改口，隔一會又說。「妳在奈良寄的明信片以及寫播磨石頭寶殿的信，眞是有趣。看完信，激起了我的想像。浮現我眼前的不是那些石頭，是妳漫步其中的模樣。」

糸原閉上眼，仰頭將杯裡的殘酒一飲而盡。

「太難爲情了，我以後不會再寫那種東西給你了。」

「不，別這麼說，妳下次旅行時一定也要寫給我。請不要剝奪我的樂趣。」

「是嗎？那我就寫吧。」

「妳下禮拜請假，眞的哪裡都不去？」

「我要寫些東西。截稿日要到了，都快火燒眉毛。等期刊出版，再拿給你看。」

「應該是我看不懂的艱深論文吧？不過，妳在外頭的期刊上發表，研究室的教授和副教授不會給妳臉色看嗎？」

「我早習慣了。」通子輕笑。

通子回到她位於下北澤的公寓時，已是晚上八點半。

穿過車站前細長的商店街，往南而行，緩緩走下坡道後，幾條仍保昔日風貌的世田谷小路相互交錯，往前延伸。路旁立著幾株砍剩的櫸樹和杉樹，但早看不見雜樹林或農家，眼前化為幽靜的密集住宅區。

公寓是兩層樓建築，二樓有六戶，一樓有四戶，都是私人經營的公寓。一樓的兩間房住著房東那對年輕夫婦。這棟房子是他們身為地主的父母所興建，房東先生在公司上班。通子住的房子，格局是一房一廳一廚，位於二樓南側。

桌上放著一份快遞和一封信。信上是母親的字，通子先拆信來看。信中寫：

信州在諏訪上社的酉祭結束後，突然變得綠意盎然，槍岳和穗高岳的積雪也消融泰半。今年氣候嚴寒，麥子收成頗豐。妳嬸嬸在豐科的小穴醫院動盲腸手術，復原狀況良好。我去探望兩次。

母親的開場白頗長。

伸一的婚事談妥了。對象是上諏訪一家造酒廠的千金。對方是造酒業，我方壓力比較大，但他們互有好感，這樁婚事就這麼談成了。婚禮會在初秋時舉行。原本想找妳一起商量，但婚事進展得很快，連我們父母也沒機會發表意見，才事後通知妳，妳可別見怪。暑假時，希望妳能馬上回家一趟。還有其他事想和妳商量。

——因爲弟弟這樁婚事，母親暗中催促長女趕快結婚。最近母親知道當面談結婚，通子完全無動於衷，才採這種拐彎抹角的方式。她說其他事想商量，指的就是這件事。很少寫信來的父親透過母親寄錢來，什麼話也沒說。伸一小通子三歲，好像是戀愛結婚。弟弟什麼也沒告訴通子。雖然覺得他還很年輕，但也到了爲人丈夫的年紀。

通子把信放進信封，反過來放在桌上。母親的字雖稱不上好看，但字跡工整。長野縣南安曇郡三鄉村住吉——通子出生的農家就在安曇野。他們家是一座大宅院，屋裡甚至留有天花板鋪滿黑色竹簾的「養蠶房」。

另一份快遞是出版社寄來的，一旁印「《史脈》編輯部」這幾個字。裡頭兩張信紙，是催稿信，提到截稿日已近，盡快交稿。是擔任編輯委員的私立大學副教授寫的草字。

門外傳來輕細的聲音。年輕的房東太太往內探頭。

「高須小姐，妳回來啦，我一直在等妳呢。我泡好茶了，請到樓下來吧。」

9 CHAPTER — 第九章

石之論考

雜誌《史脈》六月號刊登了高須通子的〈飛鳥石造遺物試論〉這份稿。

「這篇論文的主題，乃針對遺留於奈良縣飛鳥地區一帶，或原本屬於該地區，現今移往他處的古代石造物。這些石造物包括：高市郡明日香村岡酒船丘陵上的酒船石、附近田地上的龜石、位於橿原市南妙法寺町岩船山上的益田岩船。至於人像雕刻，包括明日香村下平田吉備姬王墓前的猿石、明日香村橘寺境內的二面石、出土於明日香村石神，擺放在東京博物館的道祖神石、須彌山像石等。

共通的特質如下：

⑴關於這些石造物，《古事記》和《日本書紀》等古籍都無記載。

⑵製作年代推測是七世紀中葉。

⑶石頭的材質是比附近古墳的石槨、石棺所用的凝灰岩更堅硬的花岡岩。

⑷雕刻等技術拙劣。

⑸許多未完成品。

⑹製作目的和用途不詳。

⑺集中於飛鳥地區。

大致陳列如上。

不過，關於第一點，只有須彌山像石例外。

《日本書紀》〈齊明紀〉三年（六五七年）秋七月辛丑中提到「作須彌山像於飛鳥寺

西」，〈齊明紀〉五年（六五九年）三月甲午中則是提到「甘檮丘東之川上造須彌山」。

如今放在東京博物館內的須彌山像與道祖神像，當初在明治三十五年（一九〇二年）出土，當時掘出的地點在石神，此地相當於「飛鳥寺西」、「甘檮丘東之川上」，古物與古書的說法一致。

誠如眾人所說，東京博物館的「須彌山像石」高約二．四公尺，形狀猶如雪人，由三顆石頭堆疊而成。石頭周圍有淺細的雕刻細紋，模樣就像層層疊疊的連山，推測是以此來呈現須彌山之造型，不過它看起來像連山、像層雲，也像波浪。

提到其他石造物前，我想針對「石造須彌山」的記載再進一步思考。

如同前述，〈齊明紀〉中關於須彌山的記載有兩處，分別是〈齊明紀〉三年的「飛鳥寺西」與五年的「甘檮丘東之川上」。倘若兩項記載為同一地點，為什麼間隔一年，在同一處地方建造兩座須彌山呢？我不認為這是重複記載。

前面提到，三年七月，覩貨邏國有二男四女漂流至筑紫，因而予以召見（關於覩貨邏國有諸多說法，其中以現今泰國南部的陀羅缽地王國可信度最高，但也有人說是中亞的布哈拉）。同年七月記載，「作須彌山像於飛鳥寺西，且設盂蘭盆會，暮饗覩貨邏人」。此外，〈齊明紀〉五年提到，吐火羅人夫妻前來，於甘檮丘東之川上造須彌山，饗陸奧與越蝦夷。

須彌山似乎與異邦人有關。第一次看到須彌山的記載，是在〈齊明紀〉之前的推古紀二十年（六一二年）。當時因渡海而來的百濟人面身皆斑白，如同白癩，遭人嫌棄，欲棄於海中時，百濟人稱自己有能力建構山岳之形，故令其於皇宮南庭建造「須彌山形」及「吳橋」。

一開始建造須彌山的地方，是推古天皇的小墾田宮南庭。從這點來看，它與〈齊明紀〉三年的「飛鳥寺西」及五年的「甘檮丘東之川上」並非同樣地點，雖然相距不遠，但應該不同。不過，齊明六年夏五月記載「於石上池邊作須彌山。高如廟塔。以饗肅慎四十七人」。石上池位在現今的天理市石上，是石上神宮附近的將軍池，此地在齊明五年的隔年建造須彌山。將推古二十年那次也算進去的話，共建造了四次，特別是齊明三年、五年、六年，更是接連建造。不過，齊明五年和六年的記載很相似，所以懷疑是同一件事分成兩年來記載。若真是如此，這也許是強調齊明帝「喜好興事」的個性。目前須彌山石也只出土一件石造須彌山石。

齊明六年的記載中，可供作參考的是「高如廟塔」這句話。東京博物館珍藏的須彌山石，採三顆石頭堆疊而成，內部鏤空成空洞，從中往外穿鑿小孔，內部空洞裝滿水後，會從小孔噴出，此裝置宛如噴水塔（石田茂作《飛鳥隨想》）。但現今這三顆堆疊的石頭，由於內部水路溝槽沒對準，推測其原形中間還有一、兩顆石頭。這麼一來，須彌山石遠比現在還要高。

倘若它真如記載所言「能構山岳之形」，是建造在假山之上，那麼「高如廟塔」的形容便不算誇張，不過所謂的「廟塔」即是「塔」，所以作為底座的假山並非問題所在，它的比較對象始終是「塔」。但須彌山石就算是由四顆（或五顆）石頭堆疊而成，形狀還是太過矮小。即使從假山底下觀望，也不像廟塔。依這點來看，我推測人稱須彌山石的山形石，並非《日本書紀》中的須彌山設施。

人稱道祖神石（山形石），採男女合抱之姿，手舉酒杯的石像，兩人口中鑿有小孔，在途中交會，貫穿體內，深及腳底。

發現須彌山石與道祖神石這兩座石造物的石神農地，當初石田博士於一九三六年五月發掘它時，底部鋪滿像拳頭般的圓石，兩側發現天然石堆成的溝渠遺跡，以及像是圓形水井的洞穴。溝渠遺跡南北縱長，有往東西向交錯彎曲的溝渠，東邊有鋪設石頭的「廣場」，西邊有川原石群。石田博士從中研判：「川原石群東方的鋪石廣場，或許是面向山形石（也就是噴水塔）以及石神，以甘檮丘當背景的饗宴之所。」由於發現的溝渠彎曲，矢島恭介也推測，奈良時期貴族間流行的「曲水宴」，可能很早便已開始施行（〈關於飛鳥的須彌山與石雕人物〉，《國華》六九三號）。

饗宴的地點，是〈齊明紀〉三年宴請覩貨邏人，五年宴請陸奧與越蝦夷人的「須彌山」所在地。如果是這裡，那麼當時的溝渠乃建造成十字形，也是和水有關的庭園。飛鳥川從它西邊流經，一切顯得合情合理。不過，從地形高低來看，飛鳥川的水無法直接引進右邊的溝渠。這裡是飛鳥川的河灘，所以與〈齊明紀〉五年的甘檮丘東之川上（此稱作箇播羅）吻合。然而，很難想像會在一般的河灘上建造庭園來宴客，因此這座河灘應該算是在宮廷範圍。後飛鳥岡本宮在之前的齊明二年燒毀（《日本書紀》），不過火災應該與庭園無關。

接下來關於酒船石。

酒船石似乎是以橢圓形的凹洞貯存液體，然後用相通的直線形細溝槽來讓液體流通。問題是當中的液體為何？凹洞的底部甚淺，誠如眾人言，不適合充作釀酒的沉澱裝置。製造燈油、辰砂的說法也未必有說服力。

對此，我聯想到離那裡約四百公尺遠的飛鳥川沿岸「出水」，通稱「KECHIN田」的耕地，曾發現兩個擁有類似裝置的組合石器。這座石器目前安置於京都市的某座宅邸內，無緣一見，但上田三平在一九二七年的奈良史跡調查報告書中曾經提到：「具有寬廣沉澱處者，為長七尺四寸、寬五尺七寸的扁薄石材，沉澱處略呈軍扇狀，長四尺二寸、寬三尺三寸、深二寸，一邊設有小溝槽，藉此與其他石頭之溝槽相通。第二顆石頭窄而高，長約十尺，寬一尺，上端造有平均寬三寸，略顯彎曲之溝槽，溝槽傾斜，當中造有兩個沉澱處，末端以小孔朝外排出。」從此研判，這是與酒船石溝槽相連的排水設施。

不同於此，一九三五年從酒船東方約四十五公尺處發現十六座作為土擋的加工石，都是細長形，長軸方向設有溝槽，其中一座還作成彎曲狀。這十六座石材連接在一起，形成約十五公尺長的延長石管。有一說指出，酒船石是巨大的液體流通設備，以這些石管相連，終點在出水出土的石造物。這十六座石材是石管的一部分。

酒船石的所在地，與出水的石造物出土處，離號稱須彌山遺跡的溝渠發現處都很遠，不

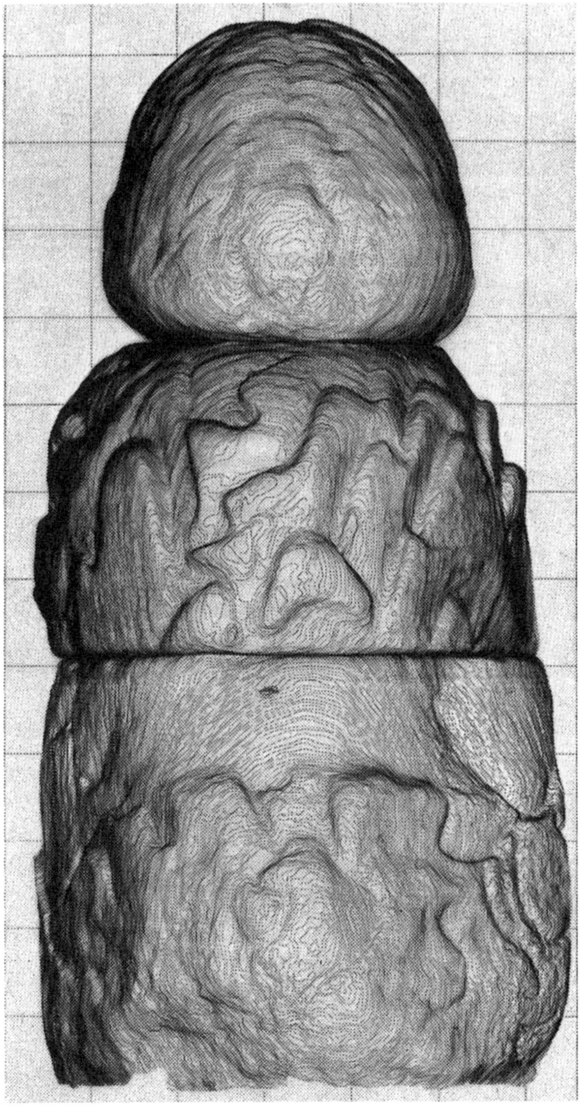

石造須彌山立面圖　奈良國立文化財研究所

過從石器上貯積液體的凹洞以及液體流通的溝槽來看，酒船石也像「液體」用的設施。然而，要將酒船石和出水出土的石造物當作是須彌山庭園的設施，有其困難。

兩者都離石神地太遠。特別是酒船石，它位於山丘上。在山丘上搬運沉重的巨石（原形將近現在的一·四倍）無比困難，為何刻意安置此處呢？加上視為連帶設施的石頭埋沒在河邊，因此從現況來看，酒船石原本位在出水附近的這項假設並不成立。

酒船石和出水出土的石器，都不是須彌山庭園的設施。

昔日蘇我馬子在家中建造一座有小島的池子。《日本書紀》中提到「家於飛鳥河之傍」，所以池子是引飛鳥川的河水。倘若馬子的宅邸位於他作為墓地的石舞台下方斜坡，此地離島庄、酒船石所在的山丘、出水都不遠，這引人聯想，這或許兩座石造物是蘇我馬子的池子設施。

但蘇我馬子家的池子，單純是在池中造一座小島，應該不會需要酒船石這樣的設施。設有小島的池子，只是掘深地面，引水造池。根據充當草壁皇子住居的「島宮」勾池，這種情況不難想見（《萬葉集》，第一七〇、一七二首）。話說回來，島庄似乎有其他貴族宅邸，不過池子應該都和島大臣的池子相去不遠。

像酒船石這樣的巨大石造物，若不是須彌山庭園的設施，也不是馬子宅邸的島池附屬物，又該如何看待？

飛鳥地區的石造物，有酒船石、出水出土的石器、益田岩船、龜石等巨石，以及須彌山像石、道祖神石、二面石、猿石等小人像。個個用的都是附近花崗岩，製作時期大致相同。但巨石與小石像的製作目的各有不同。

足以與酒船石相比的巨大石造物，有橿原市南妙法寺町岩船山（一四〇公尺）上的益田岩船（益田岩船照片，參照七十五頁）。關於益田岩船，已有實地測量報告，在此簡單提及，它平面為不平整的長方形，側面是方狹窄的富士山型方台。不過，東邊與西側順著山的斜面，一半以上埋在土裡。東西長十一公尺、南北長八公尺，底部土被刨空的北側，高約四・七公尺。石臺上有兩個約一・六公尺寬的正方形凹洞，沿著長軸線排列，凹洞深約一・三公尺，像榫孔。石造物打造得很精細，側面光滑，下方刻有像格子的花紋。

益田岩船在《大和名所圖會》中也有其圖畫，從江戶時代便聞名於世。關於用途，人們認為是刻有弘法大師「益田池碑文」的碑石臺座，若是如此，應該要有一塊巨大碑石與岩船匹配，但尚未發覺，因此這說法的可信度不高。

目前有一火葬墳墓說，將這兩個洞當成放火葬骨灰罈的場所，推測它是採用一種大型合葬墓的形式，才會形成如此巨大的石室（川勝政太郎，〈益田岩船墳墓說〉，《史跡與美術》五十九期。另外還有贊同此項論點的說法）

此外，有人說這可充當漢氏城堡瞭望臺的水槽（北島葭江，〈岩船巨石與漢氏〉，《近畿文化》一五八期），也有人說是天武朝建造的占星台底座（藪田嘉一郎，〈益田岩船考〉，《史跡與美術》三六一期）。

其中，後者著眼點放在〈天武紀〉「始興占星台」的記載上，參考後漢的占星台（靈臺），推測岩船臺上的兩個凹洞是該項設施的遺跡。藪田嘉一郎的看法極具想像力。

我不認同火葬墳墓說。火葬墓或終末期古墳，在附近有中尾山古墳、牽牛子塚、鬼俎、鬼雪隱等，但每個與益田岩船相比，石室規模都太小。而且，若是火葬墓，上面勢必有封土，但岩船現場卻沒這樣的遺跡。

我覺得「占星說」極具魅力。不過，在接下來的陳述中，我採用的是不太一樣的觀點。關於益田岩船的用途，我還無法提出確切推論。

雖然形狀完全不同，但我用巨石的觀點來看龜石。它也是花崗岩，但整體形狀好似一隻烏龜。不過它背部上方是隆起的渾圓天然石，未經任何加工，其西側下方有兩個像眼皮般的雕刻。底下前端刻成三角形的平面，整體看起來像烏龜的頭。只有這一小部分略微施加拙劣的人工雕刻，而且還沒完工，顯得很草率。這未完成的石造物，側面一部分底下留有用石矢分割石塊的痕跡。雖然不清楚是否為興建高取城時所使用，但和酒船石一樣遭受破壞。

關於這塊龜石，有人說它是仿效朝鮮陵墓碑（金春秋墓，太宗武烈王陵）前的龜形臺座「龜趺」。龜石顯得粗糙拙劣，與朝鮮的龜趺根本無法相比，但這正表現出打造它的「歸化者」新羅工人的手藝差異。門脇禎二教授提到「特別是龜石，我還沒聽說過中國有這種東西。新羅的龜趺與飛鳥的龜石，這在亞洲應該也算是很稀罕的例子。經這麼一事才想到，在墓陵前建造龜趺紀念碑的太宗武烈王，即是六四七～八年居留日本的金春秋，這也是單純的

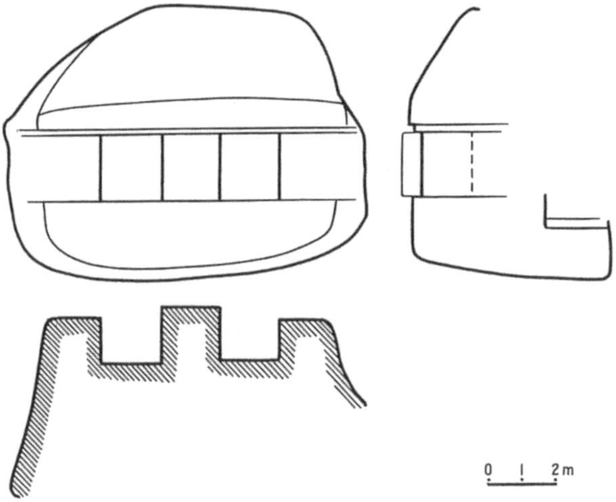

益田岩船圖

龜石

偶然。」（《飛鳥——其古代史與風土》）

不難想像龜石是仿效朝鮮陵墓碑的龜趺臺石，但飛鳥的龜石只有一個，國內沒有其他例子，因此這項說法讓人難以認同。而且龜石並未完工，背部渾圓隆起，看不出要放置碑石的加工痕跡。目前尚無任何考古學證明可以證實七世紀的日本墳墓會在墓前設立墓碑銘。

關於猿石，門脇教授提到，其臉部的大範圍雕刻，以及像帽子般的形象，很難說與新羅的墓陵石人有相通之處。由於現今的天皇陵及其他古墳前都沒有像猿石這類的石像可循，所以這項說法也欠缺說服力（猿石後來移往吉備姬墓前）。日本的古墳當中，明顯有石像（與猿石的外形截然不同的武人石像）的，就只有九州筑後的石人山古墳（俗稱磐井之墓），包含近畿在內，除了筑後以外，皆無此例。

門脇教授自己也坦然地做出告白：「由於附近難以找到有龜石或猿石的陵墓，所以這是我這項假設的弱點。」（前項所列。）

因此，筆者在此有一項假設……」

高須通子還記得當時寫作的情景。

「筆者在此有一項假設。」

寫到這裡，通子放下手中的筆。

微風從敞開的窗戶吹入，窗簾隨風飄動。雖然被屋頂阻擋，看不見電車，但每隔五、六分鐘就會傳來電車駛過的聲音。公寓二樓隨之搖晃，猶如輕微地震。要提出自己的假設前，就像駕著小船駛向狂濤駭浪的大海。爲了重新握好船槳，她暫時停下手中的動作。久保教授和坂垣副教授的身影浮現眼前。還看到村田講師的臉龐。以及周遭相關的人們。

浮雲在方形的空間延伸。四月中旬的刺眼強光爲斑斑白雲鑲上白框。窗外不見一絲綠意，鯉魚旗前端的金色風車轉動不停。通子遙想起信州的藍色高原。

房東太太上樓，邀她共享三點的下午茶。房東太太膝下無子，先生又在公司上班，由於一個人孤單，她常來邀通子，不過其他房客倒沒受過她的邀約。

紅茶搭奶油泡芙。房東太太小巧的臉蛋笑容滿面，說點心是別人送的。

「您都在看書對吧？可有聽音樂的習慣？」

房東先生很迷拉丁音樂，常買新曲唱片。這次買的是古巴廣播協會樂團演奏。房東太太原本並不那麼感興趣，但在先生的帶領下，聽著聽著也逐漸喜歡上這種熱鬧的曲風。

「聽說那裡的人就算是老太婆也一樣，只要聽了這種音樂，身體就靜不下來，跳上桌子跳起舞來。」

她調低音量，音樂在屋內迴蕩。古巴的樂器音色微帶一絲哀愁與憤怒。通子在音樂中看到的不是熱帶植物的森林，而是甘蔗田與加勒比海的深藍色大海。唱片播畢，兩人像平時閒聊。放空腦中的思緒，天南地北的閒話家常。房東太太說一句「聊這種話題可以吧」，嫣然一笑。

她說沒孩子雖然寂寞，但看附近鄰居作父母親的，家裡出了不良少年，終日爲孩子嘆息，便覺得沒孩子反而還比較好。她向來體弱多病。

「最近高中生之間好像很流行吸食稀釋劑。妳看了昨天的報紙嗎？」

「不，這兩、三天我沒看。」

「啊，忙著看書是嗎？」

「也不是。」

「聽說兩名高中生在吸食稀釋劑時，其中一人產生幻覺，突然大喊，啊，對面有一座漂亮的城市，然後一步步走進河裡。活生生在朋友前溺死。」

房東太太說完後，秀眉微蹙。

「吸食稀釋劑後會看到這麼奇怪的幻覺嗎？這對健康的人來說，實在難以想像。」

通子腦中想起她在奈良的經歷。「它會和毒品一樣，麻痺中樞神經麻痺，產生幻覺。」

「報上常提到在羽田機場的海關查扣的大麻，也是這樣嗎？」

「那也是毒品的一種，會引發幻覺……」

「大麻是毒品的一種？」

「印度大麻的品種似乎與其他國家栽種的大麻不一樣。聽說其他的大麻比較不具毒品特性。」

「日本的大麻也具有毒品的特性嗎？」

「幾乎沒有，不過我也不是很清楚。如果眞有毒品特性，日本人應該自古就懂得從大麻中提煉毒品了，不過中國和日本都只知道從麻中紡紗織布的技術。」

記得那起新聞報導的房東太太，率先提到奈良的幻覺殺人案件。

「一個月前，奈良有個吸食稀釋劑的年輕人，因爲幻覺而揮刀殺了和他沒任瓜葛的人。眞可怕。」

通子沒對她提及自己的經歷。

「日本只會用麻來製作麻線和麻衣，眞是幸福呢。」

在奈良的書店查英文字典，感覺就像昨天才發生的事。

Assassin（英語＝暗殺者）→hashish→hasin（阿拉伯語中的印度大麻）。

被吸食稀釋劑的年輕人刺傷而住院的海津信六，曾在病床上低語著「assassin」。這是從海津的朋友——料理店老闆口中得知的事。海津說的當然不是「暗殺者」的英語，應該是聽聞兇手因幻覺而犯罪才聯想到這個字的語源。通子想起家住河內和泉市一條院的壽險業務員海津信六，他字跡工整的感謝函，感覺與他那句低語不太搭調。

後來房東太太有訪客，通子便回到二樓。

攤在桌上的稿紙中間一半處寫著：「筆者在此有一項假設。」就此中斷。她將攤在桌上的參考書重新擺好，朝寫著思緒的便條紙瞥了一眼，重新握好筆。她的心情像乘著小艇划向暗雲低垂的外海般，又接著往下寫。

或許我的假設過於大膽，但我還是想提出心中的想法。

據〈齊明紀〉記載，這位天皇性好興建土木。書中提到「時好興事」，內容如下：

一、是歲（齊明二年），放棄去年興建的小墾田宮，改建後飛鳥岡本宮，移居此處。

二、於田身嶺山上圍起圍牆，並在嶺上兩株槻樹邊建觀樓，命名為兩槻宮，又叫天宮。

三、自香具山西邊掘造直通石上山之河渠（小運河），以二百艘船載石上山，「順流控引」，於宮東山堆疊石塊，以此疊造圍牆。

關於（二）（三）項土木工程，世人說：「狂心渠損耗三萬餘人力，造牆損耗七萬餘人力。宮用木材腐朽，堆滿山頂。」詛咒這項工程的浪費（歌謠體），並嘲笑「作石山丘，隨作自破」。

在此，我們先從（二）進行思考。

田身嶺不消多說，當然是奈良縣明日香村東側的多武峰。標高五九一公尺。東南邊山腰有一座祭祀藤原鎌足的談山神社，遠近馳名。齊明天皇就是在多武峰山頂或其附近的兩株槻樹旁建造「觀樓」。

「觀」有高臺、高殿、瞭望臺的意思，採用它自古的念法「たかどの（TAKADONO）」即可，問題在於「兩槻樹」。

「槻」是欅樹的古名，樹幹高直。由於目標顯著，樹下常當集會處。中大兄與中臣鎌子打球，謀議消滅蘇我氏，是在法興寺的槻樹下（〈皇極紀〉）。孝德天皇命群臣訂立盟約，也是在大槻樹下。所謂的樹下誓約，都選擇槻樹，因此出現誓約的「神聖之樹」的含意。

這兩槻樹又是什麼呢？若將「兩」解釋為聖數「二」的話，那就未必真有兩株槻樹了。《說文解字》等中國典籍中曾出現「兩觀」一詞：「周置兩觀，以表宮門。」換言之，「兩觀」或許源自這裡的「兩觀」，表示宮闕。「兩槻宮」應該不像部分人士所言，是建造在山上，用來抵禦外敵的軍事設施。

部分人士認為齊明二年（六五六年）建造的兩槻宮是一種山頂防城，充作外敵來襲時宮廷避難用的軍事設施，我無法苟同這項說法。昔日我國與新羅的關係雖然不斷惡化，但情況尚不至如此急迫，得在飛鳥附近設置防城。倭國水軍在白村江戰役中落敗，而在筑紫建造大野城（六六五年），並於讚岐、對馬、大和（高安城）建造山城（六六七年），也是十五年後的事。

明明剛興建後飛鳥岡本宮，卻又在田身嶺的高處建造宮闕，究竟有何用意呢？就算這位天皇再怎麼「好興事」（摘錄自《文選》中的文句），未免也太怪異。

齊明天皇似乎是位充滿異教色彩的女帝。她在皇極天皇時代，向四方膜拜乞雨成功，被尊奉為「至德天皇」。不過在〈皇極紀〉中，關於天地異象的記載並不多。

在皇極天皇重登王位，成為齊明帝的那年夏天五月，有一項不可思議的記載提到，空中有乘龍者，貌似唐人，著青油笠，而自葛城嶺馳，隱生駒山，及至午時，從於攝津住吉之上西向馳去。天皇死於筑紫的朝倉宮，而建造這座宮殿時，「神忿壞殿」，且宮中出現鬼火。

而在出葬時，「於朝倉山上有鬼著大笠，臨視喪儀。眾皆嗟怪。」

此事和當初從香具山西建造直通石上山的運河時，人稱之「狂心渠」一事呼應。「狂心」不只是對差遣眾多百姓從事無謂工程的怨懟聲音，也是指責齊明帝精神狀態異常。其精神狀態應該和宗教有關。

照這樣看來，在田身嶺山上建造兩槻宮，可視為齊明帝的「狂心」所致。谷川士清所引用的《倭名鈔》，將「狂」解讀為「顛倒」之意。如果精神不正常代表工程顛倒之意，那麼「石山丘」打從開始建造時就已毀壞的記載也說得通了。

兩槻宮別名「天宮」，據說是因為它打造成連接天際的高嶺之姿。但這個稱呼不會讓人覺得像離宮，反而給人一種宗教感。

「槻」這個字即是如此。

某書的注解說「觀」字：「在此的意思為道觀，亦即道教的寺院。」「天宮」二字是「以道教的思想加以命名」。但是否真是受引進日本的道教思想所影響，令人存疑。道教在我國流行，是在奈良末期到平安時期。不過，將兩槻宮視為宗教設施的觀點，比軍事設施說要來得穩當。

在此得再次提及飛鳥的神祕巨石。

從結論來說，酒船石、龜石、二面石、道祖神像、猿石、須彌山像石，全都是提供給兩槻宮（天宮）的設施。

以下將提出這項推論的根據：

兩槻宮帶有不同於日本古代宗教的宗教色彩，這從齊明天皇紀中對她的性格描述可以推測得出。《古事記》和《日本書紀》中的古代皇居，全是位於大和、河內、近江的原野，而在田身嶺（多武峰）這般險峻的山上興建皇居的例子，就只有兩槻宮。前面提到，兩槻宮並非軍事設施，也不是別宮（離宮之意）。明明已建造作為離宮之用的吉野宮（齊明二年，是歲之條），沒必要另建別宮，而且建設地點不同於面向吉野宮瀑布這種風景秀麗之地，而是險峻的高山之巔。從「天宮」這名字來看，可推測它位於高處，也是宗教建築。

但兩槻宮卻無法興建完工，而且沒有齊明天皇前往兩槻宮的相關記載，不過就像狂心渠一樣，「作石山丘，隨作自破。若據未成之時，作此謗乎。」兩槻宮肯定面臨同樣命運，最後沒完工。

所謂的「謗」，是對齊明天皇的誹謗。不只批評這無謂的工程，也責怪背後的異教色彩。因此不只「渠」，就連兩槻宮山上的興建意圖，也可視為「狂」心。我認為多武峰（タフノみね，TAFUNOMINE），是由狂（タフレ，TAFURE）字而來。

關於「石山丘」，一說指稱是在兩槻宮所在的田身嶺周遭建造圍牆的重複記載，也有一說指稱它是在宮（後飛鳥岡本宮）東山建造的石牆。不管怎樣，兩槻宮的興建最後仍失敗收場。目前多武峰沒留下兩槻宮和石牆的遺跡，推測是「宮東山」的地點也沒有石牆遺跡。

倘若如《日本書紀》所言，興建兩槻宮屬實，那肯定是很艱困的作業。工程艱困，不只因為工地為險峻山頂，而是因為要建造出一座與已往皇居風格截然不同的建築。前面提到，它並非「道觀」（道教的寺院）。不過，雖然我否定這項說法，但它似乎是計畫要建造出一座和奇特宗教有關的建築。若真是如此，施工法不同是理所當然，可能因為生疏和技巧不夠成熟，導致工程失敗，這是「和過去截然不同」的工程。

分散飛鳥各處的神祕巨石，如果是被製造來充當兩槻宮的設施，那兩槻宮因工程失敗而中止建造，預定的設施也會在未完成的情況下被迫放棄。依此解釋，神祕巨石全聚集在飛鳥地區，以及它們未完成的原因，似乎就此解開。

但這樣項推論有幾個會遭受批評的問題點，在此加以詳述：

關於神祕巨石，倘若是兩槻宮的設施，為什麼不是設置在多武峰山頂附近，而是放在飛鳥現今的位置上呢？

我推測這些巨石的製造場，若設在武峰山頂附近，有其不便之處，因而設置在山腳，或可以說，山腳比山頂更便利。

（一）材料花崗岩是附近山中出產，所以切割好的石材聚集在山腳下，工作起來比較快速。（二）設在險峻的山頂附近，工人的生活和資材補給會有困難。（三）監工是宮廷（朝廷）的人員，離宮廷較近的平地比較方便監督。

可以想出這幾項理由。

換言之，他們原本打算在石造物打造完畢後，運上山頂的兩槻宮，考量到搬運的便利性，比起打造前的石材，打造完後的巨石體積減少許多。不過，唯獨益田岩船，我希望將它屏除在外，理由後述如下：

應該有人會感到疑惑，完成酒船石和龜石這樣的巨石後，為什麼要運上險峻的多武峰山頂呢？不過，古代的人們搬運巨石，其實不像現代想得那般辛苦，此事看石舞台古墳的大石槨就可明白。它用的凝灰岩屬二上山所產，據說是從二上山搬運而來。牽牛子塚、中尾山口墳等石室，是將巨石刨空組裝而成，但和鬼俎、鬼雪隱等石頭一樣來自別處。

因此，理應設置在兩槻宮的石造物製造場所，肯定在飛鳥某地設置有一、兩處，而且就在多武峰山腳附近。許多工人在那裡打造酒船石，雕刻龜石、猿石、二面石、道祖神石、須彌山像石這類石造物。

但兩槻宮後來因故建造中止。這些石造物當然在未完成的狀態下被迫中止。日後一直找不到用途，從製造場所流落四方。隨著飛鳥一帶逐漸被開墾為耕地和居住地，這些礙事的東西不是被埋進地下、丟棄在角落，就是運往低矮的山丘。換句話說，從田裡挖掘出的石造物，不是自然掩沒，是人為掩埋。

棄置路旁的二面石、猿石、龜石這類石造物，由於被視為耕地的阻礙物，因而輾轉流浪，最後擺在現今的橘寺內、吉備姬王墓前，還有田裡角落。

那麼，為何這些石造物後來完全沒有利用價值呢？一來因為它們是未完成品，二來因為時日久遠，它們逐漸跟不上時代潮流，看在當時人們的眼中，只是教人看了礙眼的石造物。

試看我國七世紀時的雕刻作品，臉大、身材矮胖的止利派（北魏樣式），與修長優雅的百濟觀音類（南朝樣式）佛像，同時流入日本。當時由於人們對佛教還不熟悉，所以同時接受兩種樣式，不過飛鳥的石造物當然與佛教無關，但似乎與別的宗教有關。如此一來，便能推測它帶異教色彩。

也許是隨著佛教在貴族和平民間日漸興盛，異教就此消滅，因此這些充滿異教色彩的石造物成了廢物，被視為阻礙，給民眾帶來困擾，後人也不明白原本的含意。

有人說它們是工人惡作劇的作品，此事不列入討論範疇內；有人說，人像石與立在新羅的掛陵、金庾信墓參道上的石人幾分相似。但就算製造手法多少有些雷同，面相卻沒半點相似。朝鮮的石人端正許多。飛鳥的人像石面貌，讓人聯想到的不是日本人，不是朝鮮人，也不是中國人，而是「異族」的面貌，二面石只有此地才有，再也沒其他例子，這是身體密合，但臉部望向不同方向的奇怪人像。

簡言之，《日本書紀》中記載的齊明天皇個性神祕、兩槻宮奇怪的工程崩毀、飛鳥石造物的奇異性，將這三者串連在一起，可以推測當中帶有「異教」的特質。

舉例來說，我們試著還原充滿謎題的酒船石（參照二十三頁照片）。現今遺留的雕刻中，沉澱處和溝槽都採左右對稱的方式配置，要將缺損的部分回復原狀極為簡單。

由於石器極為巨大，所以兩側各自有人進行作業。他們在沉澱處承接以溝槽相連的半圓形凹洞所送來的液體，在那裡混進液體中，製作某樣東西。另一方面，半圓形凹洞裡的液體，經過中央大沉澱處（橢圓形），行經中央的溝槽，藉由設在底下管路般的石器（就像在出水發現的同類石器），承接由上方流下的液體，順著石管流出，從外部採集。酒船石或許具備這樣的功能。

至於其「製造物」的實體，至今無法推斷。

猿石是露出陰部的古怪石像，下半身埋在地下，無從得知細節，收放在吉備姬王墓的柵欄內。這也是獨一無二的例子。有人見它形狀古怪，提出工人惡作劇說、土俗信仰說，但全不值一提。對此，我同樣視為具異教色彩的石像。

龜石是未完成的作品，身體側面下方有分割的痕跡。假使將它恢復原狀後會發現，它盤坐的下方隆起，龜首也出現改變，比起「龜」，看起來更像其他動物——令人意外的是，人們都沒注意到龜石這項特質。倘若這不是「龜」的形體，而是模仿其他「動物」所刻的石像，它與「異教」的關聯又更深了，可以聯想到宗教崇拜中的「牲祭」（animal sacrifice）。

筆者進一步探討以上這些異教特色。

建造兩槻宮的多武峰山頂，與益田岩船所在處的橿原市南妙法寺的岩船山（一四〇公尺），幾乎東西向排成一直線。換言之，兩者都處在北緯三十四度二十八分內（依據國土地理院發行的「畝傍山」二萬五千分之一的地圖）。

多武峰山頂與岩船山呈東西一直線，相隔約四．五公里遠，兩者的中間地帶沿著北緯

二面石

三十四度二十八分、二十九分線，由東至西包含石舞台、島庄、酒船石、板蓋宮遺跡、川原寺遺跡、橘寺遺跡（二面石）、檜隈的天武、持統陵、高松塚、吉備姬墓（猿石）、輕池等。岩船山西側則是橫亙著貝吹山（二一〇公尺）。

益田岩船所在的小山上，北、東、南三邊視野開闊，往東越過右方的平原和丘陵，與五百九十一公尺遠的多武峰山頂對望。而多武峰也一樣，附近沒有更高的山，西北、西、西南三邊的視野遼闊。

兩槻宮與益田岩船排成東西向一直線，這或許是偶然，但筆者認為當初是有計畫地將這兩項設施東西相對。倘若兩槻宮（天宮）是宗教設施，益田岩船也可視為宗教設施。前者擁有「觀」，後者像藪田氏所主張的占星台說，是擁有富士山形的高台式石造物。兩者應該東西相對，隔著四．五公里的距離面對而建。

倘若這項推測能被接受，那麼，此一「宗教」究竟為何？目前筆者沒有答案。不過可以確定，它是離日本很遙遠（可能來自朝鮮）的異教。

以往認為山形石，與俗稱道祖神的石人像，都是〈齊明紀〉中甘檮丘東川上的須彌山設施，但筆者認為這也是兩槻宮的設施，理由說明如下：

理應作為兩槻宮設施的石造物，從當初的製造場所散落四方，部分成為耕地的「阻礙」，埋進地下，因此山形石與石人像掩埋在石神地是很自然的事。由於石田茂作博士碰巧在附近地下挖掘出前述的「曲溝」遺跡，將之誤會成是〈齊明紀〉的須彌山「庭園」設施，但它應該與「曲溝」無關，也與「庭園」無關。

再者，兩座雕像的出土情形也很模糊不明，欠缺客觀性（根據矢島恭介的論文）。

說到須彌山，帶有佛教用語的意味，但兩者應無關，單純是原意的「天山」或「白山（一年四季都覆滿白雪的山）」（《後漢書》及注釋）。換言之，它以巍然聳立於中國與西域間的天山山脈中的一座高峰作為藍本，這是七世紀的宮廷官員從中國和朝鮮聽聞傳言後，經過想像和模仿並以泥土建造假山（無法想像是石頭建造）。之所以在這裡宴請覩貨邏國人（暹羅人）、蝦夷人、肅慎（中國北方民族）等外國民族，是因為這裡為異國風味的假山。

總之，山形石（須彌山像石）應該與〈齊明紀〉的「須彌山」無關，是兩槻宮的設施；俗稱道祖神像的人像石也一樣，面相和製作手法都與橘寺的二面石相同。

最後，我想再次提及〈齊明紀〉的「狂心渠」，此遺跡目前尚未發現實體。《日本書紀》寫道：「自香山（香久山、香具山）西、至石上山。以舟二百隻、載石上山石、順流控引、於宮東山、累石為垣」。這裡的石上並非「イソノカミ（ISONOKAMI）」，而是「イシカミ（ISHIKAMI）」，「狂心渠」的位置推測是從飛鳥的深山到香具山南麓。田村吉永曾在書中提及，當地看得到溝渠的遺跡（田村吉永《飛鳥京，藤原京的考證》）。

田村氏提出「石上」是「イシカミ（ISHIKAMI）」的說法，令人很感興趣，但他說「狂心渠」的遺跡仍遺留至今：「對此感到懷疑者，可前往深山人家的北端，朝北往田內觀視，一千三百年前的溝渠遺跡歷歷在目。」這又是怎麼回事呢？筆者前往他指出的地點遙望，但不知是否眼力欠佳，始終無緣一睹。

《日本書紀》中提到宮東山「累石為垣」，這裡的「宮」是哪個宮呢？某書的注釋認為這是「於田身嶺，冠以周垣」的重複描寫，但就算石上山位於大和盆地東緣的櫻井市到天理市的山群中，似乎也沒必要專程切割當地石頭，以兩百艘船載運，航行於渠（小運河）上，運往田身嶺山頂。畢竟從吉野山群往北綿延的山脈，岩質是以御所市和東邊的高見山連成東西一線的斷層線作為南方界限，包含多武峰在內，全是花崗岩質的岩石（古墳石室和石棺所採用的是二上山火山的安山岩類凝灰石），勢必得視為是從其他地方運載石材到不產石材的地區。

本文超出原本預定稿件張數許多，寫下關於飛鳥神祕石造物的長篇冗文，是因為僅管筆者的能力微薄，依然希望可以解開當中謎團。祈盼諸位前賢不吝賜教為感！

完

10

CHAPTER

第十章

暗潮

正因為外頭是五月陽光傾照的日子，這座給人莊重感的磚造建築，內部更顯昏暗清冷。它像中世的城堡般窗戶窄小，窗框爬滿藤蔓，裡頭的房間連白天也得開燈。

門邊掛著門牌的地方，讓人聯想到醫院的病房，不過「久保能之」的名字上頭標示「教授」，切斷對病房的聯想，讓走廊上的行人或來訪者充分感受出權威。

高須通子輕敲房門。「請進。」房內傳來低沉的聲音。

難得久保教授在研究室。他常到其他兼任的大學教課。通子也很久沒到學校來了，所以當她在「大房間」裡聽到久保教授到學校來的消息時，實在無法佯裝不知情。

開門時，教授脫去外衣，弓著背面向正面牆邊的辦公桌，忙於書寫。讓人懷疑他是因為有人進來，才故意擺出這種姿勢，右肘在桌燈下動個不停。一旁窗戶射進的光線相當微弱。

桌邊擺滿了書。只有他寫字的地方騰出一小塊空間。雖是八張榻榻米大的研究室，但裡頭擺了三張客人坐的椅子以及書架、堆在地上的書本，一半的空間已無法使用。

通子開門後，背對房門而立。她視線緊盯著教授髮色花白的後腦與襯衫後背，不知他何時轉頭。教授的襯衫就像剛從洗衣店送回般白得刺眼，而且沒一絲皺折。

聽到有人敲門，回答「請進」，但就算人已走進，教授仍不回頭，也不問來者是誰。教授認為就算擺出這種態度也不算失禮。他認為來者不外乎是副教授、講師、助教、學生。如果同樣是教授，敲門方式會不一樣。如果是校長、文學院院長，會派人請他前去，不過派來的人會馬上說明來意，不會一直靜靜等候他忙完手中的事。

「誰啊？」

教授右肘動個不停，弓著背問道，聲音很沉穩。而且隔了兩分鐘後才開口。

「我是高須通子。」

教授應聲「嗯」。右手還是動個不停，仍舊弓背面向辦公桌。

「特地向您問候一聲。」

他面朝前方「嗯」一聲，分不清是呼氣還是短促應答。教授終於擱下筆，緩緩轉動椅子。久保教授體格高大，一張長臉，顴骨高聳，鼻頭寬大，嘴唇兩端幾乎快抵到臉頰。五官每個都大，只有眼睛又細又長。單眼皮底下有一對不算大的眼瞳，顯得相當慵懶。這樣的長相十分無趣，加上臉上沒什麼表情，教人不確定他這人是否有情感。他以這樣的眼神靜靜凝望高須通子。

通子朝他低頭行禮。「今日特地來向教授您問候。很抱歉，在您百忙之際前來打擾。」說完再度行禮。

「哦，這樣啊。」教授微微頷首。領帶夾上的碎鑽裝飾熠熠生輝，與他黯淡無光的眼神形成強烈對比。「如何，最近有做研究嗎？」他的說話方式雖然緩慢，但不是很期待對方回答。人們都說他對門下學生「很少關照」，連他自己也不反對這樣的批評。

久保教授當然知道通子的「研究」方向。他當初是讓通子的碩士論文〈記紀(註)中的外來思想〉通過審查的評審之一，更是頗具影響力的推薦者。此外，建議她「在學校」並讓她加入研究室的人也是久保教授，她提出碩士論文前也都由教授負責「指導」。就這方面來說，久保教授給她不少「關照」。

離通子提出碩士論文，成爲「助教」已六年。這段時間，身爲學生的她和教授的關係不再熟稔，愈來愈疏離。一般來講，學生與老師之間禮貌性的師徒關係會漸行漸遠，通常是因爲學生對老師失望。

通子對博士學位不感興趣。

久保教授擔任她博士論文的審查人，應該也會擔任其推薦人。寫論文的過程中，爲了通過審核，得接受教授的「指導」。「指導」對她來說是一種拘束，剝奪她的自由。因爲不許與教授的想法背道而馳。比起面對一位不再值得尊敬的學者且屈從他的想法，她寧可追求自由，這樣才沒違背她的良心。老實說，接受教授的「指導」，是讓論文通過審核的「事前工作」，而且也不能向其他大學提出博士論文，並純粹接受對方的審核，因爲這是一種不道德的背信行爲。

最初，通子也想取得博士學位，但熱情在這些過程中漸漸冷卻了。久保教授與通子之間若即若離。但教授沒狠下心將通子逐出師門，是基於「多一個徒弟也好」的虛榮滿足感及「人數觀念」。後者與官僚制度很相似。保有優秀的徒弟也是爲了扶植自己未來的勢力。

最近有做研究嗎？久保教授這句話是問句，但從他那張大臉上顯現不出這樣的意圖，也沒特別深的含意，聽起來只是像「嗨，最近過得可好」。被問到的人若一本正經地詳實報告，久保教授反而覺得浪費時間而困擾。

「是的，慢慢在進行中。」通子雙手擺在前方，十指交纏，如此應道。

雖然不算回答，但這就像對方問「嗨，最近過得可好」，回以「還好啦」一樣，這樣的回應，久保教授應該會滿意。不過，比起平時含糊的問候，教授這句「最近有做研究嗎」有其含意。教授當然知道通子的研究方向。也許細部不清楚，但大致明白研究內容，肯定也會從副教授、講師或是其他助教那裡聽聞。她的研究方向雖然不至於與久保教授的研究風格背道而馳，但相去甚遠。這點教授自己也很清楚。既然師徒間若即若離，這樣的言語交談也像蜻蜓點水。

「那我告辭了。」通子行了一禮，準備離去時，教授在點頭前，臉上表情突然像興起波浪般出現變化。

「我看過妳在某本雜誌上寫的東西。」

那是一種不經意的口吻，但通子聞言猛然一驚。

「謝謝您。」她很坦然道謝。

「讓您見笑了」、「文章內容不夠成熟」這類自謙或解釋的言詞卡在喉中說不出口。教授明明知道《史脈》這本雜誌的名稱，卻故意說成「某本雜誌」裝不知道。他明顯流露出學院意識，除了大學發行的雜誌，一切權威一概不予認同。在教授的意識中，基於一種輕視，

註——《古事記》與《日本書紀》。

將「非大學的」研究雜誌視爲「民間的」或「俗人的」研究雜誌。通子猜想，教授應該不會說出他的讀後感想。

說出「我看過了」這句話後，他流露出批評之色，這是久保教授的習慣，通常是用一抹淺笑來表達。教授似乎認爲，話說出口就會成爲無法更改的重要決定。他認爲自己的評論極具權威，須極爲愼重。然而，出乎通子意料之外的是，久保教授竟然低語似地說：

「看來妳有點衝過頭了。論文得更加謹愼思考後才下筆。」

通子從久保教授的淺笑中（大部分知名學者在微笑中都暗藏了所有批評和反對意見）看出摻雜了斥責與困惑。

「我會小心的。」最後行完禮，通子倒退走出，關上門。

通子步出久保教授的研究室，望向走廊時，前方匆匆走來的板垣副教授的身影正好映入眼中。兩側的房間使得走廊形成一條隧道，盡頭處窗戶的光線與中間樓梯出入口下方的樓梯間窗戶光線照耀下，前方走來的人因逆光而在暗影下。不過，從身長和急促的走路方式，一看就知道是板垣智彥。他總是習慣單手拿書，或是捧著公事包。

對方正面走來，彼此都無從躲避。就算途中有樓梯出入口，走到那裡之前，兩人已經靠近。原本低頭闊步的板垣副教授，到附近時猛然抬頭，認出對方是通子後，黑框眼鏡下的雙眼瞪大，受驚似停下腳步，宛如見鬼似地表情極爲誇張，尤其通子從暗處現身，他出其不意的錯愕近乎像見了幽靈。

通子嫣然一笑，向他行禮。

「老師您好。好久不見呢。」

板垣副教授瞪大眼睛，掃過通子，口中發出「嗯」、「啊」的回應。他銳利的眼神瞥向通子，似乎想說些什麼，旋即又改變主意，闔上微張的嘴，然後移開目光，像剛才一樣邁著中規中矩的步伐離去。

板垣副教授想說什麼，通子料到幾分。肯定是和久保教授同樣的話。

我在某本雜誌上看過妳寫的東西。《史脈》這本雜誌的名稱，板垣副教授一定死都不想說。妳的那篇論文寫得真糟，根本全是個人臆測，做學問得講究實證。要確實、謹慎，儘管看起來緩如牛步，但穩紮穩打走好每一步，這樣做學問才符合科學，絕不可以武斷，這是久保研究室的學風。妳衝過頭了，不合久保學風，寫出帶給人困擾的文章，久保教授一定也很困擾，何況還登在「民間雜誌」上。

板垣副教授帶有寒光的一瞥，暗藏了責難與輕蔑。這位專攻奈良中期的副教授曾在某「學術」雜誌發表一篇〈大化革新的階級制與八世紀初的宮廷風俗〉的文章，但僅是列出各項紀錄與各學說介紹，完全沒提到自己的看法。畏懼所謂的「妄下斷言」或「恣意胡言」，極力避免提出看法，似乎就是副教授的「謹慎」、「講求實證」。副教授很清楚，這是讓久保能之將教授的位子留給他的確切捷徑。

不過，板垣教授從她身旁走過所展現出的「漠視」，通子猜想，他一定也看過《史脈》。

講師與助教的辦公室通稱「大房間」，通子走進時，已有七、八人圍著大桌子而坐。年輕的臉孔中摻雜幾張四、五十歲的臉龐，因爲當中有其他大學到這裡上課的講師，本校文學院各系的講師和助教也齊聚此地。雖然與講座制的頭銜及學問的高低無關，但年近五十的人還在當講師或助手，看在其他在企業上班族眼中，或許覺得很奇怪。

這裡不太講究年資。不過「正統」與「非正統」卻影響甚鉅。

「正統」是指一開始就是本科出身，歸屬於主流派勢力下。只要依附在具政治或行政手腕的教授下，年資高低在他的勢力範圍內就會有所影響。不過在上位者的裁決下，就職的先後未必是往上爬的順序。在激烈的情況下，接班人互相爭奪時，兩名有實力的接班人，其中一人會被擠往其他大學另謀出路。即便是實力講師或助教，只要主任教授看不順眼或嫌棄，不管待再久也升不成副教授或講師。處在這種立場下的人們，由於實力都展現在文章發表上，所以對世人而言，他們的名氣反而比教授還響亮。

通子走進後，一位講師臉色大變，霍然起身快步走出。是名戴著重度近視眼鏡的清瘦男子，才三十多歲，卻駝背如老頭。歷史系近代史的助教砂原惠子來和通子打招呼，朝匆匆離開辦公室的駝背講師瞄一眼，悄聲而笑。

「小村一看到妳來就落荒而逃。」她壓低聲音。村田二郎是久保研究室的人。

「是嗎？這就怪了。」通子坐在砂原惠子身旁。村田二郎的身影仍殘留眼中。

「一點都不怪。我能了解他逃離的心情。」

「為什麼？」

周遭話聲輕細，大家似乎都極力克制不提高音量。低語聲成了細微的噪音。面對通子的提問，砂原惠子以鉛筆在筆記本的邊角寫：

「他看了妳登在史脈上的那篇〈飛鳥石造遺物試論〉後大受震撼。雖然不是他親口告訴我，但從他的模樣看得出來。基於嫉妒及對教授和副教授表示忠心，他不屑和妳同席。這就是答案。」

通子看完後苦笑。她在旁邊寫一句：「難以置信」。

負責打掃這間辦公室的太太替通子端來一杯茶。

「高須小姐，要不要出去一下？」

砂原惠子以充滿睡意的聲音問。

「到這裡就輕鬆多了。」

在咖啡廳裡，砂原惠子捶打肩膀。她稱不上美女，但很有女人味。圓圓的臉蛋配上一雙垂眼、小小的鼻子、略嫌大的嘴巴。

「學校裡都不好意思大聲說話，大房間也是，氣氛陰沉，每個人都壓低聲音竊竊私語，每次都覺得肺和胃裡塞滿脹氣。」

惠子讓豐腴的雙頰往內收，嘟起雙脣，深深吁口氣。

這是大學附近的咖啡廳，許多客人都是留著長髮的學生。教授坐在角落，和像出版社人員的男子圍著桌上的稿子討論。

「《史脈》刊登的那篇〈飛鳥石造遺物試論〉，很有意思。」惠子對通子道。

「是嗎？謝謝。雖然我沒半點自信，但聽妳這麼說，我很高興。」通子攪拌咖啡應道。

「我對古代史一竅不通，但妳那篇文章重點集中在神祕巨石上，所以簡單易懂。妳想了很多事，構想都很有意思。我這可不是客套話哦。我在其他大學的朋友也打了五、六通電話來。他們知道妳是我的朋友。」

砂原惠子交友廣闊。

打給她的人是年輕學生，他們看過刊登在《史脈》上的〈飛鳥石造遺物試論〉後，對通子獨特豐富的構想大為激賞。特別是將飛鳥的石造物與田身嶺神祕的兩槻宮聯想在一起，認為是兩槻宮的設施，這項推論很與眾不同，而她認為這些石造物是因為兩槻宮的工程失敗，才在未完成的情況下被人遺棄在飛鳥的這項推論，也能對現況作解釋，構成極具說服力的說明。此外，益田岩船與兩槻宮位於北緯三十四度二十八分線上，呈東西相對，這是首次的「發現」，過去從未有人察覺；而藉由恢復酒船石原狀來推測用途也令人興致盎然，總之，那篇小論令他們大受震撼，談及此事時，顯得相當興奮。

——砂原惠子向通子說。

「這些與妳和研究室無關的年輕人說話很坦率。」她說。

「是嗎。」

「從剛才小村的態度也看得出來。他一看到妳走進大房間，馬上眼神一變離開。之前他還跟一位外面來的講師吹噓，儼然一副很快要升格當副教授的樣子，所以才很奇怪啊。就像我在筆記本上寫的一樣，他看過妳的文章後大受震撼，由於顧忌久保教授和板垣副教授的感受，所以才會不想看到妳……雖然我對古代史一竅不通，但妳對酒船石的推論眞的很有趣。」

專攻近代史的助教砂原惠子向高須通子說。

「是嗎？那完全是我個人的推測。」

隔壁桌有學生坐著發愣，這時久候的女學生到來，突然滿面生輝，起身相迎。女學生長髮及肩，穿著一套上下不太搭調的服裝。

「不過，那巨石雕刻是採左右對稱，所以就算邊角缺損，也能輕鬆復原。妳提到人們應該會站在左右兩側，用凹洞製造某個東西，加以調合，到底是製造什麼東西啊？」

「這我也不知道。」

「因爲是論文，所以妳才表現得比較謹愼是嗎？其實早猜出幾分，可是卻不敢寫……告訴我應該沒關係吧？我不會跟別人說的，而且這些話在這裡說過就算了，就算日後證明推論有誤，也不會後悔。」惠子笑道。

「我不是刻意要瞞著妳，而是眞的不知道。要是我也能猜出就好了。」通子露出苦笑。

「不過，若是把飛鳥的石造物看成是呈給兩槻宮的設施，那既然兩槻宮有異教色彩，利用酒船石製造出的東西，也會是具有異教色彩的某種液體，對吧？」

「到這裡爲止，還隱約猜得出來，但接下來就不知道了。首先，從《日本書紀》的記載中可以推測出齊明天皇似乎帶有異教特性，但究竟是什麼樣的異教，無從得知。這麼一來，也就不知道酒船石製造的是什麼東西了。」

「也就是說，若不知道兩槻宮的宗教性爲何，就無法得知酒船石的製造物爲何嘍？」

「沒錯。得先查明齊明天皇與兩槻宮的宗教性爲何。」

「沒有可供比較的文獻嗎？」

「有文獻，例如提到〈齊明紀〉的某個地方是取自中國古籍哪篇文章。這些都研究得很徹底，所以很清楚。可是關於敘述中出現的事實關係，可以比較對照的外國文獻卻少之又少。與外國的交涉，幾乎只有朝鮮，例如在高麗十二、三世紀時完成的《三國史記》、《三國遺事》，可作參考。但關於國內的情況，可說完全沒有可對應的文獻。」

「完全沒有還眞傷腦筋。這樣就只有活用推理了，得看妳能展開多合理的推理。」

「關於合理的解釋，每個學者的看法都不同，很傷腦筋。就這點來說，古代史的解釋有如羅生門，沒有物證。」

「說到物證，可以援用考古學啊。妳覺得呢？最近不斷有土地開發，好像從地底下挖出不少古物。」砂原惠子延續剛才的話題。

「雖然有古物出土，但還沒挖掘出可以證實齊明天皇異教特性的考古學遺物。雖然這種觀點是我的預測，但好像不太可能。」

通子喝了口咖啡。

「這樣的話，請考古學者挖掘多武峰的兩槻宮遺址不就好了？只要明白遺跡，應該就能清楚看出宗教特性了。」

「如果能挖掘成功，當然是再好不過了。」

「不少古代的皇居遺址和寺院遺址都在開挖。像宮瀧宮遺址、板蓋宮遺址、某某寺遺址、某某廢寺遺址……我都搞混了。」

「這些要大致猜出方位才進行挖掘，但兩槻宮只有一項記載提到它建造於田身嶺，連它究竟位於現今的多武峰何處也不知道。有人是藉由地名或傳說來推測，但那不可靠。據說當時建造了石牆，就算當時石牆崩塌，無法完工，應該也會遺留像是石牆遺跡的石塊。不過要對遼闊的多武峰全面開挖也不是那麼簡單。」

「難道就沒有施利曼（註）出現嗎？」

「現在沒這種人了。」惠子聽完通子的話，思索片刻，接著恍然大悟似地說，「兩槻宮

註─Heinrich Schliemann，德國著名考古學家。他放棄商業生涯，投身考古事業，使得荷馬史詩中長期被認為是文藝虛構國度的特洛伊、米諾斯、邁錫尼和梯林斯重現天日。

該不會是虛幻的皇居吧？」

「咦，虛幻？」

通子望著惠子。惠子輕笑著。

「施利曼光憑傳說就挖掘出特洛伊遺跡。一開始世人都嘲笑他說，明明就只是不可靠的傳說。兩槻宮卻清楚記載在《日本書紀》中，所以眾人都認爲那是事實。就算事實不像記載那樣，也相去不遠。然而，要是《日本書紀》所寫的全是謊言呢……從石上山到香久山西邊的狂心渠，至今也還沒發現遺跡吧？」

「還沒發現。」

「《日本書紀》清楚提到它的起點和終點，只要從香久山西邊進行挖掘就行了。如果是運河的遺跡，土地狀況會不一樣，要不就是會發現淡水的魚貝類或水生植物的痕跡，或是發現從那兩百艘船上掉落運河裡的物品。爲什麼不去挖掘呢？」

「不知道。」

「我認爲可能是挖了也是白費力氣。因爲狂心渠也是虛幻之物。」

砂原惠子的意思是，「兩槻宮」和「狂心渠」全是虛幻。通子爲之一驚。專攻近代史的砂原惠子對古代史算外行。外人亦即門外漢，有時發揮天真的直覺，會直搗專科盲點。

原來如此，「兩槻宮」和「狂心渠」都沒有遺跡。儘管抱持「期待」，認爲日後或許會從土中挖掘出，但嚴格來說，在學問的世界裡，對現在「沒有的東西」抱持期待，寄望於未來，這樣一點都不科學。而且根據《日本書紀》，兩槻宮和狂心渠似乎都是大工程。特別是後者，動用了三萬名人力挖掘，運河完成後還有兩百艘船行駛其上。如此的大工程可能至今連一點蛛絲馬跡也沒發現嗎？它與鏡子、陶器，或是居住地遺址和小古墳這類小規模的古蹟可不一樣。

因爲是口耳傳說，所以不是事實，由於有文獻記載，所以一定是事實，或許就是這種既有觀念而被《日本書紀》擺一道。砂原惠子的那句話，令通子有了另一番想法。《日本書紀》的〈神代紀〉和《古事記》都被視爲是虛構的傳說，但從〈繼體紀〉開始則被視爲歷史上眞實的史料，並得到學界認同。不過，人們會不會太倚賴這種公然的認同呢？

「妳也提到過，齊明天皇在《日本書紀》爲何會被視爲如此奇怪的天皇呢？」

砂原惠子向沉默的通子詢問。剛好浮雲飄過，從窗口射進的陽光被遮蔽，店內光線陡然轉暗。

「雖然不太清楚，不過一說指出參與《日本書紀》編纂的藤原氏，他的意見影響了人們對齊明天皇的觀點。」通子大致說明原委。

「藤原氏不是出身於掌管宮廷祭祀的中臣家嗎？如果這項說法沒錯，不正好與妳的想法吻合嗎？」

原來如此——通子再思忖。惠子是指她在《史脈》中提到齊明天皇帶「異教色彩」的事。身爲《日本書紀》編輯委員的藤原不比等對齊明天皇的批評，如果是基於中臣的古神道立場而寫下如此怪力亂神的記載，更讓人懷疑齊明帝的信仰具異教色彩。

「古代史缺乏史料，所以才教人傷腦筋。」通子嘆氣。

「不過，因爲這樣才懷有夢想啊？」惠子反而露出羨慕的神情。

「學界是不會認同夢想的。相較之下，妳還比較好。多的是史料。」

「是史料太多了。」惠子笑道。「所以沒半點夢想。一切都被決定好了。僅剩的夢想就是發現過去沒人知道的新史料。」

「那可眞辛苦呢。」

「是很辛苦，不過……」話說一半，惠子突然露出奇怪的表情。「……新的史料有時會偶然出現。畢竟是近代，會從地方上一些名門世家的倉庫或寺院裡找到古書。但這也有它的問題。」惠子臉上露出不悅之色。

「什麼問題？」

「校方會收購這些古書。那些地方的寺院或名門世家都會委託中央權威的大學老師鑑定。這時，如果鑑定爲極其珍貴的古書，或是價値貴重、足以修正既有定論或部分通論的文物，教授們會自己留下，不讓人知道。」

「這種事常有聽聞，是眞的嗎？」

「我們的教授就做這種事。」惠子吐舌頭做鬼臉。

「是嗎？」

「不久前，九州一戶名門世家找出大量的古書，我們學校一口氣買下。那戶人家是《甫庵太閤記》和大村由己的《秀吉事記》都曾提及的博多富商子孫，那些古書裡好像有很好的史料。說『好像』是因爲我們教授將它們全部獨占，藏在某個地方。」

「眞過分。」

「眞的很過分，但這幾乎可說是通例，大家早見怪不怪。我會知道這個祕密，是因爲一名負責整理史料的男助教偷偷告訴我的。難怪教授最近心情特別好。再過不久，他應該會以自己取得的史料當題材，寫出一篇篇論文，我們大家都等著看呢。」

惠子聳聳肩。

史料和資料須是研究學者的公共財。由一名學者用公費收購這些史料加以獨占，在問是否符合道義前，這名學者的實力會先受到質疑，所以惠子連提都沒提，這終究只會被視爲不切實際的論調。

惠子另外還說許多事。例如教授一得知舊書店得到某史料便馬上到店裡，用他的權威預約買下，可是不知什麼時候會付錢，甚至已成慣例，舊書店老闆也很傷腦筋；還有爲了將好學生留在身邊，刻意誇讚其畢業論文，這是無可厚非，但事後教授連論文題目都看不懂，反問那名學生，令學生火冒三丈，跑去當其他大學的研究生；甚至還有傳聞，這位大教授的太太都直呼門下學生名字，將年輕的學生當傭人使喚，還和丈夫用同樣的口吻說弟子壞話，例如說某某某連古書都看不懂，儘管她瞧不起現代印刷本，但自己連新聞報導都看不太懂。

「啊，我說太多了。」砂原惠子撫著肚子向通子說。「……這麼一來，憋在身體裡的脹氣就排出了，舒暢不少。」

通子回到公寓時，已經六點。途中繞到市場買東西，不過現在晝長夜短，外頭天色尚明。

門旁的信箱裡放了信。她記得那洗練的字體，果然不出所料，是住大阪府和泉市一條院的海津信六來信。

之前收到他寄來的感謝函，爲先前在奈良醫院捐血的事道謝。由於是很客氣的書信，當時通子也回寄一張明信片，充當慰問。之後過了兩個月。本以爲他是要一本正經地告知復原情形，沒想到是很厚的信封，高高鼓起。郵票足足貼了一般信件的三倍。

通子對海津信六有點興趣。特別是他重傷躺在病床上時說的「assassin」這個字。這是她從普茶料理店老闆那裡聽來，之後，這位年過半百的保險業務員便一直有一份跟他登在報上的職業頗大差距的人物想像。通子決定待會再準備晚餐，閱讀起那二十多張信紙上的秀麗字跡。

「晚春甫逝，轉眼初夏便已來到。河內原野逐漸在稻綠與麥黃的點綴下披上色彩。一直未向您問候，猜想您定是萬事安泰。在下託您的福，手術後順利康復，體力與日俱增，近來就算外出也不覺疲憊，請您放心。

這也都多虧在下於奈良住院時，承蒙您捐贈貴重鮮血所賜。當時雖已向您寄贈感謝函，並在信中提及會前往東京當面向您致謝，但後來諸事纏身，且自認尚未能遠行，因而一直苦無機會，就此一再蹉跎，實非出於本意。委實失禮之至，望您原諒。」

到目前爲止都算客氣的感謝信，順便報告近況。海津信六腹部被刺傷後蹲在路上，像蝦子般蜷曲的黑色身影浮現在通子腦中。當時他像呻吟般要她報警的聲音至今殘留耳畔，溼黏的冷汗以及沾滿雙手的鮮血，成了她鮮明的記憶。雖然當時無法進病房探望，但他傷重的身體如今恢復得差不多，還能外出。看他在報上的年齡年近六旬。通子望向第三張信紙。

「且說，前幾天到堺市逛書店時，發現架上有一本名叫《史脈》的雜誌，不經意取來打開翻閱。結果意外看到閣下的大名。那是您寫的〈飛鳥石造遺物試論〉，於是在下馬上買下雜誌。」

看到海津信六於信中提到他在堺市的書店發現一本《史脈》雜誌，通子不自主嘴角輕揚。這種薄薄的學術研究雜誌發行數量極少，代理店的配書也只限地方上的主要書店。海津信六發現其中一本的堺市這家書店，肯定是家大型書店，而且應該不是賣到剩最後一本，而是從一開始就配發這麼一本。普通客人不會多看一眼《史脈》，儘管海津信六說他「不經意取來打開翻閱」，通子也認爲他關心的事絕非一般。

「閣下目前擔任T大歷史系助教的事，如同您在先前的信件中所提，從您名片中便可得知，不過，看過雜誌後才知道您專攻古代史，而在下正好對此頗感興趣。

看到您所寫的〈飛鳥石造遺物試論〉，在下印象深刻的是，您不會是為了寫這篇論文來到飛鳥地區，並在奈良過夜時，碰巧於在下遇難時出手相救吧？想到這裡就得正襟危坐，仔細拜讀不可。

拜讀後，感想是您的意見充滿開示意味。其實在下年輕也因個人嗜好，常在飛鳥地區行走，見過您在論文中提到的石造遺物。年輕時曾有許多想法，如今相隔三十年後，再度喚起昔日回憶。

您的論文提到神祕石造遺物也許是在飛鳥地區的某處製作，用來充當〈齊明紀〉兩槻宮的設施，還提到因為兩槻宮的興建工程中止，石造物也在未完成的狀態下放棄建造，這都是從未見過的獨到見解，在下不勝感佩。

對此，您提到《日本古典文學大系本》的注解，對兩槻宮的「觀」解釋為道觀（道教的寺院），您懷疑道教是後來才開始流行，這點很有道理。在下猜想，您提到的注解，可能是出自京都大學文學院內史學研究會發行的《史林》第八卷第一號（一九二三年一月）所刊載的黑板勝美博士論文〈關於我國上代的道家思想及道教〉。由於這是本老舊的雜誌，或許您不曾見過，但根據在下看過的模糊印象，黑板老師的論點主旨大致如下……」

通子大爲驚訝，深受海津信六的信吸引。海津信六的信接著提及他對一九二三年黑板勝美發表的〈關於我國上代的道家思想及道教〉，至今仍「留有模糊印象」的內容。

「黑板老師提到……過去之所以沒人提出道教傳入日本的論述，是因為人們認定《古事記》和《日本書紀》等古典文學都沒有道教的相關記載，誤會簡樸的神祇祭祀是從日本建國以來一直延續到佛教傳入為止。老師舉例，實在很難想像道家的書沒和儒教一起傳入日本，因為在佛教傳入之前的神祇祭祀中就摻雜道教色彩。根據在下的記憶，《古事記》開卷第一篇的天地初成，伊邪那岐與伊邪那美的篇章，以及〈垂仁紀〉中提到天皇命田道間守遣常世國，求「非時香菓」的描述中，都看得出神仙思想，表示道教在奈良朝前便流入日本。

老師在論文中舉〈雄略紀〉裡的葛城山一事主神，以及〈齊明紀〉裡提到「空中有乘龍者」的地方為例。

閣下在〈齊明紀〉中引用：「空中有乘龍者，貌似唐人，著青油笠，而自葛城嶺馳，隱生駒山。」不過此處黑板老師解釋為：「葛城嶺和生駒山或許有道教的寺觀。中國的道士至今仍戴著類似青油笠的帽子。」老師還提到，有人把役行者（註）視為密教的引進者，但並無任何確切證據，倒不如將他視為道教的最後殉教者，他似乎是往來葛城山與吉野山間的道教人士。黑板老師接著在兩槻宮的解釋中，將兩槻宮視為道教的寺院，這同樣是誤讀……」

海津信六的書信接著寫道。

「黑板老師以〈齊明紀〉中「起觀」的字句，推測它之所以清楚明載「起觀」二字，是因為它不是佛教寺院，也許北方的生駒山、東方的多武峰、南方的吉野金剛山、西方的葛城山，這四方都建有道教的觀。「從《日本書紀》中看出齊明天皇時代，實際建有道教寺觀一

註——奈良時代的山岳修行者。爲修驗道的開山始祖。

事，並非全然是空谷足音。」黑板老師的這篇文章，至今令在下印象深刻。閣下指出齊明天皇帶「異教」色彩。黑板博士將它解釋為道教。對此，不知該抱持何種看法才好……」

房間窗戶陡然變暗。通子深深被海津信六的文字吸引。外頭傳來母親叫喚孩子回家的聲音。

「……根據黑板老師的說法，依在下愚見，可以推測儒家思想在奈良朝前便傳入日本，但無以清楚斷言。至於黑板老師舉的《古事記》與《日本書紀》的記載，您也知道，根據日後的研究得知，那是援用當時傳入的中國史書和文學書。

道教經由何種管道進入日本，目前還不清楚。如部分人士所言，道教可分成兩種，分別是具組織教義的教團道教，與之前便流傳於民間，相當迷信（現世利益）的民間道教，過去學界也常搞混兩者。

教團道教是以老莊思想為理論，後漢末期佛教從印度傳來時，在老莊思想的刺激下才成立組織，也有人稱為「成立道教」，但不妨將它視為「教團道教」，在唐朝時受官方保護，中唐時期各地建官立的道教寺院，亦即「道觀」。唐玄宗將道教官制化，在官員的資格考試（科舉）中也將道教列為科目。如前所述，在中國，道教的寺觀興建於唐朝中期，所以七世紀時的日本不可能有道觀，將兩槻宮的觀解釋為道觀，是黑板老師解讀有誤。

此外，老師將頭戴青油笠出現空中的怪人解讀為道士，不過道士屬於教團，這同樣解讀有誤。像這樣的誤解，如在下前面所言，是將教團與民間道教人士混淆所致。

但看過〈齊明紀〉後可明白，誠如您所指出，齊明天皇確實帶異教色彩。那並非日本固有祭祀（古神道）宗教，既非佛教，也非道教，那它究竟為何呢？在下聯想到的是後漢末到三國時代，佛教從印度傳進中國時，同一時間，也有其他宗教從西方傳入。」

海津信六在信中寫道：

「不用說也知道，那是景教（基督教聶斯脫里派）、祆教、摩尼教。祆教是Zoroastrianism（拜火教）、摩尼教是Manichaeism（註），前者起源伊朗高原，後者起源巴比倫尼亞，經中亞的西域傳入中國。

這三個西方宗教在初唐到中唐這段時間達到全盛期，但旋即和佛教一樣受到打壓而衰敗。（不過景教在元朝時復興，隨元朝滅亡而衰敗。佛教在九世紀中，於武宗時期遭遇排佛災難，但佛教在當時的社會根深蒂固，政府最後解禁。）景教、祆教、摩尼教在中國有好長一段時間的興盛期，但一直停留在中國，沒傳入日本，這是學界通論。

景教姑且不談，祆教和摩尼教雖未以官方宗教的形態有系統地傳入日本，但是否能斷言它不曾傳入日本？以道教來說，雖然未以官方宗教的形態傳入日本，卻早以民間宗教之姿傳進日本，在民眾間開枝散葉。同樣道理不也能用在西亞傳入的宗教上嗎？

拜火教經由中亞的伊朗商人傳入中國成為祆教，而人稱Magi（註一）的法師，會施展名

註——繼拜火教之後出現，以拜火教爲基礎，加入基督教與佛教的要素。

為幻術的各種奇異術法或表演。唐朝後期打壓祆教，原因之一就是它用妖惑人心的幻術。這些伊朗商人在洛陽和長安的某個地區居住，透過某種自治制度，管理的官員同樣由伊朗人擔任，官名為「薩寶」或「薩保」。

黑板老師在前述的論文中，將住在葛城山的役小角（《續日本紀》）解讀為道教道士，但道士屬教團道教，基於前面的理由，是一種誤解。雖然在中國民間的道教，方士以「神仙術」之名施展詭異的方術（幻術），與祆教的幻人（使用幻術的人）很雷同。不過道教的神仙術是基於現世利益，祆教幻人卻是展現其超越常人的一面，恫嚇民眾，宣傳祆教。因此，《續日本紀》中役小角超乎常人的行徑，解釋為祆教幻人的幻術也未嘗不可。話雖如此，在下不想斷言祆教（拜火教）從六、七世紀便傳入日本。這只是在下聯想到道教的方術，就此說出心中的想法罷了。」

海津信六的信，已剩沒幾張。

「在下拜讀您對酒船石的獨到見解。看您的意思，似乎認為這是假設，待日後進一步研究，在下不便在此發表愚見。以往的說法也面臨同樣難題，要讓「液體」（酒、燈油等）在凹洞裡沉澱，底部實在過於淺平。您提到的「液體」究竟為何，在下也想像不出，不過就算是用來製造「混合的液體」，作為液體沉澱處的圓形凹洞還是太淺，相較之下，流通用的連接溝槽則太深太長（兩個石造物組合成的出水出土物的例子），關於這點，仍是難解的謎。酒船石淺平的凹洞，與銅矛石模及銅釧石模的淺度很雷同，且連接各圓形凹洞的枝狀溝槽，和中國自古以來的銅箭鑄模及日本的鑄錢，亦即枝錢（註二）形狀很類似。當然，話雖如此，在下不是說酒船石就是銅器石模。如此巨大且呈軍扇形和圓形的銅器並不存在。在下純粹從形狀產生聯想。

酒船石是否原本就位於現今位置，令人存疑，您這項說法很有道理。而且那石造物的兩端是近世才遭切割，很可能當初在進行作業時，石頭遭人改變當初擺放的方向。此外，出水出土的兩個石造物組合，是否真如照片所示是其原型，這也無從得知。在下認為益田岩船並非石室。從側面看，它呈上方狹窄的富士山形，且上方平面有兩個並排的方孔，或許與您提出的「異教」有關。

〈齊明紀〉的須彌山是否為「造山庭園」，在下不清楚。須彌山是佛教用語，如果是指高聳的靈山之意，漢代受道教思想影響的「博山」爐就是例子。到七、八世紀，道教和佛教對須彌山的觀念不太有影響力，所以有「異教」傳入的空間。日本佛教來源非印度，反而來自西亞。〈齊明紀〉裡的「高如廟塔」一詞，在下很感興趣。東博的須彌山像石不就是像「高廟」上的小塔嗎？最後再提到〈齊明紀〉的「狂心渠」。當中關於「自香山西，至石上山」，挖掘河渠的記載，與實際地形不合，您提出的這項疑問也很有道理。不過，這是將《史記．河渠書》裡的句子複製成大和的地名引發的矛盾。因為〈河渠書〉裡的「自中山

註一──漢譯穆護或牧護。
註二──模具作得像樹枝一般，將銅注入後，完成的錢幣會如同樹枝般相連。

西」成了《日本書紀》的「自香山西」，「邸瓠口（註）」成了「至石上山」。「瓠口」，意指谷口，亦即水流落下的水門之地。位於高地的石上山，當然與地形不合。這是《日本書紀》的作者採機械式複製的證據，只能說是可議的文章。

——在下有點得意忘形，寫了許多無趣的事。由於在書店發現這本《史脈》，偶然被您的名字吸引，拜讀高見，憶起遺忘許久的年少嗜好。老生愚夢，讓您見笑了。

在下叨絮不絕的長信，成為您桌上礙事的長物，尚請見諒。

海津信六」

註——邸爲古語，意同抵。

11

CHAPTER

第十一章

河內的盜墓人

通子在上午時分於國鐵阪和線和泉府中車站下車。她在一家菸鋪詢問一條院怎麼走，對方告訴她，往東不到三公里便可抵達。府道上有公車站牌，雖然沒有一條院的站牌，但在蘆部的公車站下車即可。

往東行的府道是位於田裡的一條筆直大路。公車窗外飛逝而過的風景是成群的小型工廠及愈來愈熱鬧的住宅群，展現出新開發地的氣象。遠處低矮的山陵在耀眼的陽光下顯得迷濛。

在蘆部的公車站下車後，是成群的老房子。附近有一棟「一條院郵局」。這座老村落似乎橫亙府道兩側。另一側可望見廡殿式屋頂上頂著寶珠裝飾的寺院。屋頂同樣老舊。通子參考記事本上的海津信六住址穿越府道走向寺院。窄路一路往深處。寺院圍牆在左側，前方農家與公寓夾雜。右側爲設豎格子窗的黑牆與長屋門，像古時村長宅邸的建築樣式，在荒廢中遺留至今。

到寺院圍牆繞過轉角，門前是屋舍沿著道路林立的市街。原本是農家，現在是整排設格子門的雙層建築。通子望著門牌。路上沒半個行人。海津信六住址的門牌上寫著「濱井吉雄」。格子門的屋簷下立著「豐明壽險代理店」看板，是絕不會弄錯的目標。但這戶人家一樣很不起眼。

從屋內探頭的，是一名年約四十歲，略顯富態的婦人。

「海津先生現在外出中。」婦人是濱井家的人。毫不客氣上下打量通子。

「請問他大概何時回來？」

「不知道耶。大約二十分鐘前，有人來找他，他和對方一起外出，可能晚點才回來。」

通子寄信給海津信六，告訴他今天來訪，信中提到大致會到的時間，海津信六回封明信片歡迎。現在突然被找去，應該是臨時有事。如果他晚點才回來，只好先找地方打發時間。

「請問您找他是爲了保險的事嗎？」婦人向通子問道。

「不。我來自東京，敝姓高須。」

「啊，原來是高須小姐啊。」婦人終於明白怎麼回事。「這樣的話，海津先生吩咐過我。您要是來了要轉告您一聲，他三點前會回來，請您在此稍候……」

但通子決定先搭車回和泉府中車站。

第一次拜訪，當事人卻不在而得等近四小時，她實在不想枯等，決定在外面打發時間。坐在車站的長椅上，她從小旅行包取出地圖打開。她還沒來過這地方。今天一早，她搭乘「光」號新幹線前來。雖然五點半起床，但她在列車上小睡一會，現在精神飽滿。這初次造訪的土地令人微感興奮。

在堺附近，寫著仁德、履中陵等百舌鳥古墳群的紅字。東邊的羽曳野從南邊開始，分別是安閑、清寧、仁賢、應神、仲哀、允恭、雄略等天皇陵，還有日本武尊、來目皇子墓。最近的地圖都以大字標示。允恭陵東側印有「玉手山遊樂園」及「安福寺」幾個紅字。從奈良縣一路往西的大和川與南方的石川，於東側的丘陵地帶匯流。

通子前往安福寺一趟。坐上前往天王寺的電車，在第九站的堺市車站下車，途中行經百舌鳥站和下一站中間的仁德陵東側河堤外圍，這一段路完全不停。耀眼的陽光照向皇陵上的松林。通子在車站前攔一輛計程車。在車內打開地圖，對照窗外景致，那名中年的計程車司機以後照鏡看見她的動作，很好心地替她介紹起沿途地名。

「這一帶很多皇陵。就算逛一整天也看不完。喏，左側是雄略天皇陵。等一下附近就看到允恭天皇陵了。」

一路上不少卡車來來往往。

「這條路與通往奈良縣王寺方向的國道二十五號線相連，卡車特別多。」

計程車駛過橋面。河堤立著「石川」的標幟。從窗戶望出去，河裡只有些微水量。通子心想，石川或許是蘇我氏的大本營。生駒山群南端與金剛山群北端間沖刷成峽谷，峽谷底端是大和川流經造成的龜裂，蘇我氏的勢力便掌握了大和川的水利及橫跨大和與河內的峽谷，才逐步前進飛鳥地區。認爲蘇我氏的大本營是飛鳥檜前的說法極具說服力，如同後來蘇我石川麻呂這個名字所示，石川沿岸的台地或許是蘇我氏的根據地。

「可以看到玉手山遊樂園了。」司機指著右手邊的低矮丘陵。

司機知道玉手山遊樂園，卻不知道安福寺。丘陵地的山腳下是一大片住宅。房子轉角處站著一名中年男子，身旁帶三個孩子。司機走下車，向他詢問安福寺。男子板著臉朝右側以下巴示意。

「那個人可眞冷漠。」司機回到車內後嘀咕。

前方有條直行路及左轉的坡道，又分成兩條岔路，往上直走就是遊樂園，右轉則前往安福寺。司機順著右邊的陡坡而上，車子只能開到這。通子下計程車。「那您路上請小心。」司機收下車資後說了這句客套話。

眼前的陡坡前方是條彎路。這是安福寺的參道，兩側爲山坡，山崖處有三、四個空著的橫穴。北側橫穴位置比道路還高。

考古學者將它們分成安福寺古墳群與玉手山東古墳群，這裡看到的是前者的一部分。當然，橫穴什麼也沒有，有的農家甚至拿橫穴當倉庫，堆放物資。參道旁設小佛堂，掛著「窟不動尊」的木牌。裡頭也有橫穴，安置不動尊，合誦詠歌的聲音摻雜在裊裊輕煙中朝參道飄來。

走完曲折的參道，眼前出現一道石階，前方是一座小型山門。穿過山門便算寺院境內，筆直的石板路途中加了一道短短的石階，在錯覺的影響下，顯得又窄又細。

現場空無一人。

穿過山門，道路左側是相當寺院正面的一座矮門。若不是看到屋簷下寫著「安福寺」的行書體匾額，絕不會覺得它是寺院正殿，看起來就像茶人的別墅或草庵一樣雅致。它的另一側同樣也是山坡，但遠離石板路的地面擺著細長石頭。石頭年代久遠，看起來有些汙濁，不過側面並非稜角，而是渾圓外形且底部窄小。一看就知道是「割竹形石棺」。這是放進古墳中的石棺，形狀就將像剖開的竹子，因而得名。

通子走近。石棺周圍的外緣刻有直弧紋。處處是磨損痕跡，但還是看得很清楚。由於是直線與半圓組合，一般稱之直弧紋。它有時也因爲抽象的圖案而稱爲幾何圖紋。

通子從和泉市來到此地打發時間等海津信六返家，一來也是爲了親眼看這座石棺。陽光被山崖處向外挺出的樹葉遮蔽，石棺一半籠罩暗影。這裡一樣沒半點腳步聲，宛如石棺吸取了境內的寧靜。

石棺紋樣的陰刻，從成爲這座寺院的洗手缽後，歷經風吹雨淋，磨損泰半，紋路變淡，布滿青苔，但直弧紋的線條還是清楚映入眼中。

直弧紋是很奇妙的設計。這種裝飾，以肥後爲中心，集中在九州的裝飾古墳及石造物上，此外，鹿骨作的刀柄、陶器及部分埴輪，也都採用這種紋樣。這是日本特有，連中國和朝鮮都看不到的設計。而且它是突然以成熟的紋樣出現。考古學界老早就注意到它，對其源流有各種說法，至今仍未有定案，始終是未解之謎。

割竹形石棺據說從玉手山古墳群裡的勝負山古墳出土，屬前期古墳，而且在石棺中就屬割竹形的歷史最爲悠久，可研判直弧紋也是接近四世紀前半時期。

這還是通子第一次親眼觀看實物。實地看照片裡看慣的實物別有趣味。通子弓著身，繞著細長的石棺，仔細觀看外緣的幾何形陰刻。

不見寺僧出來，也沒看到半個參拜者，靜得教人不安。

望著淺雕的直弧紋，通子想起酒船石的凹洞和淺溝。當然，它與割竹形石棺分屬不同時代，紋樣與實用性在製作用意上也不同，不可等同而語，但酒船石的淺雕法令人在意。時代較早的九州橫穴古墳，岩壁上雕刻的幾何紋樣屬陽刻，但雕工深邃銳利。酒船石的淺雕，突顯出造酒說與燈油說的弱點。沉澱處太淺，容量太少。根本裝不了多少液體。海津信六在信末提到：「與銅矛及銅釧石模的淺度很雷同，且連接各圖形凹洞的枝狀溝槽，和枝錢形狀很類似。」

通子大感震驚。沒錯，若是將枝錢石模巨大化，便與酒船石的圓形凹洞及溝槽很雷同。酒船石當然不是銅錢的鑄模，但從雕刻形狀來看些許類似。之前從未有人將酒船石聯想成枝錢的鑄模。海津信六還在信中提到許多對〈飛鳥石造遺物試論〉的感想，充滿出人意表的暗示。高須通子突然來見這名家住河內鄉間的保險業務員，是為了和這名奇人長談。

通子看完割竹形石棺的直弧紋後順著石板路往內走去。右方是山坡，左側是連綿的安福寺樹籬。感覺不像寺院，反倒像一座大型草庵。庭園的中間有一座漂亮假山。儘管日照強烈，空氣依舊清冷。寺院境內的盡頭處，是石板路終點，前方被松林遮蔽，遠處是和緩起伏的低矮丘陵，草木蓊鬱。在玉手山古墳群裡，前方後圓墳不多見，但橫穴古墳群應該存在某處。也許就在丘陵的深處。要是一開始就知道會來這裡，她便會帶參考地圖來，但為時已晚。沒人帶路，她一個單身女子也無法走進密林。

一旁傳來陣陣烏鴉的啼聲。她轉身，眼前一樣不見人影。不知從哪來的中型車和廂型車沿樹籬停放。寺內人影晃動，未聞其聲。

她改變方向，在左側的割竹形石棺前駐足片刻。從這個位置若非特別細看，會因距離太遠而看不清直弧紋的陰刻。明明像要當洗手缽用，裡頭卻沒裝水。正因爲這樣，這座因照片和拓本圖而廣爲人知的裝飾石棺，就這麼任憑風吹雨淋。

穿過小山門，來時的路不斷往下蜿蜒。兩側斜坡被挖鑿出的橫穴，再映入眼中。山崖是凝灰岩構成，橫穴看起來猶如洞窟。不動堂內仍誦念詠歌，帶女人哀調的聲音拖著長長尾音，傳向路面。焚香的輕煙，如篝火般往山崖竄升。

到剛才下計程車的道路時，通子沒發現道路下方可以瞭望整座平原。其中工廠的屋頂居多。雖然有變電所和家電工廠，但幾乎都是鐵工相關的鄉下工廠。遠方猶如被陽光粒子遮蔽一般模糊不明。走下坡道，遊樂園底下是計程車司機問路的地方。停著一輛救護車，四周聚滿人。救護車窗邊有個白衣男子動個不停。

窄路被救護車和二十多人占據，通子停步。似乎是附近人家有人突然發病要送醫。但救護車的白色車門緊閉。如果有人生病，送行的人未免也太多，感覺像發生事故，有人受傷。人們望著白色的救護車，呆立原地，表情僵硬。

通子左側道路駛來一輛計程車，停在一旁，這時人群一角才開始移動。本以爲是被救護車擋住了去路，沒想到接下來卻從車內走出三名男子往救護車去。三名男子快步走向救護車的駕駛座下方仰望駕駛，和他說了些話。不久，白衣男子從車內探頭，三人急忙和他交談。三人似乎是病患的親人或朋友，正為病患要被送往的地方展開談論。醫院有時會患者爆滿，排不到病床。搭計程車趕來的三人似乎是打電話給熟識的醫院，向救護車裡的人告知詢問結果。

他們的問答很快結束，三名男子奔回計程車，比救護車早一步出發。圍觀群眾似乎被警笛聲嚇了一跳，紛紛讓路。計程車也跟在白色救護車後頭，消失於狹窄的街角。留在原地的人們聚集原地，目送救護車遠去，你一言我一語地談論此事。

三名男子當中，兩人三十歲左右，另一人則年約五旬。通子想起一位與他側臉和身形很相似的人。就是先前為海津信六捐血時，在奈良醫院候診室遇見的京都普茶料理店老闆。也許是認錯人。因為兩人只在醫院裡有過短暫會面，剛才也沒到對方身邊看個仔細。先前他在奈良時穿的是日本傳統服裝，但剛才穿的是西服。雖然感覺不太一樣，但也有些許相似。也許是海津信六受傷時，曾搭救護車被送往醫院，兩個印象相互重疊，讓她誤認成別人。攝影師坂根要助要是在場，也許會比較清楚。

人群散去後，兩名婦女一同走在通子要前去的路上。

「搞不好死了呢。」兩名婦女皺眉談論。談的是躺在救護車裡的人。

「他昨晚被崩塌的橫穴掩埋。恐怕是回天乏術了。」

「好可怕。壞事眞的不能做。雖然這樣說對死者有點過意不去，但這也許是天譴。」

「真的呢。只是不能大聲說就是了。」

橫穴崩塌將人掩埋的事傳進通子耳中。「天譴」這句話她也沒漏聽。她拿定主意，語帶顧忌地向這兩名婦女詢問詳細情形。兩名婦女面對這名提著旅行包，一副旅客模樣的女子，不禁互望一眼，她們可能原本就想告訴人這件事，雖然有點顧忌，還是告訴通子。「這座山的東側有許多橫穴古墳。有人到裡面想奪取寶物，結果橫穴崩塌，遭到活埋……」

通子來到近鐵的道明寺站，坐上長野線。從地圖上來看，長野線從河內長野站前一路延伸至西邊泉大津市。和泉市一條院所在地的「蘆部」公車站牌就位在路線上。換言之，她上午從和泉府中前往蘆部所搭乘的公車，固定會經過河內長野。要回一條院，不必從同一條路折返，只要再繞半圈便可返回。

一路從道明寺站到通過古市站爲止，在車窗外，可從住家和工廠建築的縫隙望見幾座松林繁茂、地勢平緩的獨立山丘。幾乎都是前方後圓墳，人稱古市古墳群，大多以應神、仲哀、仁賢、安閑等天皇名稱命名的大型陵墓。昔日附近鮮少住戶，以前這裡還是一片原野和田園時，遠望陵墓，看起來一定是高聳入雲般地巨大，但如今蓋滿住宅和工廠，只能隱約望見陵墓頂端。通子坐在電車中，走下安福寺坡道時，聽當地居民提到有人因橫穴崩塌而被活埋的事一直揮之不去，就連窗外變化多端的風景，在她眼中也只是模糊一片。

救護車載走的傷患，據說是在昨晚潛入橫穴古墳時，天花板崩塌而重傷。此人夜間潛入那種地方，想必是要盜取古墳內的陪葬品。盜墓行之有年，現今古墳沒遭人盜墓反而稀奇。當中甚至有鎌倉時代潛入天皇陵（飛鳥的天武、持統合葬陵）的盜墓者的口供紀錄（《阿不幾乃山陵記》）。

不過，至今仍未發現的古墳就另當別論，儘管人們知道橫穴古墳，但未打開入口的古墳及無法確認的橫穴，可能尚未遭人盜墓。舉例來說，通子不知道坂根要助在偶然的機會下，以遠攝鏡頭拍攝崇神陵和櫛山古墳東側的柳本古墳群中的龍王山橫穴古墳群，這片古墳群至今尚未全面調查，遍布於山腹和山谷，連正確數字也無法掌握。

無法進一步調查的原因之一是橫穴老舊，有地盤鬆脫塌陷的危險。此外，因自然塌陷而被壓垮的橫穴也不少。除了安福寺參道上的橫穴，通子從考古學者口中得知玉手山丘陵東側有橫穴古墳群。那裡至今也未展開調查。救護車載送的那名在橫穴遇難的傷患，借用婦人們說的話，是遭到「天譴」——一想到此，心情就無比沉重。

通子在河內長野站下車，坐上往泉大津的公車。她在售票處詢問得知到「蘆部」需四十分鐘左右。站前空間狹窄，擠滿小客車、公車、卡車。她還得再等三十分鐘，公車才會發車，於是通子走進大眾食堂，點份蕎麥麵。時間過兩點。除了海津信六返家前的這三小時，她差點又多耗了一個小時。

她走訪陌生土地，親眼見識安福寺割竹形石棺上的直弧紋，雖是打發時間，但收穫滿滿。不過最後看到載運盜墓者的救護車，令她留下陰沉的印象。她想起搭計程車趕往救護車旁與救護人員交談的其中一人，與先前在奈良醫院見過的普茶料理店老闆極爲相似。雖然收過對方名片，但不知收到哪去，她忘了對方名字，唯「大仙洞」這個店名，她記得很清楚。通子不確定對方是否眞是「大仙洞」的老闆，但乍看確實神似。倘若對方眞是大仙洞老闆，救護車載送的人眞是盜墓者，那麼，他們的關係該如何看待呢？不過人與人的關係不是只有負面的交流，如果是朋友或熟人，想必也有正面的往來。

事實上，大仙洞的老闆不就與海津信六有俳句交流嗎？海津信六是俳句小型同好會或社團負責人，大仙洞老闆是他的學生。海津信六是個神祕人物，從事壽險業務員的工作，同時也指導俳句，還針對《史脈》上刊登的論文，寫下內容豐富的書信。

公車穿梭山中，繞過密林間的馬路，停在看得到一座大寺院的地方，眼前有面標示寫「金剛寺」。以天野山金剛寺的大屋頂爲背景的杉林高聳，整片山坡罩在幽暗中。搭乘公車的五、六名虔誠信徒手持佛珠下車。公車繼續順著彎曲的道路上行。越過山頂到下坡後，山勢愈來愈低，然後進入陽光普照的平原。通子想到，岸和田到佐野一帶許多纖維工廠。對她來說，今天是難得的悠哉假期。公車帶她來到熟悉的景致。頂著寶珠裝飾、暗沉的廡殿式屋頂逐漸逼近面前，一條院郵局的小型建築映入眼中。

通子走在寺院半崩塌的圍牆與設有長屋門的黑色圍牆間，沿寺院圍牆左轉到掛「豐明壽險代理店」看板的屋前，通子換手拎旅行包，伸手搭向格子門，她比預定時間晚一小時才到。

四小時前見過的那位婦人從格子門走出，表情和裝扮都和四小時前一樣。

「海津先生三十分鐘前剛回來。您來得正是時候。來，快請進。」

婦人走在前頭，領通子走進土間（註）深處。一旁一間拉門緊閉的房間，而在土間盡頭有一扇小小的雙開門。開門後，是條位於兩面昏暗牆壁間的細長通道，她們穿過廚房到後門，抵達中庭後，頓時顯得明亮，前方有一座獨立小平房。雖說是中庭，但種有少許花草，空間泰半堆放了用不到的雜物，充當倉庫使用，向陽處成了晒衣場。兩側爲隔壁的木板牆所包圍。這是門面窄、縱深長的房子，在關西相當常見，後面還設一間別房。這間獨立別房約十五坪大小。小格子門旁掛著壽險公司的看板，另一旁掛著寫「海津信六」的黑色門牌。

個頭嬌小的婦人從格子門外喚：「海津先生，客人來嘍。」

面向中庭的房間玻璃門緊閉，門內拉上白色蕾絲的窗簾。不過格子門微微敞開，代替回答。頭髮粗硬花白的男子從屋內探頭。兩道濃眉、眉間有深深的皺紋，還有一對雙眼皮的大眼，通子對他的面貌印象深刻。對方看起來年過六旬，穿著樸素的外衣與灰色長褲，然後他打開了格子門。

「我是海津。」他雙手置於大腿兩側，彎腰鞠躬。

「幸會，我是來自東京的高須通子。」

「剛才不在家中，眞抱歉。突有急事，明知您要來訪，還是不得不外出一趟。」

註——日式房子入門處沒鋪木板的黃土地面。

婦人走進屋內觀察情況，裡頭做好迎接賓客的準備，和室桌兩邊各擺一塊坐墊。婦人走進房間後方。六張榻榻米大的房間，有一座小壁龕，一旁擺書桌和書擋，此外沒任何裝飾。整理得乾乾淨淨。與隔壁房之間的拉門角落堆了五、六塊坐墊。兩人坐下前，彼此問候寒暄。

「先前感謝您鼎力相助。多虧您的善心，我才能撿回這條老命。」海津信六雙手撐地，兩肘外張，深深一鞠躬。如此中規中矩的問候方式，似乎連本人都不太習慣，說起話來也有點結巴。他手背青筋浮凸，手指看起來很柔軟。

通子詢問海津信六的健康狀況。

「我出院一個多月。身體狀況近乎康復。雖然雙腳還不能完全使上力，但愈來愈好了。」

海津信六伸手搔抓他花白的剛硬頭髮。雖然面帶微笑，但寬闊額頭下的濃眉間始終有道深深的皺紋。他兩頰略顯凹陷，膚色微黑。這不是氣色紅潤，而是不健康的暗黑色澤。像含著苦澀之物般地雙唇緊閉，眼神不時帶憂鬱的暗影。

婦人泡好茶，走出房後。通子在海津的邀請下坐在壁龕前，一份像平安朝的經文抄本做成掛軸的形式掛在面前。金箔線條與金粉閃閃生輝。通子透過書信而描繪出的海津信六形象，只符合了這張經文抄本。這間房內一本書也沒有。一旁書桌上擺放的書擋間全是壽險的合約簿、人名簿、壽險法規集等文件，都放得整整齊齊。

婦人將茶碗擱在通子面前，匆匆步出房外。

「前面那戶人家的太太總對我如此關照。」海津信六耳聽木屐聲從中庭離去，低沉地對通子說。他一半臉頰隱沒在暗影下。

通子當時聽刑警提到海津信六沒家人。「都沒人來看您嗎？」「想必您諸多不便吧？」這類問候語感覺涉及個人隱私，通子說不出口，她只能垂眼望地面。

「對坂根先生也很過意不去。雖然我在信中寫要親自前去道謝，結果就這麼耽擱了，眞是抱歉。」端正跪坐的海津信六，再次恭敬行禮。他雙手置於膝上，深深一鞠躬，禮貌周到。「等我身體狀況好轉些，應該就能前往東京……請代我向坂根先生問候。」

通子嫣然一笑。「如果遇到坂根先生，我會轉告他的。」

語畢，海津微微瞪大眼睛。「坂根先生不是您的朋友嗎？」

「他是攝影師，碰巧在酒船石認識他罷了。」

「在酒船石？」海津信六聽通子這麼說，露出困惑之色。「我眞是太失禮了。兩位都來自東京，一起爲我捐血，我滿心以爲兩位是朋友。」

海津寄來的感謝函也看得出這樣的含意。

「當時人在醫院的京都普茶料理店老闆，我向他解釋過了……難道他沒跟您說嗎？」

「哦，您是說村岡……」海津如此低語。

通子這才想起，對，大仙洞的老闆姓村岡。她見海津直呼對方村岡，想起之前聽村岡提到海津在俳句方面與他算師徒關係——這時，一位婦人從通子的記憶舞台掠過。

「村岡這人不愛說這種事。就算他聽您這樣解釋，應該也會自行猜測兩位關係。」海津的聲音消除了通子心中的幻影。

「坂根先生當時與某雜誌社的編輯同行。我在酒船石前巧遇他們，又在高畑的一家古董店偶遇。」

和坂根一起捐血的原因，通子得向海津說明清楚才行。只說在酒船石前偶遇坂根，這樣根本解釋不清。

「您說高畑的古董店，可是寧樂堂？」海津問。

「是的，就是那家店。您知道？」

「不，我對那家店知道的不多，不過說到高畑的古董店，就只有那家……其實寧樂堂算是我的保險客戶。」

海津刻意朝書桌望一眼。桌上放著被保險人合約名冊。

「啊，是這樣啊。」

「您到店裡看過了嗎？」

海津眼中帶笑，似乎因爲提到顧客的名字而感到一份親近感。

「是的。稍微去打擾了一下，但沒仔細看店內商品。」

被邀進店內，是因爲東京美術館員野村硬將她從展示櫥窗前拉進店裡，店裡還有特別研究委員佐田、攝影師坂根以及那位編輯在場，但通子不想提到佐田和野村。

「那家店外頭沒擺什麼像樣的東西。古董店都這樣，把好東西藏在店裡。」

海津信六似乎因爲壽險工作的緣故，常到不遠的奈良。

「隔天我三度巧遇坂根先生，當時我正打算到醫院捐血，走在奈良縣政府前。坂根先生聽完我說的話便決定一起去。也許是三次與我巧遇，坂根先生覺得自己有一份道義。」

通子面帶微笑，她與坂根的關係就此說明完畢。此時，前面那戶人家傳來電視聲，這帶安靜無聲到聽得到鄰居的聲響。

「今天前來的原因是，您對我拙劣的雜誌論文提出寶貴意見，特來向您道謝。非常感謝您。」通子行了一禮，很自然地談到自己來訪的目的。

「不，寫了封那麼奇怪的信給您，我反而覺得很抱歉。失禮了。」

「您的來信助益良多。請容我冒犯問一句，您之前研究過古代史嗎？」

「年輕時稍有涉獵，現在全忘光了。」海津顯得侷促不安。

「可是，您信中清楚提到最近的學說，像教團道教與民間道教之類。」

通子望著海津灰白髮色夾雜的腦袋。

「我只有到書店收保險費時會站著翻閱一下。沒仔細詳讀，不過我覺得最近的年輕學者相當用功。」

「可是您在信中提到黑板老師對兩槻宮的觀所提出論點……」

「我只是依稀有點印象。相關的書，我現在手頭一本也沒有。」

「我拿出《史林》對照您指出的部分。幾乎和您說的完全相同，所以我以爲您手上有那本書。現在聽您這麼說，我大爲驚訝。您看了不少當時的論文對吧？」

「不，我看得不算多，年輕時，可能是對這樣的喜好感到新鮮，看過的文章都記在腦中。當我在書店拿起《史脈》這本雜誌，看到您的大名便帶回家拜讀，然後寄了冒犯的書信。您在T大歷史系擔任助教一事，我是從您在醫院給村岡的名片中得知，不過我是看過《史脈》才知道您專攻古代史。冒昧請問一句，不知您的指導教授哪位？」

總有人問研究生或大學生系上的主任教授姓名。但大多是媒體相關業者問問看這位教授的名字是否聽過。海津信六詢問時，通子也根據這樣的經驗，簡單回答：

「我的指導教授是久保能之教授。」

久保能之的名字不常登上媒體版面，名氣不響亮。之前出版的幾本著作全是專業書籍，偶爾會因爲出版社企畫的歷史講座而在新聞廣告中刊登他的名字。

「久保教授？哦，這樣啊。」海津信六時時皺眉，他低語。就算是不知道他大名的人，一般也都會擺出好像知道的表情，當海津茫然地點頭時，通子沒特別注意。她沒看出海津眉宇間閃過一股帶諷刺的暗影。

「您的論文，我覺得非常有意思，久保教授對您應該期望很高吧？」海津緩緩說。

「不，才沒這回事。我是久保教授的不肖弟子。我資質駑鈍，這也沒辦法。」通子微笑。

「是嗎？您對古代史的看法及研究方向，不都在這次刊登《史脈》的論文中嗎？」

「是的。大致都寫在上頭了……」

「是久保教授指導的嗎？」

「我與久保教授的求學走向相去甚遠。教授是著重實證的偉大學者，我卻總將目光放在不切實際的事情上，老造成教授的困擾，是令他傷腦筋的助教。」

通子低著頭，感覺海津的目光投射向額頭。不是男人對女人感興趣的目光，是接近學術的目光。

「年輕助教不接受教授的指導，沒關係嗎？這樣的師徒關係可以嗎？」

海津這麼說，通子抬起頭。她意識到的海津目光有了改變，轉爲世人常有的表情。

「當然有我這樣的助教。我曾經聽說以前的情況，但近來教授與助教的關係相當自由。儘管我是個不肖弟子，教授還是在研究室的角落替我留了位置。」

木屐聲從中庭朝這裡走近。格子門傳來輕細的敲門聲。

「抱歉。」海津向通子告知一聲，起身下土間往格子門走去。他的背影給人一種莫名的落寞。剛才是他的肩膀給人這種感覺，現在則是整個背影讓人有這種印象。格子門開啓了，小聲傳來婦人的聲音。似乎有事來通知，詢問海津什麼時候方便。

「……我現在有客人，麻煩幫我轉告對方再等一個小時。」海津略微沙啞的聲音傳來，但聲音清晰。格子門闔上，婦人的木屐聲回到前方的屋子。海津走回和室桌旁。肩上仍留孤獨暗影。

「您百忙之中還來打擾您，眞是抱歉。」通子致歉。

「不，我才該抱歉。沒什麼事，您不必在意。」海津眼中帶笑說道。

「謝謝您。」

「您今晚會在大阪過夜嗎？」

「不，我打算晚上八點左右搭新幹線回東京。」

海津望向鍍鉻的手表。「這裡到新大阪，一個半小時應該很充裕。」

通子的表顯示將五點。但海津對婦女說要對方再等一個小時，客人應該是六點左右來。只剩一小時左右的空檔。

「可以請您賜教嗎？」通子說。

「您說賜教，我怎麼擔當得起。」海津摸他那花白的頭髮。

「我今天來，就是來拜託您這件事。」

「收到您說要前來的信，我回信中也向您提過，我說的話對您不會有任何助益。」

「我看過您的回信，還是希望您能針對先前信中內容略指點一二。」

「我實在沒指點您的能耐，如果單純只是針對我寫的內容，我有一份責任在，我會盡力回答。不過，如同一再對您說的，那是我年輕時一知半解的知識，而且忘得差不多，希望您能先做好這樣的心理準備。」

「謝謝。」通子低頭行禮後說：「……如同我拙劣的論文中所寫，我推測現今明日香村的石造遺物也許是〈齊明紀〉裡的兩槻宮設施。不過這純屬我個人臆測。」

12 CHAPTER — 第十二章

影的暗示

通子與海津信六終於展開討論。

「飛鳥的石造遺物也許是最後失敗收場的齊明天皇兩槻宮附屬設施，這個想法我非常欽佩。過去從未有人有過這樣的構想。」

也許是受玻璃拉門的光線影響，海津皺紋密布的雙眼帶一絲微光。雖才五十八歲，但看起來足足比實際年紀老上五、六歲。

「謝謝您。我看了〈齊明紀〉，發現齊明天皇被視為一位行徑怪異的天皇，從中得到想法。我覺得帶宗教色彩的天皇從崇神紀後就只有齊明天皇了。」

「沒錯。是有這種感覺。」海津露出在腦中回想《日本書紀》的眼神。「……崇神天皇完全描寫成巫術性格，但齊明天皇並非如此。她是怪力亂神的宗教天皇。我認為您用異教來形容相當貼切。」

「稱之為異教，是因為那既非神道巫術，也非佛教，而是其他宗教，幾經苦思才以此命名。」

「這不是很好嗎？我對這種形容也有同感。」

「海津先生，關於異教，您在信中提到拜火教和摩尼教。」

「嗯，那是我年輕時想到的論點。」

「不過，這對我充滿了吸引力。拜火教是後漢末年進入中國，成為祆教。」

「沒錯。」海津似乎在想其他事，心不在焉地應道。

通子想起海津信中提到的那一部分。

「……拜火教經由中亞的伊朗商人傳入中國成為祆教，而人稱Magi的法師，會施展名為幻術的各種奇異術法或表演。唐朝後期打壓祆教，原因之一就是它用妖惑人心的幻術。這些伊朗商人在洛陽和長安的某個地區居住，透過某種自治制度，管理的官員同樣由伊朗人擔任，官名為「薩寶」或「薩保」……中國民間的道教，方士以「神仙術」之名施展詭異的方術（幻術），與祆教的幻人（使用幻術的人）很雷同。不過道教的神仙術是基於現世利益，祆教的幻人卻是展現其超越常人的一面，恫嚇民眾，宣傳祆教。因此，《續日本紀》中役小角超乎常人的行徑，解釋為祆教幻人的幻術也未嘗不可……」

「意思是，祆教未傳入日本嗎？」通子說。

「是的，一般人都這麼說。」海津重重頷首。

「不過，海津先生，我很懷疑是否能如此斷言。」

「您說到重點了。儘管沒任何蛛絲馬跡證明祆教和摩尼教以官方宗教的形式有系統地傳入日本，但不表示不曾傳入民間，這是一般的說法。並非只針對祆教和摩尼教來闡述事實。如我在信中所言，我不想斷言祆教在六世紀或七世紀初便傳入日本。我只是寫下我的想法。」

「不過，您信中內容很耐人尋味。〈齊明紀〉異教若是和祆教有關，感覺非常吻合。」

「是啊。確實如此。」

「當時祆教傳入日本的線索，要是有紀錄可循就好了。」

「七世紀時還沒有，但八世紀好像有類似的紀錄。」海津突然說。

「咦，是什麼紀錄？」

「《續日本紀》中，聖武天皇天平八年，入唐的副使帶回三名唐人和一名波斯人拜見天皇。同樣的地方應該會提到那名波斯人以李密翳之名，受天皇賜贈官位。」

「啊，是這樣嗎？我都不知道。」

通子自認看過《續日本紀》，但一直沒發現此事，這使得她臉上微微泛紅。

「也有其他學說推測，鑑眞從大唐渡海到日本來時，一行人當中也有波斯人。」

「這又是出自哪本書？」通子略顯急切。

「這個嘛，是出自哪本書呢？之前看過，後來全忘了，一時想不起來，不過我猜是石田幹之助老師的論文。」

海津手指插進頭髮中，一陣搔抓。

「要是波斯人到日本，他們應該會引進拜火教吧？」七世紀的齊明天皇與八世紀的聖武天皇時代不同，但這是有力的線索。

「不，雖說波斯人到日本，但不能就認爲他們引進拜火教吧。」海津信六聽完通子的話後以灰暗的眼神說。

「就算不是拜火教，也可能是祆教吧？」面向玻璃門的海津臉頰籠罩在暗影下，通子望著他問。

「有可能。因爲他們是住在中國都市的商人，應該會引進改變成適合中國的拜火教，就是祆教。李密翳當然不是波斯人的音譯名，是中國人名。有些學者認爲李是波斯人獲賜的姓氏。唐朝的皇帝也姓李，如果與此有關，可推測唐朝對國內居住的波斯人相當禮遇。」

「遣唐副使爲什麼會帶波斯人到日本？」

「也許是波斯人自願。波斯人是喜愛冒險的商人，他們或許想渡海來日本貿易。」

「就一個人嗎？」

「不，應該不只一、兩個人。《續日本紀》裡的波斯人偶爾會取得官位，所以密翳這名字才有紀錄可循，我認爲更早之前便有許多波斯人從中國移居奈良。」

「貿易嗎？」

「這方面我就不清楚了，不過他們是商人，應該是來經商。」

這時海津難得露出輕浮的表情。「您認爲正倉院那些波斯人的物品，都是後來唐朝的物品嗎？」

原來如此，通子明白海津話中的含意。不用說也知道，正倉院裡的物品，是聖武天皇死後將光明皇后收藏的珍寶及內司貢獻之物捐給東大寺而來。

「也不知道是否爲波斯商人的貿易品。只要從長安或洛陽的倉庫裡出貨，應該沒什麼困難。」

「許多波斯人住於奈良一事，可有史料能作依據？」

「應該沒有。在日本的舊史料中，把他們全視爲漢人，或一律以唐人名字稱呼。《續日本紀》提到波斯人，是因爲他是遣唐使帶來的人。但這是我的想像，如果波斯人住奈良，當然會有相當於首領的人物。就是中國官名中的薩寶或薩保。也許日本人也稱呼住奈良的波斯人首領爲SAHOO。薩寶在日語中去除促音，成爲SAHOO的念法。就是佐保山的佐保。」

通子聽海津將「佐保」與「薩寶」連結，不禁一怔。她住的旅館也叫「佐保旅館」，海津遇難的地方也在佐保的法華寺附近。

「佐保是來自朝鮮話裡的『首爾』，這似乎是很有力的說法。大和添郡的地名便是如此，佐保也許源於薩寶。因爲佐保山的古名寫的是藏寶山。」海津說。

「嗯……」通子吞了口唾沫。「《古事記》的〈開化記〉裡提到沙本毘古王，這名字也是來自朝鮮語嗎？」通子緊盯海津。

「應該是。《日本書紀》好像有位狹穗彥王，在垂仁天皇時謀反。《古事記》的〈武烈天皇之歌〉也提到這個地名。」

「如果波斯人那麼早就住於佐保地區，那就有意思了。」通子想著要拿它套用在「〈齊明帝〉的異教性」上。

「您對齊明天皇的謚名做過分析嗎？」海津突然問。

「沒有……」

「齊明可以念作『斉（あまね）く明（かがや）く（AMANEKUKAGAYAKU）』。可說是極爲明亮的意思。雖然中國沒遺留祆教的教典，但內容與拜火教教典《波斯古經》一樣，主張光明爲善，黑暗爲惡。在拜火教中，奉光神阿胡拉．馬茲達（Ahura Mazda）爲至尊之神。」

此事通子也知道。

「我認爲《古事記》的天照大御神和《日本書紀》裡的天照大神，都和阿胡拉．馬茲達一樣是光明神。這麼一想，須佐之男命統治根國、底津國、黃泉國，就是支配黑暗世界之神，所以是邪惡之神。我甚至懷疑《古事記》是參考拜火教和祆教內容寫成。它提到光明的大和與黑暗的出雲，以善惡二元論來寫。光明最後終於讓黑暗屈服，與摩尼教很類似。」

「是……」

「《日本書紀》的〈神代紀〉中，直接引用佛經文句是眾所皆知，但我認爲祆教最後在日本與佛教思想同化。對了，剛才提到的光明，是聖武天皇的妻子光明皇后。光明皇后的名字——藤原光明子，與其用佛教的層面看，不如用聖武天皇時有波斯人到奈良來思考，這樣比較有趣。法華寺據說是光明皇后的住居，佐保與薩寶，皇后與波斯人的關聯，讓人產生無限聯想。」

近處傳來的電視聲改爲快節奏的歌謠。

「這樣來看，傳入日本的異教，也許是拜火教和佛教混合成的中國摩尼教。」海津信六以沉悶的聲音接著說。「可是也有學者認爲拜火教和印度的原始佛教都是雅利安民族的民間信仰，系出同根，所以彼此混淆不清。」

「拜火教崇拜火焰，但傳入中國的祆教又是如何？」通子問。

「這方面我不清楚，但是祆這個字，是從唐初開始，聽說之前是寫作供奉胡天神的宗教。如您所知，胡這個字是西域，在這種情況下，應該是西亞或伊朗地區。由於叫胡天神，所以是拜火教的阿胡拉．馬茲達神。『祆』是他們於唐初進入中國才造的字，示字有祭祀含意，它的意思是祭天的宗教。由於有『火祆』一詞，因此經中亞到中國附近的拜火教教徒崇拜火焰是確切的事，但他們進入中國後是否保有拜火習慣就不清楚了。祆教在中國滅亡，教典也未傳下。」

「這件事該參考哪些書才好？」

「日本先前有石田幹之助博士、神田喜一郎博士、羽田亨博士、藤田豐八博士等人，很熱中寫這方面的論文。還有中國學者陳垣的祆教、摩尼教傳入中國的研究，雖是短篇論文，但相當精采，如今是古典學權威。在石田老師和神田老師的論文中也介紹他，或許從這兩位老師的論文先看起比較好。關於祆教，桑原隲藏博士等人也提到。」

「我對東洋史一無所知。」

「關於這點，研究日本古代史的老師都一樣。近來的東洋歷史學者似乎對祆教或摩尼教不太感興趣，少有這方面的論文。不過石田老師和神田老師的論文，我很久以前看過，之後完全沒碰，不清楚現在情況。」

海津信六這時低頭望茶碗，雙肩微動。「茶都冷了，我拿開水來。」他立起單膝準備起身。

通子抬眼。「如果是爲了我，就不必麻煩了。我想多向您請教一些事。」考量到海津信六與人有約，時間不多。通子連海津離開泡茶的時間都覺得可惜，她想把握時間聽他多說一點。海津在通子的制止下，打消從和室桌旁起身的念頭。

「兩槻宮的別稱，天宮……像我在《史脈》上寫的那樣，我認爲那是形容它像與天相連的宮殿，是蓋在田身嶺山頂的觀。我覺得它帶異教色彩……」通子接著道。「將它與祆教聯想在一起很有意思。天宮是吧。祭祀胡天神，或許是基於盡可能靠近上天的觀念才在高處建神壇。在中國的祭天思想下，才有天郊。」

海津低頭望著茶碗裡殘餘的冷茶。

「哦，天郊是嗎？」

意指天壇，原本又稱南郊或天郊，總設在皇都南方的郊外。根據文獻，從前漢到後漢，都在長安或洛陽建造南郊，後來中斷，魏朝時再度重建，一直延續至隋、唐、清，明朝時改名天壇。

「這也和西亞的宗教有關嗎？」

「這我就不清楚了。不過應該是西南亞的原始拜日教（太陽神）向東西擴展，爲了適應各地風土民情，產生演變。《舊約聖經》裡提到的巴比倫塔，是考古學得到應證的巴比倫金字神塔，意思是『天之丘』。建於伊朗和阿富汗北部的拜火神殿及拜火壇也和中國天郊（天壇）一樣是『天之丘』思想。既是祭天的神壇，也是封禪祭壇。以佛教來說，金字神塔在印度成了Stupa，進入中國則成舍利塔，變成各式各樣的塔……若是將『天之丘』套用在自然界，則是西域的祈連山，它是『天』的音轉化而來。匈奴語的『天之山』是天山山脈的天山。天山終年覆滿白雪，人稱天山，在朝鮮則是建國始祖檀君神話的長白山。」

這是格局恢宏的言論。海津信六伸指插入髮間，難爲情地苦笑。

「年輕時，我也想過這種夢幻般的問題，不過我揮別這個世界很久了。」

「您是在什麼樣的機緣下，對這方面的學問產生興趣呢？」

「年輕時，我當過鄉下國中的教師，教歷史。因爲這樣產生興趣，也僅止於此。」

——東京美術館的特別研究委員佐田，先前向《文化領域》的副編輯福原提到海津信六經歷時，高須通子並未在場。雖然坂根要助從福原那聽聞此事，但通子事後也沒遇見他。

「我在論文中將〈齊明紀〉的須彌山視爲假山庭園，您有何看法？」通子轉至下個問題。

「我有同感。東京博物館的山形石應該是〈齊明紀〉裡的須彌山設施。如您寫的那樣。」海津信六用不帶高低起伏的聲音說。

「關於山形……」

「山形石的中段處刻像山襞的紋樣。您在論文中寫，不清楚山的形狀像雲還像波浪，但一般似乎都看是山襞皺折。法隆寺第一層的塑像群背景，有形狀突兀的連山，不過博山爐的山襞和東京博物館的山形石雕刻很相似，全是高山崇拜思想。」

「據說博山源自前漢時代的神山思想，是山東省的高山，另一方面，天山則是西域附近的高山，您對這兩座山的關聯有何看法？」

「博山與天山的關聯我不清楚，不過在『天之山』、『接近天際的高山』這樣的含意下兩者一致。若是將範圍限於博山爐和法隆寺初層的形狀來思考〈齊明紀〉的須彌山，不知會怎樣。」

「您這話的意思是？」

「印度高塔的基壇。您也知道，印度的Stupa在中國成了舍利塔，簡稱塔，聽說將舍利塔基壇垂直升高的蓋法是從西印度經西域傳入中國。或許中亞有崇拜高山的思想，將基壇垂直升高。但將之改造成階梯式基壇的，是佛教的戒壇。我覺得在將戒壇作爲授戒場所的中國思想中，有視高山爲神聖之物的想法，亦即與固有祭天思想下的天壇相互融合。」

海津啜飲著碗底殘留的冷茶。

「……〈齊明紀〉裡的須彌山可能是方形的基壇，在上面加造一個石造物的高塔。聽說中亞有類似的例子。如果〈齊明紀〉的須彌山採相同形式，那石田茂作老師發掘的飛鳥川畔設有曲溝的廣場及鋪有圓石的宴會場地，也許都是基壇的底座……有各種可能。」

海津信六儘管發表長篇高論，聲音也不顯一絲激動，聽起來就像在說什麼老生常談。

「非常感謝您對狂心渠的解釋。我有位朋友，雖然不是專攻古代史，不過，她看兩槻宮遺跡和狂心渠的遺跡一直都沒任何發現，認爲〈齊明紀〉的記載令人存疑，換言之，它們打從一開始就不存在，但經由您的開導，我心中的疑惑完全解開。」

通子提到先前閒聊時，專攻近代史的助教砂原惠子發表的意想。

海津微笑，「看過《史記》的〈河渠書〉便可明白《日本書紀》的作者是文官，自行將〈河渠書〉裡的『瓠口』，也就是谷口的水門，竄改成『石上山』，導致地形不合。我想應該是文官不懂『瓠口』，誤以爲是地名。」

「這麼說來，狂心渠又怎麼來的？」

「這我不清楚，不過可看作《日本書紀》的作者爲了批評齊明天皇的異常性格而刻意提此事，寫作是狂心渠。」

「建造兩槻宮的事也是捏造的嗎？」

「不，我不認爲那是捏造。因爲記載並無矛盾。之所以沒留遺跡，可能是工程中斷，才完全沒有痕跡。關於這點，我贊同您的說法。」

中庭傳來腳步聲。「老師。」格子門外傳來男子催促的叫喚。海津信六以眼神向通子抱歉，從和室桌離開，走下土間。他穿上木屐打開格子門。

「您有客人嗎？」格子門外的男子問。

「是啊，正在談事情。」海津低聲回答。

男子突然壓低聲音，似乎是看到土間處的女鞋。接下來兩人輕聲交談，通子聽不清楚。

通子想，海津要婦人轉告一個小時後再來的客人此刻來了。得早點告辭。不過客人稱海津「老師」。應該是他俳句的學生，不是保險客人。

「今晚八點左右，我會到對方家中去。」兩人談話結束時傳來海津的聲音。

「這樣啊。有勞您了。明天晚上會守靈。」男子的音量也提高些許。

交談結束前，聲音自然會提高。

「我明白了。一切有勞你了。」

「是，我知道。那我先走了。」

「辛苦了。」

海津關上格子門。腳步聲急促離開了中庭。

「抱歉。」

海津回到座位，臉色比先前更陰沉。來訪者提到「守靈」的聲音仍在通子耳中迴蕩。

「很謝謝您百忙之中大力幫忙。我想，我也該告辭了。」

通子才剛從坐墊上滑開，海津加以制止：「再多待一會兒。」

「可是……」

「如果是因爲我，您倒是不必顧慮。」

「我知道了。」

通子也想再多聊。吩咐一個小時後再來的訪客似乎不是剛才通報訃音的男子。因爲是緊急通報。也許守靈的人家和海津有俳句往來。不過這不適合提問。

「我就再坐一會兒吧。」通子抱定主意再坐十五分鐘。在海津約定的客人到前告辭。

「請坐。」

「眞抱歉，打擾您這麼久。」

通子很客氣地重新坐好。海津心不在焉。

「我在雜誌上看您提到，多武峰與岩船山呈東西一直線，位於三十四度二十八分，我覺得這條線很有意思。」海津信六似乎發現自己心不在焉，突然重回先前話題，但還是不太自然。

「不過，那或許是偶然。我是在看比例尺兩萬五千分之一的地圖時發現的。」通子坦言。

「但就算看起來像偶然，還是要思考這個問題。所謂的偶然，是因爲沒發現原因才這麼想。要是知道原因，就不再是偶然，是必然。」

「發現原因可不容易。」

「是不容易。所以大家才會在已知的界限內發言。我以前也發現多武峰與岩船山幾乎位於東西一條直線上。」

「哦，是嗎？」

「雖然我沒發現是在三十四度二十八分上，但您不覺得岩船山略往北偏嗎？」

「沒錯。就地圖上的測量，雖說是一直線，但南北約有兩百五十公尺的偏差。」

「因爲當時無法準確測量，這也是無可奈何。東西直線距離在四公里半以內。多武峰的高處約六百公尺高，岩船山約一百四十公尺。若站在多武峰的山頂，岩船山看起來就像在西邊的直線上。」

「我也這麼認爲。」

海津信六終於恢復先前的氣勢。

「不過，岩船山上的益田岩船不是面向兩槻宮的多武峰，是朝向香久山。」

「沒錯。」

通子早發現這點。就算兩槻宮與益田岩船位於一直線上也沒任何意義，兩者相對才有必然性。

「不過，兩槻宮究竟面朝何方，沒人知道。如果兩槻宮也面朝香久山，那便是以香久山爲北方的頂點，與兩槻宮、益田岩船形成底邊較長的三角形。」

通子在腦中描繪三角形。

「香久山原本是一座帶宗教色彩的山。說這是偶然，也確實如此。不過從偶然看出是否有必然性也很有意思……以前我也常思考這種事……您在論文中提到龜石的側面底下有用來分割石塊的痕跡，我看了之後恍然大悟。」海津信六無力地咳兩、三聲後繼續說。「可是未曾有人發現這點。先前龜石的考古學者和歷史學者都沒提過此事。可能他們只是看完龜石臉部就回去了。它太有名，大家認爲一切都很理所當然而沒進一步細看。其實我也沒看出石矢的痕跡。前幾天我到奈良辦事時，順道去明日香村看龜石。結果果然如您所說，眞有石矢的痕跡。」

「您可眞是專程啊。」

「從石矢的情況來想像，因爲龜石底部有缺損，原形是在現今的龜石底下連接巨石。這麼一來，人們對龜石的印象要大幅改觀了。它底部的平坦處應該是分割的切面，所以龜石並非是蹲踞的形狀，它擁有更巨大，將近現在一倍的身體和腳。若眞如此，它現在的臉也並非全貌，底下還有相連的部分。所以，與龜臉截然不同的另一張臉或許才是原形。可說是巨人石像，也可說是怪獸石像。如同您推測，那是工人雕刻用來當成兩槻宮的設施，但兩槻宮的建造中斷，巨石像也未能完成，而被捨棄的部分，是否日後用來建造高取城也不得而知，可能因爲這樣而被人切割。」

「這種巨人石像、怪獸石像，與日本的雕刻不太一樣。」

「確實差異頗大。這或許對您的異教說有利。」

「那酒船石又是如何呢？」通子提到問題所在的神祕巨石。

「對我來說，酒船石是個難題，不過我年經時想過，它樹枝狀的分歧前端有特殊造形，與中國殷朝時造的銅箭鑄模很相似。這種土鑄模是在注入熔銅的流入口加設樹枝狀的湯道，一次製造出五根或七根銅箭。製造日本古錢用的鑄放錢，別名枝錢，鑄造原理也相同。看枝錢的鑄造狀況可以明白，因爲有流入口和湯道，所以湯道前端會連接許多鑄錢。我認爲酒船石是用來鑄造銅塊，也就是銅錠的石模。在這製造銅錠送往各國的鑄錢司，讓他們製造銅錢，這是我的構想……年輕時，我就像在作夢似思考許多事。」

那一刻，海津信六流露出遙望過去的眼神。

「……各國銅山出產的銅，不見得會送往當地的鑄錢司。有些地方有銅滓（**註**），有些地方沒有。筑前的鑄錢司遺跡有用來融解銅材、流入鑄模中的小型石製坩堝風箱石，但沒有過濾銅礦的熔礦爐遺跡。奈良時代的銅錢，某些地方錫含量較少，鉛含量較多，不過銅的分量不變。倘若是在酒船石的沉澱處讓熔銅凝固作成銅錠，便可因應形狀作出大小不同的銅材，然後依此作分量的參考標準，因應不同的地區送往各地的鑄錢司，鑄造銅錢。這樣中央政府自然能管理全國的造幣局，達成財政統一的目的。」

海津信六沉醉於年輕時的想像。

「但這想法有幾個問題點。第一，時代不同。鑄錢是奈良時代的事，酒船石則是飛鳥時代的石造物。這是很大的矛盾。第二，現今的酒船石是從他處搬來此地，就算附近沒銅滓也是理所當然，但作爲石模的沉澱處並沒熔銅留下的燒灼痕跡，而且雕刻的痕跡還很完整，角

註——熔銅時出現的不純物質。

落都沒磨損。因此當時我幾經苦思，還是擱下這念頭。」

「很有意思的想法……」

「不，您的想法更有意思。您說的液體是指酒嗎？」

「是的，把酒倒入半圓形的沉澱處，順著溝槽流入圓形的沉澱處，再由站在巨石兩側的人們製作藥草，摻入其中，製造藥酒，這是我的想法。」

「我對您的構想很感興趣。比我的製作銅錠說更有可能性。」

「會嗎？」

「您不受既有概念束縛，做了各種假設……」

海津信六望向時鐘。通子急忙從坐墊上起身。

「真的很抱歉，不能再繼續和您慢慢聊了。」

海津雙手撐在和室桌上，恭敬地行了一禮。

「不，哪兒的話。蒙您多方賜教，我才要謝謝您。」

通子向他道謝後，海津起身說：「那我送您到坐公車的地方吧。」

「您不必如此費心。」

「不，只是順路，我正好有事去那裡一趟。」

「忘了說一件事。」到馬路後，與通子並肩而行的海津信六開口。「剛才我提到香久山，亦即《日本書紀》裡提到的香山，是帶宗教色彩的山。我想過這名稱可能源於天山。」

海津緩步而行。通子配合他的腳步。路上沒行人，一隻狗在附近遊蕩。

「這話怎麼說？」

「爲《漢書》注釋的顏師古認爲天山是西域祁連山，但此事暫且不提，天山靠近東邊中國，西邊的高山則稱白山。土耳其系的匈奴稱之爲白山的理由，就像我之前說的那樣，而白山後來成了朝鮮與滿洲邊界的長白山和白頭山，也就是天山。這是否爲受匈奴影響的蒙古通古斯族——高句麗所命名，同樣不得而知。朝鮮自古都稱白山爲妙香山，聽說也稱長白山南端爲香山。」

「香山……」

「沒錯。與大和的香山同名。我是在京大歷史系《史林》的一九二二年號中，看到提及朝鮮香山的文章。聽說朝鮮的古書中寫道，香山有許多香木，冬天一樣滿山青翠。」

「……」

「《古事記》中提到天香山的朱櫻、眞賢木、小竹葉等植物名，它們與芳香是否有關姑且不論，與朝鮮的香山倒是有趣的吻合。就如同您想像的，對酒船石與藥酒的關係也具暗示性。」

「不，我還沒想到那個層面。」

「就算只在想像階段也就夠了。說到想像，中國都是向天山或白山尋求佛教須彌山的意象，但須彌山也叫妙高山、妙香山。只要拿掉妙這個美稱，則成了香山。」

兩人順著寺院圍牆轉彎，沿老房子的圍牆而行。公車行經的大路側面出現在兩面圍牆中。與一名中年女子擦身而過時，海津信六行一禮。海津恭敬地低頭行禮，那名住附近的女子以很感興趣的眼神瞄向他身旁的通子。儘管從海津身旁走過，仍轉頭來看個不停。到府道走過馬路後，兩人在一條院郵局前的公車站牌駐足。頻頻有卡車飛馳而過，但沒看到公車。

通子要從和泉府中車站搭車，所以望向東邊公車駛來的方向，但海津卻反向望著和泉府中車站的方向。他很在意那邊駛來的公車，也許認識的人會搭那班公車。看來他送通子上車，順便迎接那名友人。

通子想起海津向前面屋子那名婦人吩咐對方「一個小時後再來」的事。如果他在公車站牌等訪客，那這位訪客便是先前到前面屋子要拜訪海津的人。當時因爲通子在場，海津要婦人轉告對方一個小時後再來。這段時間，那名客人也許到其他地方打發時間再搭公車到這裡。通子要搭乘的公車一旦到來，就勢必得和海津道別不可。

要把話問清楚，只能趁現在。

「不知道問這種事恰不恰當。」通子向海津啓齒。

「什麼事？」海津轉頭望通子。

「我要問的不是別的，聽說海津先生您在醫院時，說過assassin這個字。這是大仙洞老闆說的，您這麼說，有什麼特別的含意嗎？」

「大仙洞老闆眞這樣說過？」海津皺起眉。

「這件事我有點在意。」

「是這樣的。我不記得自己和誰結怨，卻遭人刺傷。聽院方的人說，我才知道襲擊我的是吸食稀釋劑的年輕人。他是因幻覺殺人，我才不自覺脫口說出assassin。一半是我自己胡言亂語。因爲當時我才被送往醫院不久，意識還很模糊。」

大致都和通子想像的一樣。

「因爲我很在意這件事，所以到書店翻閱字典。得知assassin這個字源於阿拉伯語。」

「沒錯。這個字源於伊斯蘭教徒吸食毒品後殺人的行爲，不過毒品是由波斯傳來。」

不論是府道的西邊還是東邊，都沒看到公車的影子。

「波斯人從什麼時開始吸毒？」通子與海津繼續剛才的話題。

「在波斯被伊斯蘭教徒征服之前的薩桑王朝（Sassanid），以及更之前的阿契美尼德王朝（Achaemenid Empire）。古波斯人都會服用從麻或從麻的果實中提煉的藥物。」

「哪種藥物？」

「印度大麻。」

「波斯人也會服用大麻進行暗殺嗎？」

「沒錯。聽說拜火教徒會暗殺反對派。後來的暗殺者是伊斯蘭教徒。波斯人將大麻傳給阿拉伯人，他們被陶醉感和幻覺誘惑，在如夢似幻的狀態下殺人。阿拉伯語的hashish，原本是草或乾草的意思，但我在某篇論文上看過，它後來成了印度大麻製成的毒品名稱。」

「哦，這樣啊。」

印度大麻的hashish演變成assassin，又變成英語assassination（暗殺），一如字典所寫。

「古代波斯製造的麻醉藥曾出現在拜火教的教典《波斯古經》裡，名班哈。拜火教傳入中國成爲祆教時，中國的波斯人（胡人）也用這種麻醉藥施展奇術。聽說中國稱這些胡人爲幻人。」

郵局的小巷走來一名拎著購物袋的女子，她與海津碰面時，向他問候「你好」，不斷打量通子。

「海津先生，您可有重拾以前學問的打算？」

雖有點冒犯，但通子非這麼問不可。她爲海津覺得可惜。

「沒想過。我遠離那個圈子太久了。在您的刺激下重溫往昔，好久沒這樣了。」

海津陰鬱的眼神帶著笑意。

「我覺得很可惜。您要不要再重新試試呢？」

「我上了年紀，而且學問都擱置這麼久，早忘光了，現在當個保險業務員還比較輕鬆。」

海津說完後，突然想到什麼似地望向通子。

「高須小姐，倒是您要不要考慮去伊朗一趟？」

「去伊朗？」

「伊朗的地方上應該還保有昔日宗教習慣，尤其是伊朗高原中部到南部一帶的鄉村。或許會有新發現，可能對您的研究有幫助。」

一輛公車從西邊駛來。

13 CHAPTER — 第十三章

夜，東海道

從府道西邊駛來的公車不是通子的車。那白色車體一會被小客車及卡車超越，一會停在紅綠燈前，姍姍來遲。海津信六說他現在當保險業務員比較輕鬆，這句話聽在通子耳中帶有自嘲。

「聽說您擔任俳句社團的負責人。」通子將話題導往開朗的方向。

「不，我不知道大仙洞老闆說了什麼，不過那稱不上什麼社團。就是一些同好聚在一起切磋罷了。」海津以稱不上開朗的聲音和陰鬱的表情回答。

「您負責指導團體成員對吧？」

她想起先前在海津家時，一名來訪的男子從門外稱海津「老師」。

「稱不上指導，我年紀較大，比大家都早從事俳句創作，在一旁幫幫他們而已。」

「想必是很愉快的團體吧？」

「是啊。各地都有我們的同好。有人找我去參加俳句會，我就到京都或奈良的鄉間。大仙洞老闆也是同好的一員。」

「這樣很好啊。」

通子說，但還是覺得遺憾。她很希望海津重回歷史學界。但海津說他學問擱置多年。也許將重心改成了俳句，但通子總覺得那是他一時心血來潮。

爲什麼他年輕時會捨棄學問？

他說自己當過地方上的國中老師，是這項經歷阻礙了他嗎？在學術界，有時會將這種學歷的人拒於門外。但也有人只有舊制中學畢業的文憑，卻成國立大學的教授，成爲專業領域的權威。身處民間，與學術界抗衡的優秀學者也不在少數。也許海津沒這樣的鬥志與熱情。

海津信六的模樣確實看不出那樣的氣勢。給人平淡的印象，眼神帶冰冷的暗影。待在他家中時，從他的肩膀和背後感到一絲孤獨，此刻站在身旁，從花白的頭髮和皺紋深邃的側臉，同樣傳來那份孤寂。

公車停在面前，下車的乘客中出現一位頭戴帽緣寬大的綠帽，身穿綠色洋裝的年輕女子，海津的臉上表情有了改變，眼神突然一亮，靜靜注視對方。那名女子拎著雪白的波士頓包，踩著輕快步伐，從公車階梯走向地面。海津一映入她視線中，她旋即呆立原地。

「啊。」戴著寬緣帽的妙齡女子，臉微微上抬，走向站立原地的海津面前。「您來這裡接我啊？」

那是帶有活力的清晰嗓音。在帽緣的陰影下，她鼻子上方略顯陰暗，還有一對烏黑大眼。太陽照射下的白皙下巴尖細，一對柔嫩的朱脣微張，露出健康的貝齒。

「算是吧。我猜妳會搭這班公車，就來了。」

海津以輕細低沉的聲音說。在通子面前，他略顯難爲情，眼睛瞇成一道細線。

「您託人告訴我一個小時後再來，我在街上喝茶，看準時間才來。」

她的衣服顏色是綠色當中最亮的翡翠綠，宛如全身冒出翠綠的新葉。女子略帶顧忌地望向海津身旁的通子。

「她是我外甥女，叫俱子。俱是與日俱進的俱。」海津向通子介紹。「俱子。這位是高須通子小姐，是T大歷史系的助教。」

「啊，」俱子露出驚呼的嘴形。「不就是舅舅您受傷時捐血給您的那位恩人……」

她帽子底下的雙目圓睜，緊盯著通子。

「沒錯，就是這位。」

俱子伸手按住帽緣，向通子行了一禮。

「我聽舅舅提過。非常感謝您當時的相助。」她的道謝口吻略嫌生澀。

「哪裡。您舅舅身體康復，您應該也放心不少。」

通子不知道海津有這麼一位外甥女。她年紀輕，身形仍留女孩的稚氣。

「聽說舅舅夜裡被一名莽漢刺傷，蹲在馬路旁，當時發現他、打電話叫救護車的人是高須小姐您。舅舅說您是他的救命恩人。眞的很感謝。」

俱子深深一鞠躬。

「任誰看到有人受傷都會這樣做。您這樣說反而令我不知如何是好。」

「不過，隔天您還到醫院捐血。眞是好心腸。」

「請別這麼說。我沒您說的那麼好。」通子急忙望向海津，「沒想到您有一位這麼漂亮的外甥女。」

「她現在就讀K大學的法文系四年級。」

海津對通子說。這所大學雖是私立，卻是一流學府。

「哦，這樣啊。這麼說來，您住東京嘍？」

通子來回望著海津與俱子。

「是的，因爲她住學校宿舍……」

也許是自己想多，通子覺得海津的回答有些生硬。既然她住宿舍，那她父母似乎不是東京人，而聽海津的口吻也像在防備她提出這樣的問題。

「您專程前來看您舅舅，我叨擾那麼久，眞是不應該。」通子對俱子說。

「不，哪兒的話。是我自己不對，沒先說一聲就自己跑來。」俱子雙手貼在臉上。

「這孩子老是突然自己跑來。」海津補上這麼一句。他看起來沒任何不悅，嘴角始終掛著淺淺的微笑。

通子這才明白怎麼回事。俱子先前曾到海津房東家的主屋，那位婦人告訴她海津有訪客，接著婦人問海津，告知俱子什麼時候來才方便。

「既然是這樣，當時俱子小姐要是也能一起聊，一定很愉快。」通子望著海津。

「不不不，她要是在的話就聊不起來了。她不是在一旁聒噪礙事，就是嫌話題無趣而頻打哈欠。」

「沒錯。如果是聊俳句，那我舉手投降。」

俱子如此應道，令通子頗感訝異。從她的話中可明白，與其說是俱子誤會她的意思，不如說是海津平時鮮少談歷史話題。海津說他的學問擱置多年，現在通子有了更眞切的感受。聽到俱子的回答，海津難得朗聲大笑。

「高須小姐，您要回去了嗎？舅舅，您怎麼不慰留人家呢？」俱子露出責怪的眼神。

「我也想啊，但我今晚突然有事要辦，分身乏術。對高須小姐很是抱歉。」今晚突然有事要辦，這句話肯定是剛才有人向他通報的喪事。

「不，是我不對，打擾您這麼久。我今天也得趕回東京不可。」

通子語畢，俱子藏在帽子底下的雙眼緊盯著她。

「眞遺憾。要是您能再多待一會兒就好了。」

「現在幾點了？」海津問俱子。聽完她的回答，海津一臉遺憾地說：「要是能再多點時間的話就能一起到堺共進晚餐，眞可惜。」

「舅舅，就這麼辦吧。否則對高須小姐太過意不去了。」俱子走向海津說。

「可是……」

「俱子小姐，您這麼替我費心，我很高興，不過我想搭八點左右從新大阪開往東京的列車。」

通子向海津信六的外甥女道。

「眞不想就這樣讓您走。」俱子望著舅舅。

「謝謝您。不過，再待下去我就回不了東京了……我會改天再來拜訪。」

「不，」海津搶先回答。「下次我主動到東京向高須小姐道謝，俱子妳也從宿舍來跟我會合吧。」

「哦。」俱子似乎也不再堅持。「說話算話哦，舅舅。」她叮囑，朝通子嫣然一笑。

公車終於從府道東邊駛近。

「高須小姐。」海津望著公車，「今天真的很抱歉。日後我要是想到什麼會再寫信給您。雖然幫不了您什麼忙。」

「哪兒的話。今天與您談過，我受益良多。如果還能蒙您來信賜教，實在感激不盡。」通子由衷道謝。

「我的想法太過老舊，幫不了您的忙，不過我還是建議您有空到伊朗走一趟。」

「我會考慮。」通子頷首。

「伊朗？」一旁的俱子發出驚呼。「您要去伊朗？」

「還不知道。」通子回以一笑。

「我明年春天要去法國留學。要是能和高須小姐一起去德黑蘭玩一定很棒。」俱子接著說。

「啊，您要去法國留學？」

「是的。我一直央求舅舅答應，最後他終於讓我實現願望。」

「會去很久嗎？」

「要去三年。」倶子像在宣誓般朝她舅舅望一眼。海津信六黑影般的臉龐帶一抹既像欣喜又像拿她沒轍的表情。

公車在三人面前停下。

通子搭上十九點四十分由新大阪發車的新幹線列車。自由席只剩少許空位。她拿出記事本，記下海津信六的話。那是充滿提示的內容。是否直接採納姑且不論，至少帶來許多啓發。

年輕時，我也想過這種夢幻般的問題，不過我揮別這個世界很久了。海津信六的聲音縈繞耳畔。年輕時，我當過鄉下國中的教師，教歷史。因為這樣產生興趣，也僅止於此。

他始終沒說明自己當時爲何放棄。

「《日本書紀》的『狂心渠』是虛構的嗎？是《日本書紀》的編述者基於某個原因，為了批判齊明天皇，而將當時傳入日本的隋煬帝開鑿運河的故事套用在齊明天皇身上，將她塑造成異想天開、好興工事的狂人嗎？《日本書紀》裡的『時好興事』這段話，是借用《文選．西都賦》李善注本裡的文句，為齊明帝添加了好興工事的性格。石上並非田村所說的イシカミ（ISHIKAMI），而是イソノカミ（ISONOKAMI）。《日本書紀》不過是藉由運河將當時著名的石上與香山這兩處『名勝』連結在一起，證明就在《日本書紀》裡提到的『自香山西，至石上山』，是直接引用《史記．河渠書》裡『自中山西邸瓠口為渠』的文句。從中可明白此乃虛構。之所以批判齊明帝，是因為她信奉異教（祆教）嗎？」

寫到這裡，通子的腦中浮現一名男子叫喚「老師」的聲音。就在她與海津交談的時候。

「老師，您有客人嗎？」「是啊，正在談事情……今晚八點左右，我會到對方家中去。」「這樣啊。有勞您了。因為明天晚上會守靈。」「我明白了。一切有勞你了。」「是，我知道。那我先走了。」

——他們低聲交談。

在安福寺的坡路下看到救護車駛來。聽說有位盜墓者潛入橫穴古墳而被崩塌的天花板活活壓死。一名男子走下計程車，跟救護車駕駛說了話，此人與大仙洞老闆長得很相似。他算是海津信六的俳句學生。通子停下原子筆，望向窗外。山崎一帶的山谷燈火在幽暗的玻璃窗外閃動。

盜墓人之死、大仙洞、向海津信六通報的某人訃音。

通子搖搖頭。眞是愚蠢的聯想，根本無從證明那人就是大仙洞的老闆。訃音也只是碰巧，死者一定另有其人。可是……先前拜訪海津信六時，他正好外出。明明事前在信中告知拜訪的時間，他卻還因「急事」外出……不過通子還是將那不好的聯想從腦中揮除。

通過京都車站，大津的夜景流過眼前。映照著湖畔船隻燈火。

「波斯人於八世紀前半居住奈良。李密翳、鑑真來日本時也有波斯人同行。中國的官名為薩寶或薩保。奈良的佐保便源於薩保，光明皇后的住居遺跡為法華寺。法華寺所在的佐保一帶曾有波斯人居住嗎？齊明與光明的名字，如果都受到祆教影響，與波斯人居住奈良或許有宗教上的關係……」

海津信六低聲說話的陰鬱神情浮現腦中。

爲什麼他的表情如此陰鬱？他站著背對通子時，一股悲涼的寂寥緊黏著他。雖然跟光線有關，但端坐在和室桌前的海津，他的單邊臉頰始終帶濃濃暗影。

他沒妻兒，自然顯得孤獨，但他似乎年過半百都不曾有自己的家庭，應該早習慣孤獨才對。因爲在鄉下當保險業務員，處於這種無趣的生活環境，造就海津信六擁有這種陰沉個性嗎？

此時通過某個車站，站內的燈光亮了幾秒。光線射入通子腦中，照亮海津信六身旁的俱子身影。明亮的綠色帽子與連身洋裝青春洋溢。她朝公車車窗揮手，露出亮白的皓齒，笑得燦爛。寬緣帽底下露出一半的臉，呈現小巧輪廓，身材和雙腿都纖細修長。陽光照向海津信六，他半白頭髮下的臉龐因初夏陽光而清楚蒙上陰影。那是五官深邃的臉，皺紋平添了幾許憂鬱苦澀。不過與他用力揮手的外甥女站在一起，他還是掛著幸福微笑。似乎只有這位外甥女能爲他點亮光明。

我明年春天要去法國留學。我一直央求舅舅答應。要去三年。耳畔響起俱子開朗的聲音。她舅舅似乎要出這筆留學費。身爲壽險業務員的海津信六好像有這筆財力。通子聽人提過，簽訂保險契約能收回扣，業績好的人有高收入。海津又是單身，應該存不少錢。

俱子去法國的留學費並非全由她舅舅負擔，她父母當然會出錢。俱子的父母住在哪裡，父親又是什麼職業？俱子住學校宿舍，她父母似乎不住東京。海津信六對此什麼也沒說。

高須小姐要去伊朗，我也好想和您一起去德黑蘭。俱子精力充沛的聲音在耳畔響起。窗外是關原一帶連綿的黝黑山影。

伊朗——

列車抵達名古屋車站，月台時鐘指向八點四十六分。許多乘客下車，新的乘客旋即上車。坐進自由席的乘客神色匆忙。通子坐的三人座位中，靠走道的乘客下車了。靠窗座位的那名老者正低頭熟睡。

「請問這裡有人坐嗎？」

通子頭上傳來一個氣喘吁吁的男聲，還聽見行李碰撞聲。通子抬起臉來說聲「請」，與對方四目交接時，雙方都發出驚呼。

留著鬍鬚的坂根要助瞠目呆立原地。

「高須小姐。」

「啊，坂根先生。」通子不禁微微起身。

「眞是太令我驚訝了。」坂根笑逐顏開。他肩上掛著連有皮繩的硬鋁製相機盒，手裡緊握三腳架。

「請坐。」通子幫坂根拿會妨礙他坐下的三腳架。

「謝謝。」坂根要助頻頻點頭答謝，坐向她身旁座位。他穿一件黃色毛衣，搭質地粗硬的胭脂色長褲，配色亮眼。他敞開雙腿，將相機盒塞進座位底下。「好像常遇到您呢。」突然相遇，坂根不知如何問候，臉色紅潤未消，兀自喘個不停。

「是啊。」巧合得令人奇怪。從第一次在飛鳥的酒船石相遇，接著在奈良高畑的古董店「寧樂堂」，然後是在縣政府前，這次則在新幹線列車內。如果說他是剛好找到通子隔壁的位置也未免太巧了。

「您忙完工作要返家是嗎？」

列車啓動，月台的燈光往後流洩。

「是的。我在熊野到南紀一帶拍照，花了三天。」坂根尋找口袋的香菸。

「眞是辛苦您了。」

「哪裡。」

「您這次一個人來？」通子沒看到那位編輯。

「是的，因爲出版社叫我一個人去。獨自行動比較自由，工作起來也比較順利。」

坂根劃下火柴，接著突然停止動作。「對了，當時眞是抱歉。」他像是突然想到似地說。他說的是奈良那件事。

「哪裡，我才要說抱歉。」

通子回應後，攝影師一直注視她。她的髮型和服裝都與奈良時截然不同。

「如果不是當面遇見，我差點就認不出您了。」坂根要助含蓄地吐出白煙。

「您是指我的打扮和當時不一樣是嗎？」通子嫣然一笑。

「沒錯。就像換了個人……」

「在奈良時，我一時心血來潮才做那樣的裝扮。現在這才是我平時的模樣。我雖是兼職，但畢竟是高中老師。」

「這樣啊。」

「看您的表情，好像覺得很無趣呢？」

「沒這回事……」

「您在熊野有沒有找到不錯的模特兒？」

「您就別再損我了。那位愛強人所難的編輯這次沒和我同行。」

「那位《文化領域》的副主編怎麼稱呼？」

「他姓福原，是好人，但一遇上工作的事就比較厚臉皮一些。」

一提到福原，坂根像是猛然想到什麼，一副有話想說的模樣，又沉默不語。通子倒也想到一件事，就是海津信六託她轉告的話。

「對了，差點忘了正事。海津先生吩咐我要是遇見您，要跟您問聲好。」

「海津先生？您是指那位住在和泉的海津信六先生？」坂根再度瞪大眼。

「……高須小姐，您見過海津先生了？」

「是的。剛和他見面。我今天早上才從東京過去，當天往返。」

坂根雙目圓睜，說不出話，看來頗感意外。

「海津先生狀況很好。他很謝謝您捐血給他。」

「我之前收到海津先生寄給我的感謝函……」坂根這才開口。

坂根回想他想以感謝函當藉口和高須通子說話，打電話到O高中與T大歷史系，但一直聯絡不到她，如今她就坐在身旁，套用一句老話，簡直像置身夢中。自從在奈良的書店前與她一別，兩人沒再見過面。

「這樣啊。海津先生痊癒啦。」坂根心不在焉地說道。

「是的，聽說是醫生勸阻他，他才沒到東京。」

「高須小姐，您爲什麼會去見海津先生呢？」坂根突然望著通子。

「海津先生看過我在雜誌刊登的論文後寫信給我，寫他的感想。我便登門拜訪。」

通子回答坂根的提問。列車駛過豐橋一帶，蒲郡附近的平坦原野一路往前綿延。

「您那篇雜誌上的論文，我也拜讀過。是叫《史脈》的專業雜誌，標題爲〈飛鳥石造遺物試論〉對吧？」

坂根說出腦中的記憶。

「您也看那種雜誌？」

「是《文化領域》的福原先生告訴我的。他任職於出版社，發現得早。我看過後才明白原來高須小姐是爲了寫這篇論文才去參觀酒船石。」

「您看過之後有何感想？」

「您是指論文嗎？福原先生和我都看得一知半解，不太明白。」

坂根搔著他一頭長髮的腦袋，回以一笑。通子也跟著微笑。

「奈良那家古董店，對了，叫寧樂堂對吧？在那裡，我們聽您對東京美術館的佐田先生說，您攀登多武峰、參觀名叫益田岩船的巨石，看過您的論文後，明白您果然不單是去登山健行。」

「一半是眞的想健行。」

「不，我不喜歡佐田先生，但他確實是專家。高須小姐您走出店門後，佐田先生頻頻側頭尋思，說您爲何會在那種地方遊蕩，會是想寫巨石相關的論文嗎。另一個人也說，您神祕莫測，是位才女，很可能這麼做。」

「才女是嗎？」通子臉色一沉。

「抱歉。要是我的話冒犯了您，那我可就過意不去。」坂根急忙說道。

「蒙人稱我爲才女，是我的光榮。」

「傷腦筋。」坂根搔著頭，對自己說了不該說的話後悔。意外與她相遇，因此高興過頭，他對此深切反省。

「我沒放在心上。人們總背地裡對我說東道西。」

「對不起。」

坂根從佐田聽來的事不止這些。佐田還批評她研究室的教授和副教授都很無能，比不上通子。但爲了謹愼起見，坂根閉口不談。

「關於海津信六先生……」停頓一會，坂根要助開口。不是要改變話題，他想聽高須通子親口回答。「剛才您提到他對您的論文發表感想，他的感想很特別嗎？」

「非常特別。老實說，我很驚訝。我聽說他是一位保險業務員。」

通子當時的驚訝，此時全顯現在臉上。

「哦，這樣啊。」坂根在心裡暗自點頭。

關於海津信六，坂根聽福原提及東京美術館研究委員佐田說的話，但剛才脫口「才女」的事讓他學到教訓，他不敢貿然提及佐田說的那番話。不過，高須通子看完海津的讀後感想後頗爲驚訝，可見佐田那番話並非虛言，坂根突然興趣濃厚。關於海津信六，他很多話想對通子說。

「您爲了聽海津先生多說一些而專程到大阪去是嗎？」坂根決定先多方打聽。

「沒錯。光靠通信的話，我實在等不及。」

「想必很吸引人吧。因爲那是海津先生的感想，還把您引到大阪去了。」

「這趟大阪之旅算不虛此行，不，應該說收穫超乎預期。海津先生的專業知識深厚。和他聊過後更令我驚爲天人，遠出乎我意料之外。」

「哦。」

「我不是一直以爲他是保險業務員嗎？他的確是。我到他家拜訪時，他家門前掛著壽險的看板。」

「哦。那他眞是像報上刊登的那樣，是沒有家人的單身漢嗎？」

「沒錯。他一個人獨居。」這時，通子突然垂眼望向地面。

「既然海津先生能讓您如此驚訝，想必他一定學問淵博吧？」

「這我也不清楚。不過，之前沒有任何一位專家提出像海津先生那樣的見解。他的見解令我望塵莫及……海津先生說，他以前便拋棄學問，現在全忘光了，也不清楚現在的研究進展到什麼程度。他到底是何方神聖呢？」

坂根感到無比好奇。列車駛進濱名湖的鐵橋。湖水映照著弁天島的料理店和旅館燈光。

「我從福原先生聽到一些關於海津信六先生的傳聞。」

坂根等鐵橋發出的噪音平息後才說。現在輪他上場了。

「福原先生爲什麼知道他的事？」通子以爲又是依編輯個人感覺得來的消息。

「不，福原先生只是轉述東京美術館的佐田先生說的話。」

關於海津，佐田究竟說些什麼？通子也不喜歡佐田久男，但佐田年紀較長，知道許多學界的事及陳年舊事。他的立場就像位居舞台幕後，一些連當事人都不知道的小道消息，他都知之甚詳。

「聽說海津先生年輕時當過山崎嚴明教授的助教。」坂根道出此事。

「咦，山崎博士？」通子一愣。

對她來說，山崎嚴明這位學者是如同神話般偉大的大前輩。十幾年前亡故，但他的著作通子幾乎拜讀過。如今雖然成爲古典著作，但堪稱創立日本古代史近代研究方法基礎的其中一人。同時也是當時T大歷史系的系主任。

「聽說當時的副教授是垂水寬人博士。」

垂水博士繼山崎博士之後擔任歷史系的主任教授及文學院院長。他不如山崎博士那般涉獵廣泛，但在自己負責的專業領域上深入研究，成爲箇中權威。如今退位，獲得榮譽教授的稱號。對於他的學問，通子當然也有批評，但確實是立下莫大功績的學者。他的後繼者便是現今的久保能之教授。這些通子都很清楚，但她不知道海津信六在山崎嚴明教授及垂水寬人副教授時代當過助教。這是她第一次聽聞。

「海津助教很優秀。他在時，連當時的垂水副教授、折原助教都黯然失色。」

「折原政雄老師？」

「應該是吧，我不是很清楚。」

「他是後來的副教授。聽說他身爲垂水老師的後繼者，是最有實力的學者，可惜因病驟逝。」

「這樣啊。總之，聽佐田先生說，在海津先生面前，這兩位都爲之失色。」

濱松町的燈光從窗外飛逝。

「我就多說一點福原先生從佐田先生那裡聽來的事。」坂根接著道。「之前在岡山縣津山中學擔任歷史老師的海津先生常寄論文和報告給山崎教授，山崎教授都一一細讀，對他很賞識，因而找他當助教。這是山崎教授的個人決定。不過海津助教的論文有點與眾不同，他說的全是人們意想不到的事，雖然主觀，但又逼近眞理。關於這方面，福原先生和我都沒相關知識，只能相信佐田先生了。」

通子也在心裡暗自點頭，海津確實如此。

「詳情我也不是很清楚，不過二十年前，這位海津助教突然辭去大學工作，下落不明。不，也許三十年了吧，總之，那是年代久遠的事。」

「我完全不知道。」通子作夢似地說。

「現在大部分年輕學者都沒聽過海津信六這個名字。我猜，一種可能是這位天才型年輕學徒樹大招風，引人怨妒，後來山崎嚴明教授過世，他失去有力後盾，令自己陷入尷尬的窘境。」

「海津先生因爲山崎老師過世，加上周遭人的壓力才被迫離開T大嗎？」

「福原先生也問過佐田先生這個問題。聽他的回答，好像不全然是這樣。」

「也對。如果是這個原因，海津先生就算沒待在T大也會在其他地方繼續做學問。因爲不少學者儘管被逐出大學，在民間仍舊成爲很偉大的學者。」

「沒錯。」坂根下巴往內收。「不過，海津先生後來不僅離開大學，連住哪也沒人知道。因為他徹底隱性埋名，不惜捨棄學問，所以事情不單純。之後過了二、三十年，他的大名被人遺忘。這時，因為奈良的吸毒者殺人事件，海津信六先生以被害人的身分登上報紙，知道這段過往的佐田先生才猛然發覺此事。」

昏暗的田野從窗外流逝。

「他看到報紙刊登那篇報導才得知海津先生的消息，完全沒想到海津先生會在大阪府的鄉間小鎮擔任壽險業務員，佐田先生既吃驚又訝異，同時對這久違的名字深感懷念，可說感慨萬千。他還說這就像遇見幽靈。」

相機配件盒因列車搖晃而從座位底下露出，坂根用腳把它推回原位。

「然後呢……」通子充滿期待。「海津先生捨棄學問的原因是什麼？」

——而且學問都擱置這麼久，早忘光了。海津信六自嘲的陰鬱表情浮現腦海。

「關於這件事，佐田先生沒說。福原先生也很感興趣，一直追問，可是……」坂根視線移向一旁，望向遠處山腰晃動的燈火。聽他提到「那是個令人難以啓齒的回答」，通子也陷入沉默地望著燈火。

「啊，對了，高須小姐……」

坂根想到了什麼，突然蹲下身，從座位底下取出配件盒打開蓋子。裡頭裝了三、四台相機。附屬配件也雜亂地塞在裡頭。通子正納悶他要做什麼時，他取出插在蓋子裡的薄紙袋。坂根從紙袋裡取出一本小冊子。附上照片的封面印有「造訪熊野」這行字。

「這是我去熊野本宮參拜的紀念品……」

坂根打開小冊子，將夾在裡頭的木版刷印和紙遞給通子。黑色的木版畫面聚滿無數烏鴉，各自構成文字的形體。

「這是熊野的牛王護身符。送您一個吧。」

只有眼睛呈現白點的數十隻黑烏鴉，有的相對，有的顛倒，呈縱向、橫向排列，以飛翔之姿拼成「熊野山寶印」的字形。

「謝謝您。這是烏文字對吧。」

「您知道啊？那裡的神宮圖案全是烏鴉。熊野牛王是以烏鴉當圖騰嗎？」坂根問。

「不知道。應該是吧。」

「我因爲工作常四處旅行，會收集這種神宮的神符或護身符。」坂根望著通子將熊野本宮的「烏文字」護身符折好夾進書本。一副忘了海津信六的表情。

「……神社有各式各樣的動物，但烏鴉相當罕見。大都是狐、牛、馬、蛇，這些全是圖騰嗎？」

「我不太清楚。」通子無奈地應道。

「不過，狼或蛇的歷史比較悠久。」

「沒錯，有野狼圖案的護身符。武藏的御嶽神社、秩父的三峰神社、甲斐的金櫻神社就是這樣。聽說狼能與大神溝通，古時被視爲神明，是這樣嗎？」

「《風土記》裡提到大口眞神原（註一）一詞，在遠古時代應是這樣沒錯。」

「眞神原是在飛鳥寺一帶嗎？」

「據說是這樣。」

「我去過出雲的日御碕神社取得護身符，那座神社號稱祭拜龍神，但模樣不是龍，是蛇盤繞的圖案。出雲的神明也以蛇爲圖騰嗎？就我所知，是兔子或鱷魚。」

「您應該知道三輪山傳說吧。出雲的神明也許是以蛇爲圖騰。」

「原來如此。聽您這麼一說，我就明白海岸的日御碕神社護身符爲何會有蛇的圖案了。」

坂根似乎在轉移話題。

「這麼說來，熊野本宮也算是出雲體系的神明，所以可以將蛇視爲他們的圖騰對吧？或是熊。」

「熊？」

「這是我聽來的，《古事記》的序文提到，神武天皇的大軍進入熊野時，有熊從山路上走過，士兵紛紛虛脫無力，倒地不起，是嗎？」

「您是指化熊出川那篇文章嗎？那不是《古事記》的正文，是出自太安萬侶（註二）呈給天皇的上表文。這部分有些爭議。」

「這樣啊。這麼說來，熊野本宮的烏鴉，是源自神武天皇八咫烏（註三）的故事吧？」

「應該是相反。也許是先有烏鴉信仰的故事，《古事記》才創造八咫烏。」

「原來如此。不過烏鴉的圖騰還眞少見。」

海津信六的事已經不知被拋到哪了。車子早過了靜岡。乘客泰半都入睡。

「對了，高須小姐。」坂根沉默片刻，像在窺望通子的表情般再開口。「在奈良的醫院，我們不是遇見自稱是海津先生俳句弟子的那位京都普茶料理店老闆嗎？那家店名叫大仙洞，他姓村岡。」

「我記得。」

坂根改變話題。不過這次的話題和海津信六有關。先前的話題沒再繼續。

「還有，當我們準備離去時，有名中年女子像在等我說完話般、一直站在大仙洞老闆身後，妳記得嗎？」

「這我也記得。當時我坐在候診室的椅子上遠遠看到她，是很漂亮的女士。」

那名女士神色匆忙地到海津病房，大仙洞老闆也中斷和坂根的談話，恭敬接待那名女士。從當時推測，應該是那名女士從報導事件的報上得知海津遇襲，急忙趕往醫院，正好遇見人在候診室的熟識村岡，因而詢問海津病況。

註一—大口眞神指的即是狼。

註二—《古事記》的編纂者。

註三—日本神話中，神武天皇東征時從熊野到大和爲神武天皇帶路的烏鴉。

「那名女士是中年，將近五十。我原本猜她可能和大仙洞老闆一樣都是海津先生的俳句弟子。」

「雖然不該妄自揣測，但聽說海津先生沒家人，我們猜是他弟子擔心他的安危趕來。」

女士在海津信六一條院的家中與他談話的模樣清楚浮現在通子的想像中。不過，這份想像現在逐漸轉成另一番不同樣貌。自從見過海津的外甥女俱子，她猜想那名女士可能是俱子母親，也就是海津的妹妹。話說回來，那名女士可能是海津的親妹妹，或者是弟妹，眞相目前還不清楚。（註）」

「高須小姐，我後來又遇見那位漂亮的女士。」

「咦？」一如預期，通子瞪大眼。「在哪裡？」

坂根馬上有些怯縮。「我因爲工作的關係到鎌倉一位畫家的家中。您應該也知道那位畫家，是叫鷲見晴二的西洋畫大師。」

「他很有名，我聽過他的大名。」

「我在畫家的接待室替他拍照時，那名女士突然出現。我嚇了一跳。」

清水附近的工業區在來自底部的照明下於黑暗中浮現幽白形體。

「見到鷲見大師的夫人，我開口向她問候。」坂根說。「……可是夫人臉上完全沒流露見過我的表情。與我同行的編輯不是福原先生，是另一家出版社的人，他與大師談話時，我從各個角度拍攝大師，當時夫人拿水果招待我們，她當然也看到我的臉。但她一副完全不認識的模樣。我還以爲自己認錯人了。但她與當時那名女士實在長得太像，而且愈看愈像，可是夫人對我很陌生，不像刻意裝不認識，態度很自然。我因爲工作的緣故很會記人長相，但夫人的模樣令我半信半疑。」

通子心想，坂根若沒看錯，她剛才的推測可能就不是這麼回事了。若如他所言，先前在醫院遇見年近五旬的女士，恐怕不是倶子的母親。海津信六的妹妹不可能是鷲見大師的妻子。大師當然也不可能是海津的弟弟。坂根似乎還有令人感興趣的後續發展，通子以眼神催促他往下說。

「我在不冒犯的原則下若無其事窺望夫人。這時，夫人突然向大師提及一件事。她說……我姐姐昨天早上從羽田搭機前往伊斯坦堡了。」

坂根像要傳達當時的語感般突然冒出這麼一句話來。

「……」

「夫人同樣一句話還重複兩次。大師一臉驚訝。夫人第二次這樣說時，大師很驚訝，回了一句，不用問我也知道，昨天我也去羽田替她送行啊。大師臉上的表情寫著，這麼清楚的事何必刻意提呢。」坂根這時微微湊向通子。「高須小姐，夫人兩度說同樣的話，您知道她用意何在嗎？」

「不知道。」

註——前文提到倶子是海津的「外甥女」，但在日文中，姪子、姪女、外甥、外甥女都一律用漢字「姪」，無從區分。

「我一開始也不知道，後來恍然大悟。想必是夫人見我一直盯著她瞧，察覺我可能把她誤認成她姐姐。她與我初次見面，不好出言糾正，所以馬上想到姐姐去伊斯坦堡的事，故意說姐姐搭機前往伊斯坦堡，暗中提醒我認錯人了。」

列車駛入隧道。隆隆聲迴響良久。通子聽坂根這麼說，心想，鷲見大師的夫人眞機伶。可能她們姐妹長得像，常被人認錯。夫人見板根一直盯著她，似乎有話想說，於是她直覺又是認錯人，靈機一動地對大師說姐姐搭機前往伊斯坦堡的事，便可間接糾正初次見面的人心中的誤會。

這時出現三種想法。夫人的姐姐就算與前來奈良醫院探病的年近五旬的漂亮女士長得很相似，終究也只是長得像，完全沒任何淵源。若是這樣，那就不在疑問範圍。但倘若那名女士是夫人的姐姐又是怎樣的情形呢？她當時的模樣確實像從報上得知海津信六負傷的消息而趕赴醫院，而且不是一般探望，神情宛如親人一般無比憂心，甚至沒帶慰問禮前來，更給人這種感覺。

當時通子和坂根說過，那名女士也許是海津信六的俳句弟子。報導事件的是早報。那名女士當天中午趕往醫院，這麼一來，從她看完早報到抵達奈良的時間來考量，她可能家住關西，通子還記得坂根當時的推測。若眞是如此，她可能是海津的俳句弟子。今天海津說，他常被人找去參加同好的俳句會。如果是俳句弟子聽聞老師遇難而匆忙趕往病房探視，以那名女士當時的模樣看來，倒不會讓人不自然。尤其是女弟子，總比較情緒化。

即便鷲見夫人的姐姐是海津的俳句女弟子也沒什麼好大驚小怪。事實上，在醫院遇見的女士模樣無比認眞，就像親人一般，說是海津的妹妹也讓人信服。但若眞是如此，鷲見大師的夫人便是海津的二妹，這未免太突兀，儘管世上確實有這種不爲人知的親戚關係，但這種想法實在有點怪。

俱子說，她「央求」舅舅海津讓她去巴黎，指的當然是支付旅費和留學費。這麼說來，身爲知名畫家，家財萬貫的鷲見大師便算俱子的姨丈，她沒必要向擔任壽險業務員的窮海津「央求」。趕往醫院的那名女士若家住關西，便可明白俱子住東京宿舍的原因，但俱子說話沒關西腔，是一口道地的東京話。關西人就算說標準語，從音調還是分辨得出。

結束長長的隧道後，熱海熱鬧的萬家燈火陡然出現在右側。在先前的噪音下一直沉默不語的坂根，這時向通子問道：

「海津先生給您什麼樣的印象？」

過隧道時，他似乎在思索些什麼，茫然地抽菸。

「他這人很沉靜，有學者風範。不過看起來比實際年齡還老。」

一直閃躲話題核心，藉神社護身符來轉移話題的坂根開始提及海津信六放棄學者之路的原因。

「根據那篇新聞報導，海津先生好像五十八歲對吧。五十八歲還算年輕呢。」坂根想像著海津的老態。「如果他個性沉靜，看起來又比較老，那他應該不是個性開朗的人吧？」他語帶顧忌。

「這個嘛，可以這麼說。」

通子無從否認。她甚至想說海津是暗影相隨的人，但並非陰沉。也許是稍早和海津聊過學問的關係，如今細想，海津給人一種宛如微光的氣質，對通子來說是種救贖。他在微光中散發出不斷擴張的孤獨，可是這不是告訴別人就能馬上理解的事。

「我大致能明白。」

「嗯？」

「我就把福原先生從佐田先生那裡聽來的事全告訴您。」坂根望向昏暗橘子田裡的稀疏燈光，「海津信六先生辭去大學助教的工作，銷聲匿跡，聽說是感情問題。」

「感情問題……」

「我不清楚詳細內容。佐田先生並未對福原先生明說……不過，感情問題是我修飾後的說法。佐田先生對福原先生說，海津信六是因女人而落魄。」

「……」

「佐田先生還補上一句，說他真的很可惜。如果他成功，久保教授和板桓副教授這些平庸的學者就不必說了，就連垂水名譽教授恐怕也相形失色。」

通子腦中浮現海津信六白髮蒼蒼，皺紋深邃的臉龐，眉毛和嘴角都帶有苦澀的陰影。

「雖然我聽福原先生這麼說，但還是不太懂因女人而落魄的意思。」

小田原町的燈光劃過窗外。抵達東京車站後，坂根將沉重的硬鋁製相機配件盒扛至肩上，收好三腳架捧在手中，與通子走在月台上。從樓梯走向新幹線驗票口的路上，兩人擠在從同班列車走出的人群中，走出驗票口後，車站頓時空蕩許多。牆上時鐘顯示現在過十一點，要搭乘晚班夜間列車的團體大排長龍，或站或坐。

「高須小姐，您接下來去哪？」

「我住下北澤，接下來會搭中央線的電車回家。」

「那我就送您到中央線月台。我要去站前坐計程車。」

「不用了。您還拿著這麼重的行李。」

「這個嗎？平時都是這樣，早習慣了。」

坂根似乎很想和通子同行。兩人走在漫長的車站走道，前往一、二號月台的樓梯。

「雖然這樣的猜測不太恰當……」坂根將話題帶回海津信六，既然想和通子同行，這是非談不可的話題。「因爲女人——這是佐田先生的老式說法，因爲這樣落魄，教人很在意，這代表不是平常的男女戀愛。」

「佐田先生那種人說起話來總比較添油加醋吧？」

通子坦然接受這種說法，倘若海津「捨棄學問」的原因是戀愛，這段戀情肯定刻骨銘心。事實上，海津也確實離開學界，銷聲匿跡。誠如佐田所言，與「落魄」很相似。佐田對學界的陳年舊事知之甚詳，堪稱是「情報通」。

「如果海津先生是因爲戀愛而後半生失意，可眞教人同情。」

由於通子剛和海津見面，和坂根的言談間也帶有同情之意。

「我實在搞不懂。感覺就像海津先生是因爲戀情而被逐出學界。換句話說，他是被群起攻詰。否則佐田先生應該不會用落魄才對。」沿著樓梯走上一、二號月台時，坂根說。「到底是怎樣的一場戀愛？雖然這樣說有點輕浮，但我對那名女性很感興趣。對方應該還健在才對。」

坐上中央線電車前，通子沒再提那件事，僅對坂根說：「意外從名古屋便一直和您同行，眞的很愉快。蒙您一路送到這裡，非常感謝。」

電車駛出後，坂根要助仍落寞地站在月台上。

14 CHAPTER

第十四章

西教之火

通子想知道古伊朗的拜火教經何種路線傳到東方。這項西方宗教進入中國成爲祆教，假設對日本有影響，一定要找出從拜火教演變成祆教的過程。

六月邁入後半，天氣突然變得炎熱。她趁兼職的高中沒課的日子上國會圖書館，就算有課，她也會找空檔。雖然還沒下定決心，但伊朗之旅隱然成形。鮮少年輕學者研究祆教。一九三五年之前發表的論文和著作中，祆教史研究幾乎出自重量級學者，他們大多都仙逝。根據通子翻閱的書籍和論文，伊朗拜火教經中亞進入後漢時期的中國，情形大致如下：

——古代伊朗波斯文明如果要以陸路東進中國和東南方的印度，得從阿富汗北部行經錫爾河和阿姆河上游中間地帶的帕米爾高原西北方——即是粟特地區；往南行，可入印度，往東則通過天山山脈與興都庫什山脈間的狹窄谿谷，進入廣大塔克拉瑪干沙漠的塔里木盆地，也就是東突厥斯坦，再連往中國。

粟特地區相當於伊朗、中國、印度間的三叉路，這處三叉路——費爾干納、撒馬爾罕、梅爾夫等地，若參照古雅利安人的歷史，會更明白典故。

關於雅利安人的原居住地，有人說在中亞、帕米爾高原、裡海，有人說在波羅的海沿岸或南俄羅斯，長期以來各國學者爭論不休，至今仍未有定論。不過亞洲雅利安族在西元前兩千年到一千五百年間，往西入侵肥沃的中東地區，往南入侵西北方的印度地區，成爲這些溼潤地帶的征服者，這點眾人都沒異議。能征服這些地區，最主要的因素是亞洲雅利安族具擅長騎馬射箭的軍事力；占領阿富汗與伊朗高原的是波斯雅利安族，另一方面，入侵西北印度的印度河中部流域並在那裡定居的是印度雅利安族，此外，北敘利亞的美坦尼人及小亞細亞（土耳其）的赫人（西臺人）也是西遷的雅利安族。

亞洲雅利安族就這樣從中亞的高原往三個方向發展，不久接受各地區文化和宗教的影響，和當地文化同化，成爲具地方特性的民族。亞洲雅利安人的共通信仰是崇拜天地，而這階段尚未跳脫原始泛靈信仰的範疇。

不過，進入中東地區的民族成中東民族；進入伊朗高原的民族，成波斯民族；遷往印度的民族，成印度民族。他們各自適應移居環境，廣受原住民的影響，語系系統逐漸與當地統一，接著成爲和彼此無關的異民族。

一同接納原住民信仰與其他文化，中東的雅利安族信奉當地信仰的巴比倫尼亞神祇；伊朗高原的雅利安族，擁有從太陽崇拜發展而來的拜火教；移居印度的雅利安族進入肥沃的農耕地帶成了農民，接納原住民流傳的拜牛信仰，再加上對雷雨神因陀羅的崇拜，信奉起以打破古代種姓制度婆羅門爲目的的新興宗教——佛教。

移居中東、伊朗、印度的雅利安族在地方長住，變成截然不同的民族，儘管他們的語言有關係，但彼此不知道祖先是同樣民族。例如在伊朗定居，成爲波斯民族的雅利安族，完全將同族的北方斯基泰游牧民族視爲異族、蠻族。一直到東方學興盛的十九世紀才推斷出他們起源同樣民族，之前三、四千年，他們及其他人萬萬沒想到伊朗人與伊度人出自同樣祖先。

雅利安族的分布不止如此，他們還進一步往西方入侵歐洲，成爲構成現今歐洲民族骨幹的歐洲雅利安族。目前學說指稱，歐洲雅利安族原本住俄羅斯或北歐，他們東進，翻越帕米爾高原，定居在中國西邊沙漠盆地的綠洲——東突厥斯坦地區，形成西域都市國家。從事游牧、農耕，同時利用中原黃河流域、中東、印度這三地中間的優勢地理，從事東西交易的中繼貿易業，繁盛一時，同時以武力攻打中國中原。

雅利安人爲何如此強大？一來是他們出身擅長騎馬射箭的游牧民族，二來是他們將中東地區的青銅器文化轉爲武器，製作青銅製的箭、槍、刀、劍、矛等新銳武器，駕著戰車馳騁，令四方鄰近的原住民屈服在武力下。西方的青銅器文化傳向東亞的黃河流域、蒙古——這是日後西方宗教傳入中國的路線：同時，新石器時代結束，彩陶文化亦從中東地區傳入中國。

用紅、白、黑等顏料畫上美麗紋樣的陶壺等陶器，技術起源西亞，這是定論。在西亞，彩陶和青銅器合併使用。彩陶在中亞、印度、中國等地，一路從西北的甘肅省、河南省、山西省往東北（滿州）延伸，遠達遼東半島前端。這樣來看，連接西亞、中亞、中國的交易路線，早在「絲路」之前就開創了「青銅器之路」、「彩陶之路」。

負責在古代東西交易路線上轉運的，是中亞粟特地區的伊朗雅利安族。相當於東、西、南三叉路的地方居民，將西方的青銅器文明轉至中國，使殷周的青銅器文明開花結果，轉運至南邊的西北印度，留下像摩亨佐達羅的青銅器文化遺跡，並從中國西境的甘肅省行經南邊的四川省、雲南省，爲中南半島帶來特殊的青銅器文明。

他們在現今撒馬爾罕和布哈拉的肥沃地區建立粟特國，稱粟特人。與其說它是伊朗雅利安系分出的民族，不如說是以中亞當根據地的伊朗人集團。他們從古就從事東西交易轉運的工作，擅長經商，貿易圈範圍遼闊。粟特人的商隊經天山南路和北路越過塔克拉瑪干沙漠進入中國，甚至與蒙古往來。帶著駱駝，走遍大江南北的粟特人，經商能力足以與搭船行遍地中海、紅海、印度洋，四處交易的古代中東的腓尼基人匹敵。粟特人的商業活動，其他民族無從效法，但政治上常受不同民族支配。大致來說，波斯興盛，他們興盛，波斯衰敗，他們一蹶不振，祖國和外在根據地間深有關連。

粟特人也出現在古波斯大流士大帝（阿契美尼德王朝）的石刻文上，中國史書將sogd音譯「粟特」（之後改為「大月氏國」）。他們不僅往來中國和蒙古，也常在通商處暫住或移居。布哈拉漢譯「安國」，撒馬爾罕漢為「康國」，日後前來的粟特人在中國稱「胡賈」（外國商人），「胡」泛指伊朗體系人種。

位於中亞三叉路上的粟特人，將商業和西方文化運往東方，也將西方宗教的拜火教、摩尼教、基督教（景教）傳入中國，也從南邊的印度傳入佛教。

——通子從書籍中的這段描述開始閱讀。

《後漢書》提到，後漢靈帝（在位一六八～一八八年）「好胡服、胡帳、胡床、胡坐、胡飯……京都貴戚皆競為之。」這裡的「胡」是中亞以西的伊朗民族。胡的風俗來自後漢，在中國視為一種先進文化。人們對西域的愛好，像明治時代對西洋的愛好、追求洋派一樣，三世紀以來在中國貴族間形成一股風潮。胡桃、胡麻、葫（大蒜）、胡豆、胡認等胡人栽種的植物和蔬菜，大多是伊朗生產的作物名稱（勞費爾（Berthold Laufer），《中國伊朗篇》）。中國人對胡風的愛好甚至融入飲食和生活，也從伊朗引進番石榴和葡萄，獅子和駝鳥的動物名也是。

負責轉運這些伊朗出口的是撒馬爾罕和布哈拉地區的伊朗人，亦即粟特人。因此雖然冠上「胡」字，但並非全是伊朗產物，其中也有轉運地生產的物品。「胡」文化既然受中國重視，西方和南方的異教傳入中國也是理所當然；佛教也由伊朗體系的粟特人帶來，人稱胡賈的這群粟特商人大都是佛教徒，爲了經商在中國停留或居住時，信奉的佛教自然被當作西域愛好而在貴族間流行，既然情勢如此，僧侶自然來到中國，展開傳教。因此，自古不太關心死後之事，追求長生不死的現世生活、講究現實的中國人被因果報應、輪迴轉世的宗教觀影響。

根據傳說，佛教於西元一世紀傳入中國，但西元三世紀後才出現證據。作爲轉運點的帕米爾高原留下些許佛教用語痕跡，起初被當作西域愛好之一。出於稀罕心理流行在貴族間的佛教，爲何突然在百姓間流傳呢？後漢末到三國時代的社會動盪是主要原因，人們渴望從宗教或教團得到救贖。不過，中國佛教初期，胡僧比印度僧還多，經文譯本主要依據粟特人的胡本而不是印度梵語的原典，佛教也摻雜中亞文化色彩。五世紀後，中國僧侶才前往印度，從梵語原典進行漢譯。（參照江上波夫、宮崎市定、羽田明等人的論文。）

——通子益發投入祆教相關書籍及論文的研讀工作。

古代波斯的拜火教於後漢末到三國時代傳入中國，改名「祆教」而流行，研究這段過程的日本學者包含石田幹之助、神田喜一郎、藤田豐八、羽田亨、桑原隲藏等。最近的亞洲歷史學者不再以中國西教當研究課題，讓人深感不可思議。

高須通子將所有論文看過一遍。祆教論文中，最重要的當屬石田幹之助博士（當時爲文學士）於一九二三年發表《史學雜誌》（第三十四卷第四號）的〈關於中國的拜火教〉。這算小論文，但在學界造成很大迴響。主要內容如下：

拜火教約莫於南北朝初期傳入中國，主要在黃河流域的華北地區。《魏書》的〈皇后列傳〉中提到，靈太后於孝明帝神龜二年（西元五一九年）登嵩山（洛陽附近），宣布各種淫祀禁令，唯獨「胡天神」不在禁令中。

「胡天神」的祭祀若解釋爲信奉拜火教，可視爲波斯的國教在北魏朝野間流傳。胡（波斯也就是伊朗）天神是拜火教至尊之神阿胡拉·馬茲達，人們相信這位光明之神是天神。北魏當時大開和西域諸國的交通，許多人從中亞、伊朗到國內，從《洛陽伽藍記》這本古書也可得知聚在北魏首都洛陽的西域商人眾多。就算佛教正流行，如此眾多伊朗體系的西域人在中國，當然會出現拜火教信仰。靈太后廢止各種淫祀，唯獨允許拜火教，也許是不得不爲的趨勢。

還有另一樣根據，一位從粟特的布哈拉（安國）地區移居涼州，自稱漢名爲安難陀的男子擔任拜火教徒的集團長「薩寶」。記載此事的唐朝《元和姓纂》提到「後魏安難陀至孫盤娑羅代居涼州為薩寶」，作爲安國出身者自稱安姓的實例。薩寶是唐朝時管理領地內拜火教徒的官職，這本書追溯源頭，使用這個語詞明示職掌，正好能證明當時在北魏境內有拜火教的信奉者。倘若涼州有拜火教信奉者的集團，西魏和北齊的首都長安與鄴，勢必也有拜火教活動。

北齊的官制有「京邑薩甫二人，諸州薩甫一人」的描述，這是周和隋的薩保及唐朝薩寶同名異字的稱號，意思是拜火教徒的集團長。由於北齊後主（君主的嗣子）侍奉胡天神，首都鄴市有許多淫祀，此外「後周欲招來西域，又有拜胡天制，皇帝親焉。其儀並從夷俗，淫僻不可紀矣」，看《隋書》這類記載便可明白，既然皇帝接納西教是基於對伊朗諸族的招撫政策，就表示拜火教信仰的流傳。

不過，關於「淫祀」、「淫僻」這類的字眼，或許因爲拜火教從波斯傳入中國，摻雜不純的要素，看在中國人眼中覺得淫猥，而拜火教信仰中帶有伊朗自古以來——incest（近親相姦）的風俗，就東方民族來說，只會覺得是淫猥行徑。Incest的風俗是拜火教徒自古以來爲了保持血脈純潔產生的社會慣習，教徒間完全不認爲這是奇特現象，但對中國人和阿爾泰民族，這種父母與子女、兄弟與姐妹結婚的情形簡直是駭人聽聞的奇風異俗。簡言之，拜火教至少從北魏中期便傳入中國，並在北齊、北周時期擴張，宮中也有信奉者，此風俗一路延續至隋朝，甚至唐初。《隋書》在最初提到北齊後主的行徑，接著寫道「茲風至今不絕」，可看作描述唐初編纂《隋書》的實情。

南北朝時代，拜火教在北朝普及，因爲北朝諸國與西域地區密切，西域人（伊朗體系）往來者眾，不過南朝並非和西域地區沒關係。例如中亞國家的滑國，三度向南梁首都建康（南京）朝貢。

滑國的統治階級可能是以吐火羅地區爲根據地的土耳其游牧民族，但大部分國民都是信奉拜火教的伊朗民族，透過該國與梁之間的往來關係，伊朗商人得以往來江南地區，因此金陵方面也看得到供奉阿胡拉·馬茲達神的信仰。伊朗商人東來似乎是經青海、四川等地，透過吐谷渾（西藏東部）的口譯嚮導到來，而他們與同樣和梁往來的龜茲（庫車）、于闐（和闐）等拜火教國家間交易也透過這條路往來，從中推測拜火教當時在揚子江沿岸相當普及。

——石田幹之助文學士（當時）所寫，〈關於中國的拜火教〉的論文要旨如上。

陳垣（大正十二年）一月於中國學術期刊《國學季刊》發表一篇爲〈火祆教入中國考〉的論文。雖然是論文，但是與祆教有關的知名論文，作爲祆教基本論文的價值至今不墜。內容由「火祆的起源」到「唐代的衰亡」這十二個主題構成（原文爲漢文）。概要如下：

西元前五、六世紀時，波斯有位叫瑣羅亞斯德的聖人。因爲波斯有拜火習俗，他依此主張善惡二元說，善神是清淨、光明，惡神是汙濁、黑暗。人應棄惡就善，捨棄黑暗，靠近光明，他以火和光表示至善之神，加以崇拜，名爲拜火教。由於此教膜拜光明和日月星辰，中國人見其拜天之狀，名爲「火祆」。祆是天神的縮寫，不說「天神」而稱之爲祆是因爲祂乃外國之神。在《四裔編年表》的周靈王二十一年章節中提到：「是時，瑣羅阿司得（瑣羅亞斯德）著經書，為波斯之聖。」就是此事。

西元二二六年，波斯的薩珊王朝興起，定火祆爲國教，教義在中亞盛極一時。在中國，南梁、北魏期間才初聞其名，北朝帝后有人信教，稱爲「胡天」。西元六五一年，大食國（阿拉伯）消滅波斯，許多中亞祆教徒移居東方。唐初對祆教徒頗爲禮遇，兩京（長安、洛陽）及諸州皆有祆祠。「祆」這個文字的變遷便發生在此一時期。西元八四五年，唐武宗滅佛，排斥外來諸教，火祆和大秦（摩尼教）蒙受其累。武宗死後，禁令鬆綁，祆祠也存續到宋朝（火祆的起源）。

中國聽聞火祆這個名稱，是北魏到南梁之初，起初稱「天神」。這是因爲拜天，因此稱天神，但其實他們並非拜天，是膜拜日月星辰。因爲日、月、星在天際閃耀光芒，但膜拜日月星辰，與拜天無異，所以中國名爲「天神」。他們也拜火，因此稱「火神天神」。在中國稱爲「胡天」或「胡天神」，是爲了與中國固有傳統觀念的「天」，或天神地祇的天神區隔。

陳垣的〈火祆教入中國考〉提到：「祆」字首造在唐初、「祆」也在此時加入字典（造字）、唐代典籍中關於「祆」之略述、春秋時代書籍中關於祆神的說法有誤、唐代尊崇火祆、火祆與大秦摩尼（摩尼教）不同，不可一談……等等，內容旁徵博引。

前面提到的石田幹之助文學士論文發表後，神田喜一郎文學士（當時）也在《史學雜誌》（第三十九卷第四號，一九二八年）發表〈祆教雜考〉。

「中國文獻中的祆教相關記事，透過民國十一年首次公開發表的陳垣先生之〈火祆教入中國考〉，以及接著發表的我國石田幹之助學士之〈關於中國的拜火教〉這兩篇論文，幾乎都已被談遍。兩位旁徵博引的努力，委實功不可沒。中國文獻果然是浩如煙海，依我最近所涉獵，要為他們兩位的論文遺漏處做補足，也僅能找出兩、三處而已。」

神田學士在這樣的開頭下，舉了幾份中國古文獻爲例，宋朝的《廣川畫跋》提到祆教徒施展詭奇的幻術（魔術）。

「河南立德坊與南市西坊有胡祆神祠。內有祆主。取一橫刀，以刀刺腹，刃出於背。仍亂擾腸肚血流。稍頃，噴水咒之，平復如故。另有涼州祆主，以利鐵從額上釘之，直洞腋下，即出門。身輕若飛，須臾數百里至西祆神前，舞一曲，即卻至舊祆所，乃拔釘，一無所損（原資料為漢文）……此記事與唐代的《朝野僉載》卷三的內容大致相彷，也許是加以引用。」

《朝野僉載》是唐代文學家的隨筆集，看了這篇記事，可明白當時祆教何等流行，宗教集團所屬的奇術師，亦即幻人，又如何橫行。不同於神田氏，藤田豐八博士對祆教奇術師有詳細描述。這是他論文〈黎軒與大秦〉的內容，在此針對相關處簡述如下：

——所謂的眩人或幻人，指的是穆護（Magi）或學習這項法術者。在後漢張衡的〈西京賦〉中，奇幻馬上變樣，吞刀、吐火、召喚雲霧等術法都來自西方，巫師才會施展。另，唐代書籍中也提到——天竺胡人，來渡江南。其人有數術，能斷舌復續，吐火。所在人士聚觀。將斷時，先以舌吐示賓客，然後刀截，血流覆地。乃取置器中，傳以示人。視之，舌頭半舌猶在。既而還，取含續之，坐有頃，坐人見舌則如故，不知其實斷否。幻人奇術如下：取絹布，與人合執一頭，對剪，中斷之。後誦念咒文，絹布復又連續。另又取書紙及繩縷之屬投火中，眾共視之，見其燒爇了盡。乃撥灰中，舉而出之，故向物也——與現今魔術手法類似。

藤田豐八的〈黎軒與大秦〉中提及《北魏書》〈西域傳〉的悅般國（天山以北伊犁地區的土耳其人游牧國）記事。

「幻人稱能割人喉脈令斷，擊人頭令骨陷，皆血出淋漓，或數升，或盈斗，以草藥內其口中，令嚼咽之，須臾血止，養瘡一月復常，又無痕瘢。太武（魏帝）乃取死罪囚試之，皆驗。云中國諸名山皆有此草，乃使人受其術而厚遇之。又言其國（悅般）有大術者，蠕蠕（又寫作柔然，蒙古游牧民）來抄掠，術人能作霖雨狂風大雪及行潦（路上的洪水），蠕蠕凍死漂亡者十二、三。」

藤田氏說，西域送往中國的幻人有「吞刀、噴火之祕幻奇技」，但上述乃更危險。藤田還說，悅般國的幻人是突厥（土耳其）人的Magi，而悅般這國名也是波斯語「僧侶」的音譯，他還在論文中寫：

「中國諸名山皆有此草，這句話中的藥草，也許就是他們相信擁有神祕力量的呼瑪

（Haoma，即是印度人的蘇摩（Soma））。」

穆護是拜火教展開前便存在古代波斯地區的土俗信仰。

「照這樣看來，幻術肯定是自古穆護慣用的術法，因此我認為，《史記》、《漢書》中所提及的黎軒善眩人或眩人，應看作是穆護或學過穆護術法者。穆護的大本營位在米底王國（位於伊朗西北部的古代王國），但保護拜火教，並全力加以宣傳的，則是阿契美尼德王朝，此王朝的根源是Persis（波斯）。拜火教的本土，包含印度的西北地區一帶在內，能從恆河流域中看出拜火教推展的痕跡。後漢及晉朝時，來到中國的幻人大多來自印度，因此就算稱幻人為天竺胡人，也毫無問題。」

關於黎軒這個名稱，白鳥庫吉博士推斷它爲埃及的亞歷山卓市，但藤田氏推測它是伊朗首都德黑蘭南方三英里遠的雷城（Rey）。

——高須通子閱讀論文。幻人用的藥草爲呼瑪，這項描述吸引了她。這就是讓中樞神經麻痺，引發幻覺的印度大麻。

不久，海津信六的信寄達了：

「前些時日您遠道而來，不勝感激。應由在下親自登門道謝，委實慚愧。當時什麼也沒準備，真的很失禮。雖然時間甚短，但與您敞懷暢談，一時得意忘形，盡說無趣的事。由於脫離學術界甚久，言詞嚴重前後矛盾，事後在下深感懊悔。與其說是老生的隨興之言，不如說是老頭胡言妄語，望您聽過即可，切莫當真。拜讀您在《史脈》雜誌上的高見，想起往日遺忘的世界，不瞻前顧後，寫了那樣的信給您，還讓您千里迢迢來到和泉的寒舍，想到這裡就更羞愧難當。在下之後一直思考古伊朗文化是否對日本有直接影響，驀然想起石田幹之助老師的論文，因而提筆寫信。或許您早看過，那是〈存在於我上代文化之伊朗要素一例〉及另外一篇。

為了謹慎起見，先說明其要旨，石田老師指出，佛像寶冠的新月形裝飾是源自薩珊王朝的波斯圖紋。薩珊王朝時代，新月作為王冠頂端、前方或左右兩側裝飾，為皇威王權的象徵，此乃通例，當時宮廷和貴族銀盤上頭的王者像便常可看到新月圖案。世界各地博物館收藏的銀盤、銀幣、青銅器、絲綢的紋樣等也是如此，這些物品從伊朗傳往鄰近地區，融入民族風俗，後來西風東漸，飛鳥朝後到日本也受到影響。薩珊王朝王權象徵的新月形狀就像諸神或諸神的坐騎，為神聖之物，傳入佛教國後，諸佛菩薩也都在寶冠裝設裝飾。

石田老師提及此事，以諸如巴米揚壁畫、于闐（和闐）繪畫這類流傳在印度和西域的古代美術當實例，而在日本則舉法隆寺陳院夢殿的救世觀音寶冠、金堂的橘夫人念持佛的廚子扉繪、正倉院的麻布菩薩像、平安朝初期傳入的真言密教佛和菩薩的圖像集，用當中的新月圖案為例。此外，石田老師發現奈良縣長谷寺的千佛多寶佛塔銅板——浮雕千體佛的金剛力士像，其中有一尊具伊朗要素。佛像頭部後方的裝飾布條與薩珊王朝波斯人雕像頭上的緞帶有共通之處。

羅斯塔姆皇陵（Naghsh-e Rostam）磨崖雕刻中的薩珊王朝諸王雕像，及王朝中期到滅亡的八世紀期間所製造的波斯銀盤王侯像，都可看到兩條像辮子般的緞帶垂在腦後，隨風飄蕩。石田老師說，這是當時人們的頭飾，但這種像緞帶的布條並非侷限在人物或神像上，連鳥獸的頸部和腳也有裝飾。八、九世紀時，承繼薩珊王朝設計的絲綢紋樣與鑄像器物上也出現相同圖案，之後變成像緞帶的裝飾，飄蕩在長谷寺浮雕千體佛金剛力士像的腦後。

當然，這些裝飾並非完全遵照當初伊朗的設計。石田老師指出，文化往東方傳入中亞的巴米揚、東突厥斯坦、中國、日本時，設計多少出現變化。他舉各地出土的圖像為例，英國的東洋探險家斯坦因在敦煌千佛洞取得的唐畫——毘沙門天渡海圖中，毘沙門天的頭上也有同樣緞帶。此外，石田老師還說，日本並非只有長谷寺，奈良時代後期的唐招提寺浮雕吉祥天像、東大寺大佛殿前鑄銅燈籠火袋的音聲菩薩、法隆寺金堂的橘夫人念持佛廚子正面右方大門（現在不在寺內，歸藤田男爵所有）的仁王像、平安朝初期傳來的密教諸尊圖等，都是類似例子。

我以前看過石田幹之助老師的這兩篇論文，但我手上沒期刊，純粹憑記憶寫下概要，細部姑且不談，大致內容不會有誤。特地在信中介紹古代伊朗與日本文化關係的論文（也許您看過），是因為您有同樣構想，而且想用不同以往的觀點建構論點。若您能明白在下微薄的心意，甚感欣慰。一時興起，建議您到伊朗看看，現在這不再是一時興起，是真心希望。

過去許多日本學者前往伊朗實地調查，因此認為不再有剩餘的「研究殘渣」。但學者目的互異，調查方法不同，應該會疏忽和主要目的不相關的事，再怎麼視察，不受注意的事都會視而不見。說得更明白，要是學者不具慧眼便與眼盲無異。東西擺在眼前，採用錯誤的解釋便會偏離實情。因為這個緣故，您若能前往伊朗，別說「殘渣」，肯定會有全新收穫，希望您能考慮。

在下的外甥女俱子與您有過一面之緣，她明年前往巴黎留學。她專攻法國文學，一直很想到巴黎。如果您有意前去，俱子也很想和您到伊朗遊覽。為此，她提出任性要求，想比預定時間早三個禮拜出發巴黎。當時她聽到我和您的對話，馬上想和您搭機到德黑蘭，還不就此滿足，甚至進一步和您一起到伊朗旅行。她總說些很夢幻的事，不過俱子真的很喜歡您。她正處在「喜愛憧憬的年紀」。俱子的話很無厘頭，不過我還是很希望您能早日走一趟伊朗。

拉拉雜雜寫了一長串，請莫見怪。」

海津信六在信中提到俱子，透出他對外甥女的愛。通子想起從綠帽下露出，充滿好奇的年輕雙瞳。明明第一次見面，她卻百般央求通子在她舅舅家多待一會，從她單純的表情可以看出不是客套話。

「她總說些很夢幻的事，不過俱子真的很喜歡您。她正處在『喜愛憧憬的年紀』。」舅舅海津也這樣寫。通子還記得當初在這個年紀的事。當時深深爲年長的同性著迷。海津說俱子總說些很夢幻的事，這樣的批評讓通子想像專攻法國文學的俱子何種個性。

俱子身旁的海津信六，始終掛著複雜的微笑，似乎因爲外甥女的任性，他在別人面前感到很爲難，但又很開心。儘管嘴角帶著苦笑，眼神又柔和包容這位外甥女。

耳邊傳來坂根要助在車內說過的話，與這幕情景重疊。

——海津信六先生辭去大學助教的工作，銷聲匿跡，聽說是感情問題。

美術館的佐田久男說海津信六因爲女人而落魄。

「佐田先生還補上一句，說他真的很可惜。如果他成功，久保教授和板桓副教授這些平庸的學者就不必說了，就連垂水名譽教授恐怕也相形失色。雖然我聽福原先生這麼說，但還是不太懂因女人而落魄的意思。」

坂根如此說。明白眞相的佐田，最後始終沒明說。但坂根接著談到另一件事，關於通子在奈良醫院見過的那名中年女子。因爲她與大仙洞老闆交談，可確定她來探望海津信六，而坂根在畫家鷲見晴二位於鎌倉的家中遇見一位和她長得很像的女子。令坂根產生錯覺，以爲是同一人。

「我姐姐昨天早上從羽田搭機前往伊斯坦堡了……鷲見夫人兩度說同樣的話。妳知道她的用意何在嗎？夫人察覺我可能把她誤認成她姐姐，故意說姐姐搭機前往伊斯坦堡，暗中提醒我認錯人了。」

也就是夫人常被誤會成姐姐。似乎是外貌相似的姐妹。通子試著將俱子的母親想成鷲見夫人的姐姐……俱子的母親是鷲見夫人的姐姐，海津信六是鷲見夫人的哥哥。通子在和泉一條院的公車站牌遇見俱子時，海津信六介紹她是自己的外甥女，沒進一步說明兩人關係。俱子也只稱他「舅舅」。不清楚是大舅還小舅，通子解釋爲「大舅」。這是從海津信六的年紀做的想像，而且也不清楚俱子的母親到底是海津信六的親妹妹，還是弟弟的妻子。

不管怎樣，這都是假定。根據攝影師坂根要助的推測，將鷲見夫人的姐姐想像成俱子的母親、海津信六的妹妹　不過根據福原從東京美術館的佐田聽來的消息：「海津信六年紀輕輕便辭去大學助教的工作，銷聲匿跡，是因為感情問題。」坂根告訴她這件事。眞正的原因，佐田一直保持沉默。《文化領域》副主編福原也不斷追問，但佐田始終不肯回答。

「感情問題」很多種。不論是佐田的沉默，還是海津信六離開學界，銷聲匿跡，都不像普通的戀愛問題，問題恐怕出在那名女性。

當時擁有許多戰前學者的大學裡，人們都以儒家的道德眼光看待感情事件，儘管如此，海津信六尚不至於被迫離開學界。就算女子是生活在世人鄙夷的煙花界也一樣。即便被道德觀念重的T大鄙棄，只要當事人意志堅定，絕不會拋棄學問。反而以業餘學者的身分發揮實力，從事學院派的批判。事實上，這種充滿戰鬥力的業餘學者確實不少。

海津信六受山崎嚴明博士的認同，從岡山縣的中學教師轉爲T大助教。原是一位對學問充滿熱情的年輕學者。當時人們對他的評價，就像佐田說的。這樣來看，被逐出T大後的海津信六應能以充滿戰鬥力的業餘學者之姿繼續追求學問。但海津信六不僅離開大學，甚至離開學界。

佐田用了「落魄」這句話。關於那起「事件」，佐田不想明說。平時話多又愛挖苦人的佐田對海津信六「落魄」的原因保持沉默，應該是當中另有隱情。佐田保持沉默，不僅爲了保護海津信六的個人名譽，也因爲那起事件至今仍具影響力，被逐出學界可能是做出極不道德的行徑，例如一些寡廉鮮恥的事，這樣就會被逐出學界。

但通子不認爲海津信六做這種事。

看來，他的「感情問題」至今仍留影響力，若是公開，會造成某人的困擾。這位「某人」似乎是學界人物。如果是與學界以外的人士有瓜葛，好道人短的佐田就算顧慮到海津信六的個人名譽，肯定會向福原道出不少內幕。佐田三緘其口，也許是因爲海津信六的「感情問題」與現今的學界人士有關，而且應該是當時便對學界深具影響力的人，否則海津信六不會遭學校「放逐」，他也不會放棄學問。他放棄學問，似乎不止來自外在壓力，也是自發決定。

他有一種近乎自卑的心態。

這是黑暗的想像。海津信六至今單身的事實助長了這樣的想像。他從事壽險業務的工作養活自己，一條院的租屋處是農家後方一間別房。就一位原本前途一片看好的年輕學者來說，後半生變化未免太大。雖然不清楚他的俳句造詣，但召集附近同好一起創作俳句，應是聊以慰藉。

看海津信六過這樣的生活，實在不覺得他是畫家鷲見晴二的姐夫（還有俱子的母親是夫人的姐姐）。現今聲勢如日中天的鷲見大師不可能看姐夫過「落魄生活」而坐視不管。通子也聽說鷲見大師富有俠義心腸，收入頗豐，常資助後輩，是畫壇上數一數二的大師。

拜訪海津後回家的路上，在新幹線內聽攝影師坂根談及海津的事，通子在心中所做的推測全被推翻。海津信六外甥女的倶子母親又是什麼樣的人？第一次見面就對自己充滿好感的倶子，通子自然對她有份關心，還有那名趕往奈良醫院的中年女子，她也令通子印象深刻。

「我姐姐前往伊斯坦堡了。」

鷲見夫人在攝影師坂根面前說的這句話，一直在通子腦中縈繞。

15 CHAPTER

第十五章

準備

「哦，要出國旅行是嗎？」一見到請假單，O高中的教務主任抬眼望一旁的通子。此人前額微禿，兩頰凹陷。「來，您先坐吧。」他請通子坐一旁的椅子。

通子坐下時，教務主任望著她的請假單，再次思索。「正値暑假，您要去哪對本校都不會有影響，不過您回國的時間好像是九月呢？」他看向通子。笑的時候，眼睛更加凹陷。

「我也不希望這樣，不過開學第一個禮拜可能會請假。」通子先前口頭告知，預定在七月二十八日到八月二十五日這段時間到中東旅行。

「這樣啊。和中村老師談了嗎？」

「談了。中村老師也諒解我。」

「那就好。祝您旅途愉快啊。」

教務主任聽通子事先聯絡，相當滿意，兼任老師常不告知一聲就自行請假。因爲是暑假期間，不管出國還是去哪裡都是他們的自由，但通子覺得，既然要出國還是得事先告知比較放心，她在另一所兼課高中也這麼做。T大歷史系還要求她提出書面申請。

「去中東的哪裡呢？」教務主任笑咪咪地問。

「要去中東的哪一帶呢？」久保教授低沉的聲音在通子耳畔與這句話重疊。那抹聲音迴盪在塞滿書和資料、昏暗悄靜的教授辦公室。

「我想隨興到伊朗、伊拉克、敘利亞、黎巴嫩等地走走。」她對教務主任說。

「眞好。近來像倫敦、巴黎、羅馬這些熱門觀光路線，大家都不太愛去，反而改到這些鄉間小路觀光。」

「是觀光嗎？還是為了什麼目的到那裡參觀？」手肘撐在桌上，斜眼望著請假單的久保教授如此說，那是不豎耳細聽就聽不清楚的低沉聲音。他若與其他教授交談，話中都會夾雜大笑。「還是為了什麼目的到那裡參觀？」若無其事的詢問，藏著刺探。有些教授會對部分助教懷競爭意識，對他們的動態存戒心。

「可是，中東盛夏時相當炎熱。溫度大約幾度啊？」教務主任問。

「我不太清楚，根據導覽，伊朗北部八月平均氣溫二十九度，南部三十度。」

「哦，那就沒想像中熱。和日本差不了多少。」

對方是高中教務主任，通子坦白告訴他自己的目的地是伊朗，但在久保教授前不能明說。教授身邊許多比教授戒心更重的學者——或說猜疑心更重。高須通子去伊朗是爲了什麼？通子提供他們適合閒聊的話題。

——在酷熱的天氣下前往中東旅遊，真是辛苦啊。

久保教授嗤之以鼻地說。趁暑假出國的年輕助教愈來愈多，大部分都是觀光度假。教授也把通子看成和他們一樣。

「我十年前也跟團到東南亞旅行。當時是三月半，但我們在柬埔寨的金邊機場降落時，氣溫一下子飆高到三十五度，嚇了一大跳。」教務主任暗中向通子透露自己也有出國經驗。

「不過，妳去的時候天氣正熱，又是諸多不便的國家，記得一切小心。」

「小心別引發意外。」久保教授如此說道。

「謝謝您。」通子用同樣的話對教務主任和教授道謝。但兩人語感截然不同。教務主任是親切的問候，教授像在說「妳要是出國旅行發生意外，會給我們添麻煩」，充滿戒心。教授的意思不是要她「小心別遭遇意外」，是要她「別引發意外」。兩種含意不同，一個是被動，一個是主動。「別遭遇意外」是希望她別因爲其他原因捲入意外；「別引發意外」意指當事人自己就是意外的主因。

「倘若T大文學院歷史系助教出國旅行發生意外，而在日本上報，負責指導的教授會被追究責任，成為批判對象，而且這關係著歷史系全體的名聲，助教和講師們也會深感困擾。不，這也會造成校長和院長的困擾。」久保教授的口吻深深隱含著害怕擔起這項責任的意思。

時間近傍晚六點，外頭明亮如晝。在吉祥寺的壽司店裡點生魚片配啤酒的客人比點握壽司的人來得多。高中老師糸原二郎與通子兩人中間擺兩瓶啤酒，聽通子描述徵求教務主任同意出國旅行的經過。

「教務主任那麼開心也是理所當然。現今的兼任老師，像妳這樣有良心的人不多了。」

糸原伸指托起黑框眼鏡，他因喝了一瓶啤酒而眼睛泛紅。

「是嗎？我只覺得九月新學期一開始就請假，很過意不去，才通知一聲。當然也事先徵求過中村老師的同意。」通子說。

糸原替放在她面前的酒杯斟酒。「兼任講師都當自己是在打工，都很隨興，學校要去不去都行。完全沒被工作約束的觀念，全憑自己高興。」

「不過，講師的鐘點費很低廉。」

「說得也是。這確實教人無法反駁。我認爲兼任講師的待遇應該提高，這麼一來就能請來優秀的講師，工作態度也不會像現在不負責任。目前兼任講師提不起勁工作，一直會當自己是在兼差打工。」

「你說得對。我也跟他們一樣。」通子眼角含笑，以杯就口。

「不，高須小姐妳很了不起。妳很認眞。說到兼任講師，學生們總會瞧不起，但他們唯獨對妳非常尊敬。而且妳的學識遠非我們能比，學生都能了解妳的人品。」

「糸原老師，你這麼快就醉啦。」

「不，我可不是喝醉才這麼說。妳這樣說我，我可傷腦筋呢……」糸原搖搖頭。「這事姑且不談，妳這次的伊朗之旅與先前在《史脈》上的論文有關係嗎？」他重新看向通子。

「沒什麼特別關係，只是想去看看。」

「妳那篇論文在暗示飛鳥的石造物與異教的關聯對吧？」

「只是有這種感覺，還稱不上想像。我現在有點後悔，當初不該寫那樣的東西。」

「那眞的很有意思。能以那樣的構想來看待〈齊明紀〉的記事和石造物還眞是前所未見。不過，妳說的異教，是佛教以外的外來宗教對吧？」

糸原的近視眼望向通子。

「我大致是這麼認爲。」通子略帶保守地說。

「妳會前往伊朗，是猜測那地區的古代宗教傳向東方到飛鳥時代的日本，因而想到那邊確認嗎？」

「這我還不是很清楚。佛教是在七世紀到八世紀傳入日本，但當時似乎還有其他外來宗教。目前除了稱爲異教外，沒其他說法。」

「異教對《古事記》和《日本書紀》產生影響，成爲古代史的傳說故事嗎？」

「我不清楚其他部分，不過〈齊明紀〉那一部分似乎有點關聯。」

「既然〈齊明紀〉有，其他地方應該也會有吧？」

「不知道。關於這點，目前還……」

「是猶太教！」糸原突然朗聲喊道，通子大吃一驚，盯著他瞧。「抱歉，我不是喝醉。我只是認爲，妳說的異教如果是西方古代宗教，可能就是猶太教。」

「爲什麼？」

「這不是我個人的想法。我以前看過一本書，叫《以世界研究爲依據的日本太古史》。書中內容天馬行空，非常有意思，裡頭提到日本民族屬於希臘拉丁體系，原本起源於小亞細亞的亞美尼亞，亦即基督教的伊甸。在日本古代史裡提到的アメ（漢字爲「天」，讀音爲AME），指的是亞美尼亞。」

「哦，是木村先生的書，對吧？沒想到你也看那種書。」

「碰巧在舊書店發現就買了。」

通子記得自己看過。作者是木村鷹太郎，書在一九七〇年由博文館發行。這套書很厚，分上下集，兩本都將近八百多頁。《以世界研究爲依據的日本太古史》上卷的開頭是：

希臘的開天闢地說法有三種。一是荷馬（Homer）、二是赫西俄德（Hesiod）、三是俄爾甫斯（Orpheus）。俄爾甫斯的開天闢地說與《日本書紀》完全一致。有些學說稱《日本書紀》的開天闢地說是取自中國的《三五歷記》、《淮南子》等書，這說法有誤，其實它來自希臘人種的古代傳說，中國人採用作為歷史源頭。

木村鷹太郎的《以世界研究爲依據的日本太古史》遭當時大正初期學界斥爲無稽之談。如今無人回顧。被視爲誇大妄想的狂人之作。

木村將《日本書紀》、《古事記》出現的神名與希臘神話的拉丁語對照，例如天之御中主（あめのみなかぬし，AMENOMINAKANUSHI）是拉丁語的Ameno-Mnemonics（記憶之意）、高御產巢日（たかみむすび，TAKAMIMUSUBI）是Sagumi-Mused（歷史之意）、神產巢日（かみむすび，KAMIMUSUBI）是Come-Muse（歡喜之意）。

部分學說將日本神話中伊邪那美生的火神迦具土（カグツチ，KAGUTSUCHI），與印度的火神阿耆尼對應，木村否定這說法，認爲它也源於希臘語意指「惡」的カコス・カコテス（KAKOSU・KAKOTESU），後來才轉爲「迦具土（カクツス，KAKUTSUSU）」。

在希臘神話中，英雄海克力斯遭父親宙斯的妻子憎恨，奉命面對重重難關，立下十二項功勞。殺死獅子、殺死九頭龍、收伏野豬、捕獲怪鹿、殺死怪鳥、捕獲猛牛、收伏食人馬、奪取腰帶、奪取赤牛（赤牛是燃燒之火之意）。這與大國主命受須佐之男命面對試煉頗雷同。伊邪那岐在筑紫日向的阿波岐原淨身產下三貴子，他命天照大神治理的高天原，是亞美尼亞；命月讀命統治的夜食原，是埃及；命須佐之男命統治的海原，是義大利。

在希臘神話中，宙斯從額頭生出雅典娜，而雅典娜一出生就穿甲冑，手持長槍、盾牌，在眾神面前踩踏大地，揮舞長槍，放聲吶喊，諸神之山奧林帕斯爲之震動，海水湧上山頂。這故事在《古事記》裡相當於須佐之男命前往高天原時，天照大神身著男裝，「入千本箭之筒負於背，入五百箭之筒掛身側，肘佩威武之高鞆，奮甩手中長弓，不時蹬足堅庭土上，是土飄散若雪花狀，具作男裝之姿吶喊，以勇猛姿屹立。」以及須佐之男命前往天界時，「山川悉動，國土皆震。」

木村詳細比較日本神話與希臘神話，指出類似處，推測《日本書紀》與《古事記》出現的地名如下：

亞美尼亞（高天原與近江）、波斯（須佐）、亞里亞那（美濃）、印度（常陸）、西藏（日高見國）、伊塞頓人（伊勢）、粟特（尾張）、阿曼（相模）、雅吉赫拉（燒津）、斯里蘭卡（大隅）、沙烏地阿拉伯的希巴王（狹穗、娑姿）、印度洋（常世之海）、薩爾馬提亞（猿女國）、衣索比亞（越之國）等等。

木村主張，不是希臘神話傳到日本來，而是日本固有神話傳往希臘。他是精通外語的「鄉下歷史學者」。木村還在《以世界研究爲依據的日本太古史》的序言說：

日本民族的歷史比以往歷史學家的想像還久遠，是世上最古老民族。而日本民族祖先居功甚偉，世界美善盡源於日本民族。世界諸王侯皆應尊奉我皇室為「Supera Nomikos（至尊之意）」，此乃根據我之新研究才提出此全新說法。倘若無此久遠之歷史及對世界之統治，日本便不配稱作至尊之國。新研究尚告知吾人，釋迦乃天忍穗耳命之化身，耶穌亦然，猶太教乃自日本典籍中取美善之部分，製作經典，穆罕默德乃由垂仁天皇之子本牟知別命，世界諸教之義理，盡出日本民族，猶如同母所出之兄弟。依新研究所得之日本古典地理，西自西班牙、摩洛哥，中自希臘、義大利、小亞細亞、敘利亞、埃及、阿拉伯，東邊涵蓋波斯、印度、西藏、突厥斯坦、暹羅、越南等歐亞大陸，以此為舞台，全世界人類相關之一切無所不包是理所當然。

——那爲什麼日本學界沒發現這件事呢？木村回答：

日本語言學者多頭腦迂腐，不懂研究方法。學問過於狹隘淺薄。現今歷史學界也欠缺高層次的批評。只有「信仰」與「牽強附會」，所為之事盡皆兒戲。帝國大學學界尤為嚴重。帝國大學自稱學問知識薈萃之地，其實不然，毫無深奧學識，一些迂腐之歷史學家、語言學者，一味假教授、博士之美名，為其無知鍍金，欺瞞俗人。唉，此乃學問知識薈萃之地，抑或沼澤？沒錯，此乃沼澤，他們乃棲息其中之魑魅魍魎。

——木村這本著作受皇室中心思想高漲的影響，比受日俄戰爭後民族主義的影響來得大。他和自己攻詰的「帝國大學教授、博士等」本質並無不同，他批評攻擊「現今的歷史學界」，是因爲他的著作一直都被這些學者嘲笑、鄙視。但木村攻擊學者「牽強附會」一詞幾乎完全回擊他自己，以神名和地名進行日語和希臘語的「推測」，只是單純的語言遊戲，如今對木村鷹太郎及他大作的知者甚少。

O高中的糸原老師提到木村鷹太郎的書是因爲通子將傳入飛鳥時代的「異教」想成西方宗教。遭人忽視的木村《太古史》認爲日本神話西進造就希臘和猶太神話，而持相反意見的是石川三四郎的《古事記神話之新研究》。

石川三四郎是明治時代社會主義、無政府主義運動之先驅，他在幸德秋水等人「大逆事件（註）」後遠渡歐洲，一九三三年前往中國，對東洋史產生興趣。他還有《東洋古代文化史談》等著作。

糸原提到木村鷹太郎，卻沒提石川三四郎的《古事記神話之新研究》，應該是沒看過的關係。通子以前在大學圖書館裡借過這本書，儘管記憶模糊，但記得它主要內容是藉由《古事記》中的「天孫民族」與古代小亞細亞的西臺人，說明日本神話源自西臺族的傳說。

西臺人活躍於西元前兩千年到西元前一千兩百年，《舊約聖經》中也提到「赫人」。石川認爲古西臺王國的傳說後來成爲迦勒底神話和希伯來神話，甚至東進成爲《古事記》神話。據通子的印象，高天原相當於幼發拉底河上游的高原地區、高千穗是西奈半島、筑紫是紅海兩岸，就是埃及與沙烏地阿拉伯、葦原中國是底格里斯河和幼發拉底河的中央三角洲地帶、根之堅洲國是裡海東邊。

石川三四郎書中的內容，通子現在只記得這些。不管怎樣，糸原想起木村的《太古史》並刻意提出來，似乎是對通子要前往伊朗旅行感到震驚。

「伊朗嗎？伊朗還眞遠。」

糸原手握啤酒杯，露出遙望天空的眼神並嘆氣。他的自言自語聽起來就像在衡量暑假期間與通子的遙遠距離。

「不，現在近多了。早上從羽田出發，當天晚上就能抵達德黑蘭。」

通子避開糸原的視線說。

「不過，專任老師還眞教人同情。暑假白天要值班或參與學生社團，很不自由吧？」

「是啊。」

「糸原老師，你哪個社團？」

「單車社。我騎單車，完全跟不上學生的速度。還要在山裡集訓一個禮拜。」糸原看起來很憂鬱。

「糸原老師暑假在學校値班，陪學生騎單車揮汗，我卻在外國遊山玩水，感覺對你很抱歉。」通子笑盈盈地向糸原行禮。

註——社會主義人士幸德秋水等人計畫要暗殺明治天皇，遭人檢舉的事件。

「不，高須小姐妳是一趟有助益的旅行，沒關係的。」

糸原像要掃除心中的憂鬱般說，但他很快發現這種說法毫無意義。

「其實我也不知道是否眞是一趟有助益的旅行。不過我希望是。」

「妳會深入到伊朗內地嗎？」

「從中部到南部。」

「導遊是伊朗人嗎？」

「我問過旅行社，聽說沒有日本導遊。伊朗人以英語和法語與旅客溝通，中部的伊斯法罕和設拉子是觀光地，許多歐美人前往，不缺這樣的導遊。」

「有名的波斯波利斯遺跡位在哪裡？」

「在設拉子附近。」

「我也好想到波斯波利斯去看看。」

「明年去好嗎？」

「我不知道能不能做這樣的旅遊規劃。」

「如果你堅持非去不可呢？」

「走在妳走過的地方，當作回憶是吧？」兩人的關係只到一起喝酒，因此與通子旅行的幻想只能暗藏在開玩笑的口吻中。「不，我不行。以我現在的身分，這是不可能的夢。」

糸原乾了杯裡的啤酒，搖搖頭。他單身，但通子聽其他老師提過，他還扶養年邁的雙親和弟妹，身上也是舊衣。也許是單身的緣故，糸原常幫其他老師代班。値班有工作津貼。他的生活樂趣似乎就是偶爾喝喝啤酒。因此，糸原說以他現在的身分，出國旅行是不可能的夢，是依自己境遇所說的肺腑之言。通子一時無法以玩笑回應。「走在妳走過的地方，當作回憶是吧？」雖是玩笑，但當作空想的一句低語，卻帶著令通子無法迴避的沉重。

「關於剛才提到的導遊。」糸原朝低頭喝酒的通子說。「如果可以，找當地日本女性比較好吧？」

「這當然最好。有適合的人選嗎？」

「我倒不是完全沒有人選哦。」糸原眼睛一亮。

說到會說英語的伊朗導遊，如果是女性當然好，倘若只有男性可選，通子就傷腦筋了。聽旅行社的人說，無法保證當地雇得到女性口譯員。如果參加德黑蘭飯店組成的觀光團，他們要去的地方和自己不同，目的也不一樣。觀光團以飛機來往德黑蘭、伊斯法罕、設拉子三地。以日本來說，伊斯法罕是相當於京都般的古都，設拉子則位於阿契美尼德王朝時的首都波斯波利斯遺跡附近，單純的觀光客會各自在這些地方住上一、兩晚。

糸原提到當地的日本女導遊，通子很感興趣。

「我和對方並沒直接認識。聽說她是德黑蘭大學的留學生。到那裡學習農業經濟，好像說一口流利的波斯語。」糸原說。

「有這樣的人在眞是謝天謝地。可以幫我介紹嗎？」

「我也說了，我和她沒有直接認識，很遺憾。不過，她是我一位老學長的學生，我會請他幫忙介紹。我也是聽那位老學長提過這件事才突然想起。他和我是同鄉，但年紀相差許多。他姓杉原，是法語高手，目前是某私立大學的副教授。」

糸原說出學校名稱，是R大學。通子聽過後，感覺一道光線射入腦中。她確實聽過這所大學，先前在和泉一條院的公車站牌處，海津跟她提過。當時她並未將學校名稱放在心上，此時糸原這句話驀然掀起腦中記憶的蓋子。

「可以請杉原老師代為介紹那位德黑蘭的留學生嗎？」通子以凝望遠方的眼神問。

「沒問題。他很隨和，我開口拜託，他應該會幫我忙。」

糸原爽快答應。

「沒想到我能為妳帶來這樣的好消息。有這麼一位導遊，高須老師妳就能放心。再怎麼說，妳一個女人走在語言不通的伊朗鄉間實在太危險。」糸原露出放心的表情，但眉宇旋即又浮現不安。「不過，不知道那位德黑蘭留學生是否會接受請求，雖然不清楚農業經濟是怎樣的研究，但我猜應該會有空閒吧。」

請德黑蘭大學的日本女留學生當導遊的話題告一段落，通子向糸原提議：「我還想拜託杉原老師一件事。糸原老師，你可否請他幫忙呢？」

「是什麼事？」

經過的女服務生觀望他們桌上餐盤。對面三名上班族以酒醉的聲音批評上司。

「R大學應該有位大四生，名叫俱子，你知道嗎？」

「TOMOKO?」

通子取出原子筆，在筷子包裝紙背面寫下漢字。糸原不解地望著她寫的字。

「她姓什麼？」糸原抬眼望向通子。

「不知道。」可能不姓海津。她不知道鷲見夫人的娘家姓什麼。

「只知道『俱子』是嗎？」

「是的。這名字不常見，只要查大四生應該就能找到。她說她在學校專攻法國文學，也許是杉原老師的學生。」

「如果專攻法國文學，那很有可能。」

「沒錯。這位俱子小姐說她畢業想去法國留學。」

「既然如此，她老師一定知道，這更容易了。」

「知道後，是要做什麼呢？」糸原露出疑問的眼神。

「因爲某個緣故，我無法向你明說，不過我想知道俱子小姐的家庭狀況。」

「什麼？」

「雖說想知道家庭狀況，但我沒有要深入了解，知道父母的名字就行了。啊，忘了說，聽說她住學校宿舍。」

「住宿舍的大四生，叫俱子，這應該很好查。只是想知道父母的名字，查一下學生名冊就行了，我會拜託杉原先生幫忙。」

「不好意思。」

「既然她住宿舍，應該是從地方上來的學生吧？」

「我也這麼認爲，但不確定。」

「那就順便請杉原先生查一下她的戶籍地吧。」

「向杉原老師提出這種奇怪的請求，眞的很抱歉。還有，因爲一些因素，請別告訴當事人是我提出要求。」

「我明白。」

糸原頷首，卻是想繼續追問的表情。

——通子正在閱讀說明拜火教概要的書籍。

日本幾乎沒有正式研究拜火教的學術書。關於參考書，通子看過足利惇氏的《波斯宗教思想》、《印度帕西人與其習俗》、伊藤義教《波斯古經》（伊藤義教譯）的「解說」等。但要了解概觀，只能憑藉爲《東洋歷史事典》、《亞洲歷史事典》等書執筆的足利惇氏寫的「解說」。歸納這些解說後，大致得到以下內容：

在古代伊朗的民族宗教中，主神是阿胡拉·馬茲達，也可稱馬茲達教，此宗教有拜火儀式，又稱拜火教。教祖瑣羅亞斯德在《波斯古經》中稱「查拉圖斯特拉（Zarathustra）」，推測生存年代為西元前七年紀至前六世紀。這名字的原意為「金黃色的駱駝」或「老駱駝」。

他二十歲便隱居，三十歲在撒巴蘭山頂獲得天啟，四十二歲時，東部伊朗的韋斯巴王向他皈依，在這位國王的保護及援助下，他的教義廣傳。教祖七十七歲時，在巴魯克受杜蘭王亞爾賈斯普的軍隊襲擊而殉難，結束一生。

瑣羅亞斯德的教義精神是宇宙有兩個對立主體，而一切都來自光明與黑暗、善與惡。此二元主體，展開應要分出勝負的戰鬥。光明善神阿胡拉・馬茲達創造世上一切的善，而黑暗惡神安格拉・曼紐創造出許多的惡，彼此爭鬥。世上晝夜交替、生死現象，都是善惡兩種靈所為。

善神與惡神對立，互相爭鬥，但不可能光憑他們交戰，他們各自擁有軍隊，即天界大軍與地獄大軍。天界大軍的總指揮是阿胡拉・馬茲達，底下有六位天使長，相當於聽從號令的六名大臣，他們負責統御下級的善靈——稱作「不死的聖者」，由「善心」、「最善之正義」、「理想的王國」、「信仰心」、「完全」、「不死」所構成，與神一起組成天國。他們底下又有眾多位階較低的神或精靈，叫「亞茲丹（Yazata）」。亞茲丹有天上與地上之分，包含太陽、月亮、星辰、天空、風、火、水、地，或將抽象概念神格化的勝利、真實、和平等。

在亞茲丹中，火（Atar）是阿胡拉・馬茲達之子，「光輝的太陽」象徵神之眼，「斯拉翁加（Sraosha，服從）」是後世重要的亞茲丹，他與密特拉（Mitra）、雷斯紐（Rashnu）都是來世的審判者，也是世界的監視者。

呼瑪是神的植物，賜人長生不死，但關於榨取，神職者有儀式規定，與印度的蘇摩相似，這表示這項儀式可能是印度、伊朗未分語言時期下的產物。

根據拜火教聖典《波斯古經》記載，惡靈大軍相對於善神大軍，由惡神（黑暗之神）安格拉．曼紐統率，而地獄不像天國那般井然有序。相對於善靈亞茲丹的，是迪弗（Daeva，惡靈）。在地獄，為了與阿胡拉．馬茲達交戰，他們製造迪弗，不斷繁殖出虛妄、龍、怪物。此外，地獄之門是阿爾伯斯山脈（伊朗北部，東西橫亙行經裏海南邊的山脈）的阿雷茲拉山，馬贊德蘭地區則是惡魔的住所，這眾所熟知。

但在梵語寫成的印度婆羅門聖典《吠陀》中，迪弗是善神。拉丁語的Deus（天帝）據說就是對應迪弗。阿胡拉．馬茲達的阿胡拉在《吠陀》中是惡神；在佛教裡則是阿修羅。阿修羅個性粗暴——換句話說，伊朗與印度雖有共通神名，但個性相反。《波斯古經》裡除了迪弗，還有德魯姬（Druj，虛偽），表示邪惡、不信仰者。屍體會腐敗是一名叫納蘇（Nasu）的魔女所為；此外還有三頭、三眼、六口的怪龍阿日．達哈卡（Azi Dahaka）。

地獄與善神居住的天界之間有一條審判之橋。人死後，靈魂在屍體旁停留三天，之後隨風到審判之橋，由三名審判官——斯拉翁加、密特拉、雷斯紐審判，評斷死者生前功過。橋下是萬丈深淵的地獄，但對善靈來說橋身寬闊，可輕鬆走過，但對惡靈來說橋身窄薄，最終將踩空而跌落地獄。善靈依序通過「善意、善言、善行」的住居，便可到永遠都有光明和歌聲的居所「最上的世界」。

天上與地獄間，有善行與惡行相當的靈魂所停留的「淨罪界」，須在此等候復活之日。

根據拜火教，現今世界存在的時間為一萬兩千年，又以三千年細分為四個時期。最早的三千年是創造出精靈的時期。善神阿胡拉．馬茲達向惡神安格拉．曼紐提出和平協議，但遭拒絕，展開長達九千年的交戰。人類社會的善惡之爭於第三期，第四期是瑣羅亞斯德出生到最後審判日到來，據說死者會復活，最後阿胡拉．馬茲達會戰勝安格拉．曼紐，宣告善的勝利——此種宗教式的結果論，伴隨人類的死、審判、死後的個人終結，然後是世界末日及重建復活的世界。

現今拜火教的宗教儀式如下：

拜火教的寺院，是拜火殿堂，燃燒著終年不斷的聖火，有神官守護。後期的《波斯古經》稱他們為「火之守護者」，也稱Magopat、Magpat，或Mobed，與希臘語的穆護Magi對應。教徒的宗教生活都嚴格規定於《波斯古經》的〈祛邪典〉（Vendidad），重要精神是清淨思想。保持身心的潔淨，畏懼地、水、火三大汙濁。接觸上述不淨之物所造成的汙染，以及不潔之物本身的汙染，須以宗教儀式消除，並將之當成日常行事。他們使用牛尿淨化事物或地點。教徒一生都須進行誕生式、入門式、結婚式、葬式等婚喪喜慶儀式，此外還有平日的淨身儀式——清祓式，以及每月的祭典和季節祭典。

對他們來說，子孫的誕生非出自希望持續祭祀祖靈的維護家族制思想，而將之視為承擔阿胡拉．馬茲達宗教勢力的人誕生；入門式是賜予拜火教徒資格的儀式，具象徵意義的聖繩和白汗衫，一輩子都要貼身不離；關於結婚式，古波斯是近親通婚，但今日波斯人早忘記這些；葬式在名為達克瑪（Dakhma）的墓地舉辦，人們將屍體置放圓形塔，暴露在空氣中。

然而，薩珊王朝因伊斯蘭教徒入侵而滅亡，波斯人只能由拜火教改信其他宗教，但部分教徒於西元七八五年逃往印度西海岸，後來移往孟買。時至今日，以該地為中心，約十萬名後代子孫，成為世人熟知的拜火教徒，維持宗教傳統。

拜火教在五世紀時傳向中國，並設置薩保擔任當地教徒的監察官。唐初起，稱祆教，在長安設立寺院。此外在洛陽、涼州、敦煌等地蓋全新寺院。玄宗時，祆教一度遭禁止又復行，然後在武宗的會昌五年（八四五年）滅佛後，一併遭禁止並逐漸式微。不過在宋元時代，開封和鎮江等地似乎有寺院，殘留在伊朗故地的教徒主要居住亞茲德及克爾曼等中部都市，人數未達萬人，自稱「達立（Dari）」，伊斯蘭教徒稱他們為「Gabri（異教徒之意）」。

——通子看的拜火教概論（主要是足利惇氏的著作）如上所述。

不久，通子收到糸原二郎寄來的快遞。

「前些日子您委託我辦的事，給您回覆：

就讀R大學法文系四年級的「俱子小姐」，全名叫稻富俱子。監護人是父親稻富庄一郎，今年四十九歲，俱子小姐是家中長女。有一位就讀國中的弟弟。戶籍地及現今住處是兵庫縣佐用郡上月町，家中務農。俱子小姐國小、國中、高中都畢業於當地學校，現今住在大學宿舍——這是先前和您提過的杉原副教授在課堂中打聽到的消息。

杉原先生說，稻富俱子小姐是他法語課的學生，他很清楚。俱子小姐成績很好，在班上排行前三、四名，還誇她是個性開朗、率真的好女孩。杉原先生知道她希望一畢業就去法國留學，所以應該不會有錯。您的名字當然隻字未提。杉原先生聽我詢問，還說，俱子小姐現在談婚事還太早，是不是有人看上她？我只好含糊帶過，因為我也不知原因。

接著是關於伊朗導遊的事，杉原先生說，他馬上向朋友打聽至德黑蘭大學留學的女生是否還在當地，如果還在，會盡快寫信請她幫忙，這件事就提到您的名字了。我告訴杉原先生，您準備到伊朗觀光，我認為不必刻意強調目的，再來就等那位導遊小姐直接聯絡您。

這些回覆，等您到O高中上課時再告訴您也行，但在職員室多所顧忌，我們也不太能一起外出，事情急迫，只好寫信。行文至此，感覺您的伊朗之行即將成真。」

——俱子的全名是稻富俱子。兵庫縣佐用郡上月町農家的長女。稻富這姓氏與海津不同，不過，如果是海津信六的妹妹嫁給稻富庄一郎，這倒不足為奇。庄一郎比信六年輕。所以信六是俱子的大舅。

通子打開地圖集。

佐用郡上月町讀作「こうづき（KOUZUKI）」，雖在兵庫縣，卻鄰近岡山縣邊境，似

乎位於山中。但從姬路有姬新線相通，離岡山縣津山市不遠。津山是海津信六在舊制中學擔任教師的地方。光憑這點，稻富庄一郎的妻子便可能是海津信六的妹妹。

通子再次想起俱子說她央求海津信六讓她去法國留學。

稻富俱子的父親是兵庫縣上月町的農夫，不難想像他沒足夠的經濟能力供女兒留學。如果俱子轉而向舅舅信六求援，她那句話就解釋得通了。信六沒妻兒，很疼愛外甥女。在一條院前的公車站牌看信六與俱子的互動便可察覺。沒有孩子承歡膝下的男人，將外甥子女當自己孩子一樣疼愛，這種情形不足爲奇，自願負擔學費及其他花費的例子不少。但到法國留學三年的費用相當可觀。倘若海津信六有的是錢，自然另當別論，但他是一位保險業務員。經濟方面有那麼闊綽嗎？通子暗中計算了一下。

一個女孩獨自在巴黎生活，每月總要花上五萬日圓。至於學費、書錢、零用錢就當三萬圓好了，加起來就得八萬圓，三年下來，粗估也要三百萬圓。往來交通費約六十萬圓，約需要三百六十萬圓。一個月需要十萬圓的負擔——這絕不是一筆小數目，就算將三年縮成兩年，每月十萬圓還是跑不掉。

不過還有別種想法。先前通子也想過，保險業務員採業績制，業績好的人收入自然多。在雜誌上看過，有些業績優異的業務員收入比總公司的部長還高。

假設海津信六每月平均二十萬圓收入，要負擔十萬圓的支出倒不是不可能。他單身，住鄉下，跟農家租後院房子住，生活過得很簡樸，生活費相當節省。他還指導俳句，雖然是興趣，但多少會從同好收到謝禮，儘管充其量只是車馬費的補助，不過多少可減少支出。照這樣推測，海津信六爲了外甥女出國留學，每月十萬圓的負擔或許沒那麼難。倘若月收達二十萬圓以上應該更輕鬆。話雖如此，這對海津來說並沒想像中輕鬆才是。倶子之所以「央求」，表示這位舅舅沒那麼輕易答應。倶子從東京來，應該是爲了舅舅寫信同意她請求而專程來道謝。

「我一直央求舅舅答應，最後他終於讓我實現願望。」倶子意氣風發地說。在一旁的海津面帶苦笑、投以溫柔的眼神。他當時的表情浮現通子腦中。

16 CHAPTER — 第十六章

星夜

通子於下午三點半抵達松本車站。一小時後，她搭計程車在住家附近下車。三年前，車輛只能到縣境，現在可以開進鋪設柏油路的村道。和田間小路沒什麼兩樣的小徑如今拓寬了，因爲有車的農家增多，夏季民宿也不斷增設，從村子沿著山脊走會到面向常念岳的鍋冠山登山口。一般登山路線會走進梓川沿途。不論在電車或等公車的火車站前都有成群背著背包、手拿登山杖的年輕男女。通子朝家門走去，身後傳來拍打地面的聲音，一輛耕耘機駛來。駕駛的男子從草帽底下窺望讓向一旁的通子。

「噢。」男子微微發出一聲驚呼，停下耕耘機。「是通子嗎？」

他在帽子的暗影下，露出一口白牙。

「妳回來啦。」

「你好。」

是附近的鄰居太田正太。沾滿泥土的上衣外露出掛著粒粒汗珠的黝黑頸項和手臂。

「什麼時候回來的？」正太低頭望向通子一身套裝。

「剛回來。」兩人站著交談。

「妳好像出人頭地了。」正太望著通子，似乎覺得她很耀眼。

「正太兄，你還是一樣沒變，充滿活力。」

「我是個農夫，還能變到哪去。」

「這樣也很好啊，你太太好嗎？」

「嗯，還可以啦。」

「有孩子了嗎？」

「都三個了。去年年底又生了一個。」正太的嘴角露出難爲情之色，急忙問通子，「對了，通子，妳好像一整年沒回來了吧？」

「是啊。好久不見了。」

「一直在鑽研學問嗎？」

「也沒有啦，就一直四處奔波。」

「嗯。」正太重新端詳通子。「聽說小伸的婚事近了，妳是這樣才回來嗎？」

「也不全然是這樣。」

弟弟伸一的婚事，似乎全村的人都知道。

「恭喜啊。」正太祝賀。「聽說女方是上諏訪的人。」他以手巾擦拭臉頰的汗珠。

「好像是。詳情我也不太清楚。我接下來正要回家向家母問清楚。」

「打算待幾天呢？」

「明天就回東京。」

「就住一晚？那今晚去妳家打擾一下行嗎？把其他同學一起找來。」

正太草帽底下的雙眼閃亮。通子就此點頭道別。

不遠的屋子有一面壓著石頭的屋頂，背後是蒼翠青山。母親在家門前拔草。一年不見，她蹲踞的身軀變得嬌小許多，她聽見腳步聲抬頭，瞇著眼定睛細看走近的通子。

「咦，妳什麼時候到的？」母親站起身，挺直腰桿。

「三點半。」

特快車抵達松本車站的時間，通子早熟記腦中。母親將拔除的長草收在一旁。

「你要是先講一聲，就可以去接妳啊……」

畢竟伸一有車。

「伸一在家嗎？」

「他不在家，不過吩咐他一聲，他會很高興地開車去車站接妳。」

「剛才我在路上遇到正太。他正駕著一輛耕耘機呢。」

「是嗎？早知道妳要回來，拜託其他人接妳也行啊。」

走到小河處，面前的道路分歧，再過小橋後便到家中前庭。秋天時，這裡也是晒穀場。雞隻來回走著，一副很熱的樣子。

「正太也是三個孩子的爸了。」母親走向玄關。

「是啊。剛才和他寒暄時聽說了。」

「正太已經告訴你這件事啦？」

母親露出意外之色，率先走進打開的格子門玄關。母親也知道正太在結婚前一直很想娶通子，最後還是什麼也沒說地娶了現在的妻子。

「正太說今晚要找同學一起到家裡玩。」

「這樣啊。人多熱鬧也不錯。妳什麼時候回東京？」

「明天。」

母親頓時露出不悅之色。

走進客廳前，通子繞到後院以井水漱口，清洗一遍滿是汗水的臉和手。正面是鍋冠山。看不到被遮住的常念岳。母親進客廳後打開佛壇的門，點亮燈，裡頭擺了兩年前過世的祖母遺照和牌位。通子在牌位前上香。結束後，她環視屋內。

「伸一呢？」

「今天一早開車去上諏訪了。」

「去上諏訪？哦，新娘子家是嗎？」

通子想起母親寫的信，提到對方是上諏訪一家造酒廠的千金。

「對方的父母還叫我去他們家裡坐坐，不過，早知道妳會回來，我才該請他們到家裡來作客。妳也該看看妳未來的弟妹。」

「說得也是。婚禮什麼時候舉行？」

「今年秋天，妳那時一定要回來哦。拜託了，妳畢竟是家裡長女。」

母親總會提到結婚，每次通子一回來就說，信中也會提，在五、六年前的「適婚期」時還一度叨絮不休，最近改用委婉的口吻。因爲家住鄉下，母親很擔心女兒「嫁不出去」。

母親說，每當有人向她打聽消息，問通子現在忙些什麼，她總覺得很羞愧。鄉下愈來愈現代化，卻還保有往日風俗。通子村裡的同學不用提了，連小她七、八歲的人都紛紛成家。

儘管明白通子當大學助教，忙於追求學問，但一個年輕女孩在東京生活還是令母親擔憂。母親告訴她，如果有喜歡的人，要記得跟她說。鄉下有人見通子一直待在東京不結婚而妄自揣測許多事，這些都傳進母親耳中。

一些從東京來、住在民宿的男女客人更讓母親擔心。因爲家裡經營民宿，常看到不該讓孩子知道的事，比起年輕情侶，一些有婦之夫帶單身三十歲女子前來住宿才眞是寡廉鮮恥。開民宿的人常因爲這些墮落的行徑皺眉，只能當成「做生意」，忍氣吞聲，他們在客人回去後爆起料來自然毫不留情——讓人以爲東京的男女關係都很隨便。

通子不是在一般公司上班，是在大學研究室做研究又兼差高中講師，因此她的母親比較放心，也相信自己女兒，但難免心生動搖。長女在鄉下仍有非結婚不可的責任。如果是次女或三女，負擔比較輕。

「伊朗這個國家很遠嗎？」母親聽完通子的話後露出不安之色。

「沒那麼遠啦。早上十點從羽田機場出發，當天晚上就可抵達。」

通子喝著母親端出的冷麥茶應道。

「在非洲嗎？」

「沒那麼南方。比非洲更北一些，離日本比較近。怎麼說好呢，印度的隔壁是阿富汗，再過去就是伊朗。」

通子想起小學老師教他們，這個國家叫伊朗，是世界重要的石油生產國，絕不是「不需要（註）」的國家。自己再過十天左右就能實現願望前往那個遙遠的國度。

「妳要一人去那種地方待上兩、三個禮拜嗎？」

「我請了一位住在那國家首都德黑蘭的日本女子當導遊。」

通子想，那件事不知道談得怎樣了。R大學的杉原副教授還沒跟糸原進一步聯絡。

一小時後，父親返家。聽說爲農作物出貨的事去了農會一趟。母親侍候他在後院井水旁擦拭身體，他換上浴衣，坐在通子面前。

「爸，聽說伸一的婚事談妥了，眞是太好了。」

父親年近六十。一頭短髮泰半花白，尖尖的下巴上未刮淨的鬍碴一片雪白。

「嗯。」他拿來一個大菸草盒，拿起一撮菸草。眼窩比之前更凹了。由於皮膚黑黝，看起來很健康，但他皺紋漸深，兩頰益發瘦削。以前引以爲傲的牙齒，去年一半換成假牙。父親沉默寡言，對孩子更是話少。

「聽說妳要出國，是嗎？」父親吐著煙圈問。他並未直視女兒而朝不遠處看，久未見面的長女似乎令父親有點不自在。

「是的，要去伊朗。停留兩、三個禮拜。」母親坐在通子身旁。

註—伊朗的日文「イラン」，音同日文的いらん，有「不需要」的意思。

「爲了求學問，這也沒辦法吧。」

父親比通子更想讓母親同意此事。母親低頭望著地面。

「需要錢吧？跟妳媽說一聲，帶些錢去。」

每月寄錢去東京時，母親都會附上一封信，增加生活費也是父親的意思。

「不，不用了。先前寄來的錢及兼差賺的錢，我都存下來了，這樣夠用了。我這次回來就只是要告訴你們我去伊朗的事。」

通子想，雖是短期出國，但畢竟是出國旅行，有必要徵詢父母的同意。

「是嗎？」父親沒再提錢的事。「這麼熱的時節去那麼熱的國家，不要緊吧？」

他擔心通子的健康。

「那裡和日本的盛夏沒多大差別，不會有事。」

「妳自己一個人去嗎？」

「通子說，那裡有位日本人會當她的導遊。」母親告知父親。

父親叼著菸管，若有所思。「我說，山尾家的忠夫現在不知道在做什麼？」他將菸管移開嘴邊問母親。通子突然心裡一陣亂跳，不由自主低下頭。

「不知道，我跟和子很久沒寫信聯絡了，也不清楚忠夫現在的情況。我們相隔兩地，沒什麼往來……」母親望著父親。「你爲什麼突然提到忠夫？」

「忠夫在氣候炎熱的亞洲國家做生意。在通子要去的伊朗或許有分店或據點，裡頭有日本社員。請忠夫交代一聲，幫忙關照通子，妳看怎樣？比起請外國人當導遊，還是請日本人比較放心。」

「可是忠夫是工廠的技師，應該沒辦法向國外分店安排這種事，你覺得呢？」

「沒這種事。就算是工廠，也一樣是公司的人。而且忠夫不同於一般工人，可是技師。技師身分非常人能比，在公司裡很吃得開。」

和子是母親的表妹，忠夫是她家的長男，大通子八歲。畢業於T工業大學，進入業界一流的公司——東邦電機，現在在茨城縣沿岸工廠工作。已經結婚，育有一子。

「既然這樣就寫信給忠夫，請他幫忙吧。」母親說。

「別這樣。」通子急忙阻擋。

「爲什麼？這樣不好嗎？」

「太誇張了。我不想給人添麻煩。不過是自己在國外旅行兩、三個禮拜，誰都辦得到。」

「是嗎？我覺得這樣比較方便，不是嗎？」

「不用，自己安排比較輕鬆。」

「既然這樣，就照妳的方式。」

父親見通子語氣強硬便不多說，但可能因爲提到忠夫而想起某事，他將菸草塞進菸管，望向天花板低語：

「和子和忠夫三年沒見了，不知道他們現在過得好不好。」

「沒有消息就表示平安無事。」母親說。

「忠夫娶的太太叫什麼名字？」

「利枝。」

「對對對，她剛和忠夫結婚時似乎爭吵不斷，現在終於不吵了。」

「孩子的爸，你在胡說什麼啊。他們結婚都快七年，有孩子了。哪還有什麼吵不吵的。」

好熱啊——有人如此說，從門外走進，通子順勢離席。

當晚，得知通子回來的消息，她的同學和老朋友紛紛到家中。正太等七、八人仍留在村裡工作。長男居多，是繼承家業的緣故，家中的次男、三男大多都出外謀生。昔日的女同學帶著孩子前來。大一點的都上小三了。通子的父母端出茶點招待後便回房。考量到通子是女性，並未拿酒款待。從上諏訪返回的伸一只有一開始露面，被比他年長的客人調侃後就迅速離席。

許久沒盡情閒聊了。通子也融入其中，但總覺得有東西卡在胸中，久久無法消散。儘管聊得很投入，但還是會突然碰觸心中的硬塊而感到掃興，傳入耳中的話語逐漸遠去，有時甚至會恍神。先前父母提到忠夫，這個名字像脂肪般在她心中凝結不化。閒談中，大家談到通子至今仍未婚。因爲是老朋友了，大家沒半點顧忌，這是眾人感興趣又好奇的話題。

通子說，如果有中意的對象，她隨時都能結婚，但眾人投以懷疑的眼光。特別是正太，他眼睛陡然一亮。眾人以爲通子打算一生投入學問。他們舉知名的單身女學者、評論家，甚至宗教家爲例。也有人說通子是眼光高，男人要讓她看得上不容易，眾人聽了後笑著同意。這些話通子在東京也不是沒聽過，每次聽了都心情鬱悶，神經緊繃，但在老朋友面前，不能表現心裡的不快。朋友說，通子看起來總這麼年輕。事實上，看在通子眼中，往日的女同學個個看起來都老上五、六歲。她們都以都會式的妝扮前來參加聚會，但還是難掩皮膚老態。田裡的工作在農具機械化和肥料化學化的幫忙下，雖輕鬆許多，但女人還是有農活得忙。丈夫爲了增加收入，成了工廠的工人或日薪雇員，使得農活全落在她們身上，特別是養蠶的工作還是跟以前一樣。

通子愧疚地望著昔日友人，看這些過著農村生活的女性友人對她投以羨慕的目光，渾身不自在。不過通子想，大家基於熟識而談到她單身，又當著她面說，所以帶開玩笑的口吻，如果在村裡，肯定講得更露骨。由於是背地裡道人長短，想必會添油加醋，加上許多想像。

——她都這把年紀還獨自住在東京，不可能沒男人。這樣的批評多少受到民宿客人素行不端影響，不過背地裡道人是非，不是只有鄉下才這樣。通子在東京也常聽人這麼說。

客人九點前離去。

母親走進客廳收拾殘局，伸一穿著圓領短袖汗衫、緊貼大腿的短褲走進來。他個子原本就高，但近來頸部和身軀長肉，看起來更有男人味。

「小伸，恭喜啊。聽說你婚事敲定了。」

通子到弟弟面前。他婚事底定後，這是通子第一次和他說話。

「嗯，是啊。」長髮垂落前額的伸一咧嘴笑著。

「今天女方父母找你去是嗎？」

「不，是和對方約會。約在上諏訪車站見面。原本打算開車到甲府兜風，結果一路開到了山中湖。在茅野和琢崎間開了一百一十公里的路，一路上超了好幾輛車。」

伸一昂首說道，一臉痛快。

「你這樣胡來，萬一讓女方受傷怎麼辦？」通子強硬地說道。

「放心，我駕駛技術沒問題。妙子也很開心。」

通子聽伸一直呼對方妙子，沒加上「小姐」這種尊稱，略感不悅。雖然他們是戀愛結婚，但感覺兩人關係不太單純。

「就是說啊。你現在這麼胡來，要是發生意外，害妙子小姐的臉受傷怎麼辦？」母親出言訓斥，接著露出狐疑之色。「咦，今天不是女方上諏訪的父母找你去嗎？」

伸一再度咧嘴笑。母親見狀不發一語，視線落向該整理的東西。父親似乎睡著。

「姐，妳來一下。」

伸一或許想掩飾自己的難爲情，將通子拉離母親身邊，帶她到儲藏室前。

「姐，妳還不想結婚啊？」到暗處後，伸一窺望通子。

「幹麼突然這樣問？」

「妙子的父母問我，爲什麼令姐不結婚呢？」

通子心頭一震。伸一的姐姐獨自在東京生活，似乎令女方父母不解。對方似乎也和村民有同樣猜測，也許對男方家狀況感到不安。

「麻煩你轉告他們，不久就會有結果的。」

通子從掛著莫名微笑的弟弟面前離開，穿上木屐到後院。

星空在通子頭頂。高山就在附近，西邊看不到滿天星斗。但東邊和南北兩地，遼闊的安曇平原上空整片無垠的星空。銀河斜向掛在黝黑的山脊上。山麓的黑暗中，三處燃燒著微弱火光，露營的營火燒出令人感傷的鮮紅。火光微弱，映入眼中，年輕人的歌聲乘著微風傳來。

與昔日同窗閒聊時，卡在通子胸中的硬物如今才像獲得自由一般擴散。那是因爲父母的話語才遺留下來的硬物——苦澀又帶老舊色彩的光澤。山中的火光也帶著牽引出記憶的線索。寺院中昏暗處高掛的紅燈籠閃耀一點鮮紅。她多次從那座小寺院前走過，繞著它四周而行。那裡有欄干，一旁湖水有茂密青翠的蘆草。後方的琵琶湖在豔陽下波光瀲灩。對岸低矮的山丘與市鎮連綿，顯得無比耀眼。

那時，她身旁是山尾忠夫。忠夫低頭走在前方。通子向忠夫提出要求，說想要多一點安眠藥。

爲什麼會到這種地方？當時的她想著，忠夫和她前晚住的是京都的旅館。

——那是通子進研究所第二年發生的事。

忠夫是母親表妹的兒子，兩人從小熟識，但當時忠夫的父親因工作的緣故，幾乎每三年就調任一次，輾轉來往大阪、福岡、名古屋、札幌等地，所以通子上國中後就沒再見忠夫。只有暑假時，忠夫和朋友來鄉下登山，會留下來住上一、兩晚。大通子八歲的忠夫，連學校也和通子距離甚遠。通子念國中時，忠夫是工大生，通子上大學時，他進入現在的東邦電機工作。這樣的距離，讓忠夫以高高在上的「大人」之姿，在通子心中占有重要地位。

忠夫的婚禮在東京舉行，通子和長野的父母受邀參加。當時她第一次見到新娘利枝，是五官鮮明、個頭高大的女子。通子也沒收到他們去北海道度密月寄的明信片，她感覺得到忠夫把她當孩子看的距離感。過兩個月，忠夫突然打電話來，電話轉進研究所的研究室，助教村田叫通子接聽。

忠夫拎著手提包地佇立在學生進進出出的拱廊形玄關，一見通子就露出尷尬的表情。他們走出校門到附近咖啡廳。通子擔任地陪，領著忠夫到二樓窗邊。馬路前一整排舊書店。忠夫在茨城縣的工廠上班，通子心想，他應該是趁著機會到東京來，又剛好在附近，才順道來看她，實屬難得。忠夫與通子迎面而坐，抽菸抽個不停。他眼睛細長，眼珠始終沒好好停在通子臉上。通子細看他寬闊的前額和濃眉，覺得他的臉色比平時更蒼白，與婚禮時紅潤的氣色相去甚遠。

通子想，忠夫像平時一樣寡言少語，而且可能新婚不久，略顯難爲情。

「哥，婚後生活如何啊？」

雖然忠夫是表哥，但通子都以「哥」稱呼。忠夫聽通子語帶調侃，用力吁出口中的煙。待白煙變淡，她發現忠夫臉上泛著意味不明的尷尬微笑。

「通子，我現在沒和利枝住一起。」

「哦，這樣啊。」

通子的回答令忠夫露出古怪之色。她以爲對方的意思是新婚妻子有事回娘家，或他住在公司宿舍，因此夫妻暫時不能同住。忠夫也發現她誤會了。

「不是那個意思。利枝現在和我分居。」

「咦？」

在通子的注視下，忠夫拿起面前的火柴，在指間轉動。

「何時開始的？」

「我們到北海道蜜月回來抵達水戶車站後就分居了。我在那下車，她留在車內，轉搭別班車返回她彥根的娘家。」

利枝的娘家是滋賀縣彥根市的名門世家。兩人相親結婚，但在結婚前交往將近半年。通子聽說，當時在對方母親的陪同下雙方在東京見面，似乎也有書信往來。通子感到氣氛沉悶，一時不知道說什麼。八歲的年齡差距支配了她的情緒。看在她眼裡，忠夫依然在「大人」的世界，想問清原因，但「自己小他很多歲」的意識從中阻撓。

「通子，妳一定覺得很奇怪吧？」

忠夫見通子沉默便像引她說話似地開口，接著莞爾一笑。

「為什麼會變成這樣？」

通子被誘導一般很自然就脫口而出。

「因為我們明白彼此個性不合。」忠夫仍在把玩火柴。

忠夫突然到大學找她的隔天，通子和他一起前往東京車站。那時，開往大阪的新幹線才建好一、兩年。他們打算在京都下車，改搭普通號折返彥根。為什麼變成這樣？因為兩人在咖啡廳聊得太投入。

忠夫在蜜月回來的路上與新婚妻子分居，讓通子情緒激昂。忠夫說，兩人個性不合，這種籠統的用詞讓通子了然於心，她私自解釋成蜜月旅行時，兩人發生小小不愉快，感情出現磨擦，彼此又固執己見，不得已造成分居。

通子說，她要帶忠夫哥去彥根。忠夫大為吃驚，一再拒絕說這怎麼行，但通子相當堅持，用詞強硬。她情緒很高昂。通子認為，這項行動可促成夫妻和解，也能夠拉近她和忠夫的年齡差距，縮減彼此精神距離。忠夫三十一歲，通子二十三歲，但此時她覺得自己和三十歲拉近許多。

而且，調解夫妻關係不睦的事也具重要的意義。他們分居兩個月了，近乎瀕臨離婚。忠夫說，媒人曾試著說服兩人，兩方父母也很擔心，希望討論此事，但全被他悍然拒絕。通子想，她在這樣的情況下居中調解更具意義，充滿幹勁。

「你們在訂婚前一直都有交往，對吧。哥，當時你不知道彼此個性不合嗎？」

通子側頭不解，忠夫回答。

「說是交往，其實只是表面的互動。根本不了解眞正的一面。不，其實我也隱約感覺可能處不來。但周遭人一直在促成這樁婚事，當婚禮結束時，我心裡暗叫不妙。」忠夫接著說，「……婚禮時，我的預感果然沒錯。在蜜月旅行的第二、三天，我再也無法忍受。我心想，這可眞是大麻煩，人生就這麼毀了。我內心的後悔表現在表情和行爲舉止上，利枝也感受得到，關係也愈變愈尷尬。當然了，走到這一步都是我的錯。我要是能再謹愼一點就好了。我對她很抱歉。」

忠夫似乎決定要離婚。但結婚不久就離婚會惹來閒言閒語，因此暫時分居。

「利枝小姐到底哪一點讓你看不順眼？」通子問。

「哪一點……這樣會像我在說她壞話，還是別說得好。」

忠夫雙脣緊抿，頑固地望著通子。通子事後才明白他眼神的含意。

——通子對彥根這座市鎮很感興趣。聽說這裡殘留昔日城下町的風貌。她想一睹荒廢的武家宅邸及城堡庭園的風采，及兩側裝設武者窗的老舊大門、低矮石牆上坍塌的土牆、叢生的雜草、蜿蜒的小路、一旁的小河，她也想到附近的安土走走。她想像著自己身處在如此的景色，忠夫陪在身邊。待她猛然回神，才意識到這一切正逐漸成眞，但抵達京都車站後，忠夫沒走向轉乘月台，反而走向出口。

「啊，彥根是往這邊走才對吧？」

通子以爲忠夫走錯月台天橋的樓梯，出言提醒。

「不，待會再去。我們稍微逛一下京都吧。」

忠夫不理會通子的話逕自走在前頭。通子覺得忠夫躊躇了，不敢直接到利枝在彥根的娘家。妻子在蜜月旅行返回的途中分居，如今要到她家拜訪，得做好心理準備，要見岳父岳母也需勇氣，必須想好到時候要對利枝說些什麼。忠夫看起來尚未準備充分。

通子心想，忠夫要到京都市內逛逛是爭取一點時間。應該是想一面逛一面思考。話說回來，是通子將忠夫帶來這裡。努力讓分居的忠夫夫婦正式同住讓通子充實又興奮，其中也摻雜著一絲好奇與興趣。仔細想想，因爲是忠夫，她才攬下這差事。

通子的計畫是，到京都車站送忠夫夫婦回東京，接著一個人隨興參觀。現在回想起來根本幼稚，而且其說是跟著忠夫在京都四處閒逛，不如說是四處遊玩。他們抵達京都車站是下午一點，他們搭計程車逛清水寺、圓山公園、南禪寺、平安神宮，結束時過下午三點。忠夫不時向通子詢問各地歷史，愉快聆聽她的回答，看不出他要去彥根的跡象。

「哥，三點半了。」

通子提醒，忠夫也朝手表望一眼，只回答一句：

「嗯，我知道。我正在思考。」

通子心想，忠夫正爲和利枝及父母見面的事做準備，這件事很嚴肅，讓他心煩意亂，因此四處參觀來解悶，讓準備更充分。通子意識到自己第一次見識到忠夫怯懦的一面。兩人步出平安神宮的庭園後，忠夫說接下來想逛銀閣寺和詩仙堂，通子大吃一驚。

「這樣不就天黑了。」

「晚上到彥根才好。白天會被附近的鄰居瞧見，我才不要。我丈人也還沒回家。」忠夫回答。

利枝的父親擔任合作金庫的理事長。到詩仙堂前，大門緊閉。足見當時天色已晚。眼下是十一月底。當他們折返走下坡道時，天色昏暗，兩側被黑漆漆的樹木籠罩，附近人家點亮燈火。狹窄的道路因前方走來的行人而變得更窄。不僅光線黯淡，坡路陡，忠夫像在保護通子般緊依著她，雙手幾乎要碰觸她的身體。

「通子。」忠夫以不同於先前的奇怪聲音問，「……通子，妳以前談過戀愛嗎？」

「你好怪，爲什麼突然這樣問？」

「爲什麼……就只是問一下。大家都是成人了。」

通子當忠夫這番話是指她主動想調解他們夫妻分居的事，是長大「成人」了。但她從這句話中感覺到嘲諷，忠夫似乎還把她當小孩看，這令她有點排斥。

「我才不會談戀愛。」她的聲音略顯剛強。

「這樣啊。」

忠夫略帶慌張地望著天空。一顆閃爍的明星從茂密漆黑的樹梢間露臉。

「我肚子餓了。去街上吃飯吧。」

兩人在三條河原町巷弄裡的一家小餐館用餐。現在七點了。通子擔心不已，從京都到彥根就算搭特快車也得一個小時，倘若將這裡到京都車站及等列車的時間都考慮在內，抵達利枝家時也大約晚上九點。鄉下人家總很早睡。通子似乎能預見他們敲著緊閉的大門，利枝的父母慢吞吞從屋內起身應門的畫面。

他們並未事先告知要來拜訪的事，接下來開始談正事，最快也得十點半才能談完。這段時間，對方會規矩地款待，周到地寒暄。如果談得順利，忠夫在對方家中過夜，那她自己又怎麼辦？她實在不想在陌生人家過夜，但更不想這麼晚才開始找旅館。

通子心想，先前搭新幹線抵達京都車站時，直接轉乘往彥根的列車就好了，她對今天在東山一帶遊山玩水的事深感懊悔。原本離開東京的預定計畫，是與忠夫道別，享受一個人的回途之旅。

四處遊覽時，通子也不是完全沒估時間。欣賞平安神宮的庭園時，她百般焦急，都是因爲體諒忠夫百般不願到妻子娘家的心情而心生同情，導致誤事。當時應該用更強硬的態度說服他趕去彥根。沒返回車站，還跟著忠夫參觀銀閣寺和詩仙堂，眞是一大失策。通子不夠理性。當時她有種任憑忠夫安排的心理。若非如此，怎會糊裡糊塗跟著他走，就算在忠夫身邊多待十分、二十分鐘都好，這種念頭在心底作祟。

兩人用餐後，現況驟變也是她這種心態導致的——忠夫提議，今天很晚了，明天再去彥根。

「今晚在這裡過夜，明天一早我們到嵯峨野一帶走走，再搭列車去吧。」

通子也不想深夜才到彥根，而且忠夫還邀她一同前往將近有五、六年沒走過的嵯峨野竹林小徑。天色已晚是決定關鍵。她無力反抗忠夫，通子開出的條件是在飯店各自住不同房間。忠夫依言向飯店櫃檯訂房。的確訂兩間房，但彼此緊鄰。

服務生在房內整理時，忠夫來到通子的房間。窗下是御池通川流不息的車燈，兩人並肩站在窗邊，隔著薄薄白紗窗簾凝望夜景。通子心跳加速。服務生走出門外，通子不安的預感成眞，忠夫握住她的手。

隔天起，通子身陷煉獄。

在計程車內，就算忠夫握著她的手，她也無力反握，一味望著窗外，映入眼中的盡是街上藥局招牌。她心中暗忖，吃幾顆安眠藥才會致死？一位女學生就是服安眠藥後開瓦斯自殺。聽說藥局一次不會賣太多安眠藥給客人，多繞幾家店，一次買齊就行了。她想請忠夫幫忙。不論到野宮，還是落柿舍，景色完全沒映入她眼中。他們走在竹林間暗不見天日的漫長小徑，底下積著厚厚落葉。忠夫手搭在通子肩上。現場許多情侶，沒人注意他們。

通子，我從很久以前就喜歡妳了——忠夫一面走，一面柔聲道。他的話和昨晚一樣，熱情的口吻也沒變過。他一再強調，我絕不是爲了誘惑妳才在京都逛到天黑，打從一開始也沒要在旅館過夜。因爲提不起勇氣前往彥根，才導致這樣的結果。

「現在我全明白了，我一點都不愛利枝，這也是爲什麼我遲遲不想去彥根。昨天我會搭上新幹線，全因爲想和妳一起同行。我會和利枝離婚，改娶妳爲妻。等回去後，我要到長野跟阿姨和姨丈把話說清楚，求他們成全，我有這個責任。」

「只是因爲責任嗎？」

「不，我不是這個意思。」忠夫急忙解釋。「是因爲愛妳。我想和妳結婚。妳也願意吧？到今天早上爲止，妳都還沒答覆我。」

望著化野念佛寺境內眾多的地藏王石像，通子希望自己化爲石像。昨晚躺在床上的醜陋模樣始終無法從腦中揮除。她不覺得那是愛的昇華。忠夫的話語聽在耳中如此空洞。

不可否認，她確實對忠夫懷有愛慕，但戀愛會轉變得這麼急遽嗎？她認爲，一開始應該是言語往來，孕育愛情，接著慢慢成長，生枝冒葉，這需漫長時間。果實須在自然的情況下離枝落地。但她與忠夫的關係並非如此。在這之前，他從未吐露半句含有愛意的話，直到在飯店房間的窗邊才開口，接著是海潮般的甜言蜜語，將她推向床邊。

這就是戀愛嗎？通子氣自己沒能逃離，她看起來就像世上身心最骯髒的女人，她好想被無數利箭射穿後死去。

兩人攀登比叡山，然後往下到琵琶湖邊的坂本。通子感覺自己一直在做消極的逃避。比叡山登山口是寧靜的小鎮。通子發現一家藥局，擅自要司機停車，自己走下車。一名穿著白色圍裙，年約五旬的老闆前來接待。

「法律規定，不可隨意販售安眠藥。得請您在名冊寫下地址和姓名，而且需要蓋章。您有帶印章嗎？」

有著一張長臉的老闆打量著通子，看她一個女生來買安眠藥，也許更有戒心。如果是無害的鎮靜劑還另當別論，但像Adorm或Veronal這類的安眠藥則需辦理手續，而且每個人最多只能給二十顆。通子知道那名自殺的女學生吞了一百五十顆安眠藥，還在房內開瓦斯。

忠夫擔心通子，隨後走進店內。頻頻點頭的老闆目送他們坐上計程車，接著從坂本前往堅田的浮御堂。這次的名勝之旅極爲空洞，但忠夫一直極力想讓通子開心。常見於明信片的水上浮御堂就在棧橋正前方，背後的湖面映照在秋天難得的豔陽中，御堂內更顯昏暗。佛壇上垂吊著紅燈籠。燭光所照之處，映出一片鮮紅。對岸是連綿的山丘，左手邊朦朧模糊。通子心想，山的另一端應是彥根一帶，廣闊的湖水朝那邊延伸而去。

雖然分居，但利枝也許在那裡等待忠夫迎接，通子想像她的身影，腦中浮現婚禮時見過的臉龐。也許蜜月旅行的磨擦不是主因，只是固執引發的衝突罷了。通子俯視堂下蘆草。蘆草青翠。叢生的水草間，附近人家丟棄的廢棄物飄浮在濁水中。通子一時淚水奪眶。

忠夫摟住她的肩膀。

「哥，你身上帶著印章吧？」通子從手帕中抬起臉來問道。

「妳要做什麼？」

「你有帶就好了。住址和名字就算扯謊也沒關係，只要印章上的姓一樣就行了……你用印章幫我買安眠藥。我們找十家藥局，多買一些。」

「別說傻話！」忠夫喝斥。

附近有名男子走來。忠夫就像拖著通子走似從棧橋上往回走。年輕男子與他們錯身而過，朝堂內走去。一路目送緊纏在一起的兩人。

他們又在京都住了一晚。雖說是忠夫的要求，但也不知自己究竟什麼心態。儘管受忠夫誘使，但她並未強硬抵抗也是不爭的事實。最後通子沒買安眠藥，也沒到彥根，兩人返回東京。

平均一個月三次，忠夫都會在星期六從茨城縣到通子公寓過夜，當時通子住在千住。這樣的關係持續三個月後，忠夫沒再來了。他只捎來一封信。

「我決定和利枝離婚後，原本打算坦白告訴父母、阿姨和姨丈，我想和妳結婚，但這件事相當棘手。不僅我父母反對，利枝的父母也一直為女兒的任性道歉。媒人多次往返彥根、橫濱及茨城三地。正當周遭阻止我做出這樣的決定時，我被告知一件意想不到的事，利枝已有五個月身孕。我大為錯愕，此事非同小可——我陷入兩難，不得不和利枝同住。儘管明知我和利枝的婚姻將令我落寞一生，但我甘於承受這樣的不幸。一切全是我的輕率。

通子，妳一定不肯原諒我吧？我無從道歉。我一度想帶妳遠走高飛，但我可以預見，這只會為我們帶來不幸。毀了現有生活，換來的是貧困。伴侶再怎麼相愛，欠缺經濟能力便會出現裂痕。因此，許多戀愛結婚的夫妻最後都離異告終。我不想讓妳陷入這種困境。現在我已讓妳面臨不幸，但我希望這未來漫長的不幸能以暫時的不幸收場。妳的志向好像是追求學問。假設私奔，如同我剛才提到的，會毀了現有生活，妳喜歡的學問就此中斷受挫，我萬般不忍。考量這些，我希望妳原諒我任性的請求。

我對妳的愛永遠不變，我可以向天立誓，我再也無法遇見像妳這麼完美的女人。我一直到大學才知道自己的表妹中有像妳這樣的女人。我們那麼親近。妳從小就叫我「哥」，就此蒙蔽了我的雙眼。我上大學後，為了登山到妳家住，才意識到妳的存在。但因為表兄妹的關係，我一直無法向妳坦白心中愛意，也遲遲無法下決心告訴父母這件事。

因為我的懦弱，釀下這樣的過錯。」

忠夫寄來的信馬上被通子一把火燒了。

她至今隱隱記得忠夫的信。一旦想起當中字句，其他也會斷續浮現。就像未崩塌的黑色紙灰中浮現的白色文字，是不具任何意義和內容的死文字。

忠夫迎回利枝，在看得到海的茨城縣小鎮一同生活。那有工廠，他現在仍住在那裡。兩人育有一子。聽說夫妻感情不太融洽。因爲通子和忠夫的母親是表姐妹，母親會寫信向人在東京的女兒提到這些。雙方父母都不知道通子與忠夫之間發生什麼事。在沒人知道的情況下發生、結束，包括安眠藥的事。

利枝與忠夫復合後，仍有三次回娘家短暫分居。通子想起忠夫說的話——個性不合。忠夫還說，當初婚禮結束時，他暗呼不妙。他說這句話時，是走在平安神宮的庭園，還是詩仙堂的陡坡上呢？

第一次聽說忠夫與利枝分居時，通子並不期待忠夫寫信給她，也不曾想像他再次突然出現在大學校園的拱廊形入口。那件事就只有一次，在沒人察覺的情況下掩埋過去。利枝和忠夫多次的分居與她無關。

通子持續鑽研學問，但並未將學問視爲一生志業。她沒那麼強的研究精神，也沒熾熱如火的熱情。她自認對其他職業不感興趣，不得已只好走這條路。不過，若說這是惰性使然，她又過於投入。所有職業擺在面前時，她還是覺得現在從事的事最適合自己，至少比其他職業多一份充實感。因爲失戀而將一生全投入學問，這是灑狗血的通俗小說才有的劇情，如今沒人寫這種內容空洞的小說。

忠夫每年寄來一張制式化印刷的賀年卡，之後連見面的機會都沒有。就算是親戚間的婚喪喜慶，通子都以太遠或忙碌爲由避不出席。儘管忠夫寫的最後一封信化爲灰燼，但通子怕他在聚會中露面的擔憂，就像七年前就仍未乾涸消失的部分一樣殘留心中。當父母針對她前往伊朗一事而提到忠夫的名字時，通子本能以激烈的言詞拒絕。

此刻，她茫然佇立，凝望山邊星空。

原著書名／火の路（上）・原出版社／文藝春秋・作者／松本清張・翻譯／高詹燦・編輯總監／劉麗眞・責任編輯／詹凱婷・總經理／陳逸瑛・榮譽社長／詹宏志・發行人／涂玉雲・行銷業務部／陳玫潾、陳亭妤・版權部／吳玲緯・出版／獨步文化 城邦文化事業股份有限公司 104台北市中山區民生東路二段141號5樓 電話／(02) 2500-7696 傳眞／(02) 2500-1967・發行／英屬蓋曼群島商家庭傳媒股份有限公司城邦分公司 台北市中山區民生東路二段 141 號 2 樓・讀者服務專線／(02)2500-7718; 2500-7719・服務時間／週一至週五：09：30-12：00、13：30-17：00・24小時傳眞服務／(02)2500-1990; 2500-1991・讀者服務信箱 E-mail／service@readingclub.com.tw・劃撥帳號／19863813 書虫股份有限公司・香港發行所／城邦（香港）出版集團有限公司 香港灣仔軒尼詩道 235 號3樓 電話／(852) 2508-6231 傳眞／(852) 2578-9337 E-mail／hkcite@biznetvigator.com・馬新發行所／城邦（馬新）出版集團 【Cite (M) Sdn Bhd.】 41, Jalan Radin Anum, Bandar Baru Sri Petaling,57000 Kuala Lumpur, Malaysia. 電話／(603) 90578822 傳眞／(603) 90576622 E-mail:cite@cite.com.my・封面設計／張裕民・印刷／中原印刷傳媒股份有限公司・排版／浩瀚電腦排版股份有限公司　2014 年（民103）9月初版・定價／420 元

ISBN 978-986-6043-93-2

Printed in Taiwan

火之路（上）

日本推理大師經典

HI NO MICHI

ISBN 978-986-6043-93-2

國家圖書館出版品預行編目資料

火の路／松本清張著 ； 高詹燦譯. — 初版.
—台北市 ： 獨步文化， 城邦文化出版 ： 家庭傳媒城邦文化分公司發行，民103.09
冊 ； 公分.—（日本推理大師經典；39）

譯自：火の路

ISBN 978-986-6043-93-2（上冊；平裝）

獨步文化
APEX PRESS

廣	告	回	函
北區郵政管理登記證			
台北廣字第000791號			
郵資已付，免貼郵票			

104台北市民生東路二段 141 號 2 樓

英屬蓋曼群島商家庭傳媒股份有限公司

城邦分公司

請沿虛線對摺，謝謝！

獨步文化
APEX PRESS

書號：1UD039	書名：火之路（上）	編碼：

請於此處用膠水黏貼

獨步文化 APEX PRESS

讀者回函卡

謝謝您購買我們出版的書籍！

請費心填寫此回函卡，我們將不定期寄上城邦集團最新的出版訊息。

姓名：＿＿＿＿＿＿＿＿＿＿ 性別：□男 □女

生日：西元＿＿＿＿年＿＿＿＿月＿＿＿＿日

地址：＿＿＿＿＿＿＿＿＿＿

聯絡電話：＿＿＿＿＿＿＿＿ 傳真：＿＿＿＿＿＿

E-mail：＿＿＿＿＿＿＿＿＿＿

學歷：□1.小學 □2.國中 □3.高中 □4.大專 □5.研究所以上

職業：□1.學生 □2.軍公教 □3.服務 □4.金融 □5.製造 □6.資訊

□7.傳播 □8.自由業 □9.農漁牧 □10.家管 □11.退休

□12.其他＿＿＿＿＿＿＿＿

您從何種方式得知本書消息？

□1.書店 □2.網路 □3.報紙 □4.雜誌 □5.廣播 □6.電視

□7.親友推薦 □8.其他＿＿＿＿＿＿＿＿

您通常以何種方式購書？

□1.書店 □2.網路 □3.傳真訂購 □4.郵局劃撥 □5.其他

您喜歡閱讀哪些類別的書籍？

□1.財經商業 □2.自然科學 □3.歷史 □4.法律 □5.文學

□6.休閒旅遊 □7.小說 □8.人物傳記 □9.生活、勵志 □10.其他

對我們的建議：＿＿＿＿＿＿＿＿＿＿

＿＿＿＿＿＿＿＿＿＿

＿＿＿＿＿＿＿＿＿＿

為提供訂購、行銷、客戶管理或其他合於營業登記項目或章程所定業務需要之目的，家庭傳媒集團（即英屬蓋曼群島商家庭傳媒股份有限公司城邦分公司、城邦文化事業股份有限公司、書虫股份有限公司、墨刻出版股份有限公司、城邦原創股份有限公司），於本集團之營運期間及地區內，將以mail、傳真、電話、簡訊、郵寄或其他公告方式利用您提供之資料（資料類別：C001、C002、C003、C011等）。利用對象除本集團外，亦可能包括相關服務的協力機構。如您有依個資法第三條或其他需服務之處，得洽詢本公司服務信箱cite_apexpress@cite.com.tw請求協助。相關資料不提供亦不影響您的權益。

□我已詳讀權利義務之相關條款，並同意遵守。

請於此處用膠水黏貼

獨步文化
APEX PRESS

廣　告　回　函
北區郵政管理登記證
台北廣字第000791號
郵資已付，免貼郵票

104台北市民生東路二段 141 號 5 樓

英屬蓋曼群島商家庭傳媒股份有限公司

城邦分公司

獨步文化　　收

請沿此虛線剪下，將活動卡對摺，黏貼後寄回即可

黏貼處

獨步文化 APEX PRESS

獨步 2014 集點送！
推理御貓 bubu 的獻身

10點 bubu 貓環保筷

15點 bubu 貓馬克杯

20點 bubu 貓書衣（2014 年新款）

你是個超級日本推理迷嗎？每年總是大手筆購買一脫拉庫的獨步好書嗎？那你就是 bubu 貓要獻身的對象啦！獨步自 2012 年始，新書書末皆附有 bubu 貓點數，集點可兌換 bubu 貓的周邊贈品！

【活動辦法】：即日起至 2014 年 12 月 31 日期間，獨步出版新書書末附有「推理御貓 bubu 的獻身」活動卡一張，每卡附贈一枚 bubu 貓點數（見右下角），將點數剪下貼於下方黏貼處，即可依點數兌換 bubu 貓周邊禮品哦～

◎ 2012、2013 年度所發送的 bubu 貓點數也可參加今年的集點活動哦！
贈品照片及更詳細活動規則請上獨步部落格：http://apexpress.blog66.fc2.com/

【兌獎期間】：即日起至 2015 年 1 月 31 日（郵戳為憑）

【點數黏貼處】

請沿此虛線剪下，將活動卡對摺，黏貼後寄回即可

【聯絡資訊】（煩請以正楷填寫以下資料，以免因字跡辨識困難導致贈品寄送過程延誤）

姓名：＿＿＿＿＿＿＿＿ 年齡：＿＿＿＿ 性別：☐ 男 ☐ 女

電話：＿＿＿＿＿＿＿＿ E-mail：＿＿＿＿＿＿＿＿

獎品寄送地址：＿＿＿＿＿＿＿＿＿＿＿＿

【個人資料蒐集告知事項】為提供訂購、行銷、客戶管理或其他合於營業登記項目或章程所定業務需要之目的，家庭傳媒集團（即英屬蓋曼群島商家庭傳媒股份有限公司城邦分公司、城邦文化事業股份有限公司、書虫股份有限公司、墨刻出版股份有限公司、城邦原創股份有限公司），於本集團之營運期間及地區內，將以 mail、傳真、電話、簡訊、郵寄或其他公告方式利用您提供之資料（資料類別：C001、C002、C003、C011 等）。利用對象除本集團外，亦可能包括相關服務的協力機構。如您有依個資法第三條或其他需服務之處，得洽詢本公司服務信箱 cite_apexpress@cite.com.tw 請求協助。

☐ **我已詳讀權利義務之相關條款，並同意遵守。**

黏貼處

【注意事項】 1. 本活動限臺澎金馬地區讀者參與。 2. 參加者請務必留下有效郵寄地址，若贈品無法投遞，又無法聯絡到本人，恕視同棄權。 3. 本活動卡及 bubu 點數影印無效。 4. 欲看贈品實物圖請上獨步部落格：http://apexpress.blog66.fc2.com/ 5. 兌換贈品數量有限，如於活動期間內兌換完畢，將以等值贈品替代，訊息將會於獨步部落格公告。

歡迎加入獨步臉書粉絲團 獲得最快最新的出版資訊！bubu 在臉書等你呦～
獨步粉絲團：https://www.facebook.com/APEXPRESS

◀歡迎剪下我